19 C + M + B 97

Dem Mohrenwirt

Jürnjakob Reisigl

gewidmet

Text und Bild:	© Verlag vom Wunderbaren, Oberstdorf 1997
Liedvertonungen:	© Martina Noichl
Repro:	Repro Walden, Memmingerberg
Verarbeitung:	Buchbinderei Klotz, Jettingen
Satz und Druck:	Graph. Betriebe Eberl GmbH, Immenstadt

ISBN 3-931130-03-7

Lieber Mohr

Eine Legende

vom Malerpoeten Michael Schirmer

Verlag vom Wunderbaren

Im ältesten Gasthaus von Oberstdorf, im Mohren, hängt das silbergerahmte Portrait eines jungen Prinzen aus dem Morgenland. Das ebenholzschwarze Gesicht unter dem grünen Turban wird sich für jeden Betrachter anders beleben: Unsere persönlichen Träume und Erfahrungen spiegeln sich in den Legenden wider.

Vorspiel

Die Sonne sinkt, es kommt die Nacht –
gehorsam wandern alle Sterne
in ihrer funkelnd hellen Pracht
durch unvorstellbar weite Ferne,
auf ihnen vorbestimmten Bahnen.

Ein Mohrenprinz von edlem Blut,
mit vielen königlichen Ahnen,
steht einsam vor des Meeres Flut
am Strand, hebt grüßend seine Hände
zum Schöpfer aller Herrlichkeit;
lebendig neu nimmt sie kein Ende
und dauert doch schon lange Zeit!

Geheimnisvoll mit uns verbunden,
ist der Gestirne stummer Lauf:
Die Weisen haben viel gefunden
und schrieben alles sorgsam auf.

Von Magierkönigen die Kunde
der Ankunft Gottes, uns'res Herrn,
bestimmte Bethlehem, die Stunde
im Stalle, unter Seinem Stern.

Sie zogen hin, um anzubeten,
den weiten Weg vom Morgenland.
Sie folgten gläubig dem Kometen,
der in Judäa stille stand.

Es waren drei, die freudig kamen,
der eine schwarz wie Ebenholz,
er nannte Caspar sich mit Namen.

Der Prinz ist auf den Ahnherrn stolz!
Er selbst trägt dessen Namen wieder.

Ganz plötzlich weint der junge Mohr
und fällt vor seinem Herrgott nieder,
er flüstert leise in sein Ohr:

„Ich möchte Dir von Herzen danken,
Du hast mich schön und reich gemacht,
und dennoch siehst du mich erkranken:

Denn meine Sehnsucht ist erwacht!
Wo darf ich meinen Hunger stillen,
im heiß erträumten Liebesspiel,
wie Du es schenkst nach Deinem Willen?

Mein Gott, erhoffe ich zu viel?

Du könntest einen Führer senden,
und wäre es ein Sternchen nur –
zu ihm will ich sogleich mich wenden
und folgen seiner Himmelsspur!"

Der Prinz blickt wartend in die Runde,
fast jeder Stern ist ihm bekannt;
er lernte früh die Himmelskunde
und fühlt sich allem Sein verwandt.

Ein kleiner Stern mit Sonnenhaaren
steht plötzlich über seinem Haupt.
Der Mohr hat nie von ihm erfahren,
so daß er falsch zu sehen glaubt.
Sein großes Glück kann er kaum fassen,
starrt hin, bis daß der Morgen graut,
die Sterne alle sanft verblassen
und ihn der neue Tag betaut.

Der Jüngling sinkt in süßen Schlummer,
die Hände hält er im Gebet,
und spürt nicht mehr den Herzenskummer.
Vom Meer des Schöpfers Atem weht.

„Ich taufe ‚Stella' den Kometen
und gebe dir, was du gefragt –
doch auch, was du dir nicht erbeten!"
hat Gott ihm dann im Traum gesagt.

Das oberste Dorf der Allgäuer Alpen, Oberstdorf, lag seit November in tiefem Schnee. Nach den Grauen des Dreißigjährigen Krieges war endlich Frieden im Lande.

In den warmen, niedrigen Ställen waren die täglich gleichen Arbeiten: misten, melken und füttern; zum Tränken wurde das Vieh in jenen Zeiten noch an die Brunnentröge auf den Gassen getrieben. Im Hause gab es allerlei Handwerkliches zu tun, doch blieb auch noch Zeit zu geselligem Verkehr. Beim Huigarte* und in den Kunkelstuben** erzählte man nicht nur Geschichten, sondern es bot sich auch Gelegenheit für Burschen und Mädchen, ihre eigene Geschichte zu beginnen!

Lautlos glitt ein herrschaftlicher Pferdeschlitten auf den Marktplatz. Die beiden Rappen trugen keine Glöckchen am Kummet wie üblich. Zu Anfang der Reise war dem Kutscher in goldbetreßter Livree befohlen worden, sie abzunehmen, damit nicht das ständige Gebimmel den Genuß der Fahrt durch die winterliche Stille störte. Bewegungslos stand das Gefährt jetzt in der Abenddämmerung längs der Kirche, von Schneeflocken dicht umtanzt. Der Herr

* *Beisammensein mit Freunden und Bekannten*
** *Spinnstuben*

auf dem Rücksitz streckte sich aus den Pelzen nach vorn und schaute unter seinem breitkrempigen Hut wie gebannt auf das Gasthaus gegenüber.

Mit Kronen auf den Köpfen waren drei Kinder, die auf einem Stab einen leuchtenden Stern trugen, aus einem der Seitengäßchen hervorgekommen. Sie sangen etwas Unverständliches, blieben vor der Tür stehen, die sich öffnete.

Der Wirt in karierter Schürze hörte sich ihr Lied an und drückte darauf jedem etwas in die Hand. Schließlich hob er das kleinste Kind hoch zum Türbalken, wo dieses etwas schrieb. Der Herr im Schlitten traute seinen Augen nicht: im Licht der Kerze, die im Papierstern brannte, erkannte er, daß es ein Mohr war! „Christus Mansionem Benedicat"*, deutlich klangen jetzt die hellen Kinderstimmen herüber.

Nun erst gewahrte der Wirt den Reisenden im Schlitten. Dienstfertig kam er sogleich näher, und als er den Herrn ansah, traute auch er seinen Augen nicht: Ein schwarzes Gesicht lächelte ihn mit leuchtend weißen Zähnen an.

* *Möge Christus dieses Haus schützen – Segen der Heiligen Drei Könige, Brauch am 6. Januar*

Ein Mohr war zu ihm, Xaver, in seinen Gasthof zum Mohren ans Ende der Welt gekommen! Der Wirt war im Dorf als Phantast bekannt, und dieser Triumph der Wirklichkeit war für sein wunderhungriges Leben ein Geschenk . Auch war dieser Fremde ein sehr hoher Herr, feiner noch als die ortsansässigen Brüder von Heimenhofen, die unterm Himmelschrofen auf der Schloßwiese in ihrer Burg hausten. Selbst der Graf von Rothenfels, bei dem sein zukünftiger Schwiegersohn Haushofmeister war, hatte nicht so eine noble Ausstrahlung wie dieser junge Mohr. Da kannte sich der Wirt aus. Ganz sicher war dieser Gast ein Prinz, wenn nicht sogar schon König im fernen Morgenland. So liebenswürdig, wie er um Aufnahme bat, konnte es nur ein Mensch tun, den sein vornehmer Stand vor den Grobheiten des gemeinen Lebens schützt. Mit scheinbar größter Selbstverständlichkeit führte Xaver ihn unter tiefen Verbeugungen ins Haus.

Die Kinder mit ihrem Stern standen noch an der Tür, hatten die Münder vor Staunen geöffnet, als der schwarze Fremde an ihnen vorüberschritt. Zu dem kleinen Oberstdorfer Mohrenkönig, der Holzpantinen unter seinem roten, langen Gewand trug, beugte er sich behutsam wie zu einem scheuen Tier, das er auf keinen Fall erschrecken wollte; widerstand der Versuchung, ihn zu streicheln und sagte lächelnd in reinstem Deutsch: „Ich grüße dich!" und da erkannte er, daß dieses kleine Gesicht schwarz angemalt war – das zarte Hälschen schimmerte weiß.

Die Stammtischbrüder verstummten, als der Wirt seinen Gast durch den Schankraum ins Hinterzimmer führte. Nachdem Xaver dem Mohren seinen grünseidengefütterten Pelz abgenommen hatte und höflich nach den Wünschen fragte, war die leise Antwort, wie von einem erschöpften Kind: „Ich habe Fieber. Ich bin krank, meine Brust schmerzt, ich habe mich sehr erkältet. Bitte helft mir zu Bett, guter Mann!" Auf dem Guetschle* am Kachelofen, wo Xaver selbst zu liegen pflegte, wurde ein vorläufiges Lager bereitet.

„Kocht Wasser für ein Bad!" zischte der Wirt die Mägde in der Küche an. Den Hausknecht packte er am Hemd und zog ihn jäh zu sich heran: „Spann an, auf nach Gerstruben, schaff mir die Kappelerin her, lebendig oder tot!" Eine nie gespürte Energie ließ seine Hände zittern. Er mußte sich einen Augenblick setzen, bekreuzigte sich mehrmals. „Steht mir bei, Ihr

** im Allgäu übliche Liegestatt mit Kopflehne*

Heiligen, ich flehe Euch an, steht mir bei, Kerzen so viel ihr wollt!"

Sie standen ihm bei! Hinter den Lorettokapellen, bei den Viehscheidwiesen, dort war der Hausknecht der Kappelerin begegnet, die zur Abendandacht wollte. Als er mit ihr zurückkam, war es still in der Wirtschaft. Heute hatte der Wirt kein Nachsehen gehabt; so wie es die neueste fürstbischöfliche Verordnung wollte, die der Amtmann von Rettenberg unter Strafandrohung verkündet hatte, mußten die Leute frühzeitig nach Haus. Hinter verschlossenen Türen gab es heute keinen verbotenen nächtlichen Umtrunk.

Vom Kutscher hatte der Wirt bereits erfahren, daß sein Gast der Prinz von Baarca aus dem Morgenland war; ein Nachkomme jenes heiligen Mohrenkönigs Caspar. „Wer sonst?" lachte Xaver übermütig vor sich hin. Oh, seine Frau hätte das erleben müssen! In ihrer langen Ehe hatte sie ihm mit ihrer Kleingläubigkeit und Erwartung des Schlimmsten die Lebensfreude verdorben.

Ja, nur die Kappelerin in ihrer stillen, feinen Art, niemand sonst durfte sich dem kranken Prinzen nähern! Allein daran zu denken, den grobschlächtigen Bader mit seinen Roßkuren holen zu wollen, wäre ein Frevel gewesen; für Landsknechte mochte er ja gut sein! Scharfen Enzianschnaps, mit dem Xaver seine Erkältungen kurierte, den wagte er dem Prinzen auf keinen Fall anzubieten. Meßwein von den toskanischen Landgütern des Papstes, von dem ein welscher Händler ihm unter der Hand ein halbes Dutzend Flaschen mit dem Siegel des Heiligen Vaters verkauft hatte, der war vielleicht gut genug. Wenn man von diesem kostbaren Rotwein trank, hörte man wirklich die Engel singen, hatte ihm der Händler versprochen. Das konnte Xaver bestätigen. Aber die Kappelerin sollte die Behandlung entscheiden. Oft brauchte sie nur ihre heilenden Hände aufzulegen. Schon wenn sie ans Krankenlager trat, wurde manch einer gesund, weshalb böse Zungen raunten, sie stehe mit dem Teufel im Bunde. Der Scheiterhaufen für eine weitere Hexenverbrennung in Sonthofen konnte schnell geschichtet werden!

Das größte der Gästezimmer unterm Dach war inzwischen geheizt, ein Himmelbett bezogen mit feinem Allgäuer Leinen, das wegen seiner außergewöhnlich guten Qualität sogar am französischen Königshof in Paris beliebt war. Ein Holzzuber wurde mit heißem Wasser gefüllt, während der Kutscher die Koffer hinaufschleppte, aus denen er farbenfrohe

Gewänder nahm. „Wer auch nur das Allergeringste stiehlt, ich werde ihn totschlagen, und wenn ich dafür am Galgen baumeln muß!" drohte der Wirt, überwältigt von dem nie gesehenen Reichtum.

Als der junge Prinz mit der Kappelerin alleine war, streckte er ihr vertrauensvoll beide Hände entgegen und lächelte. „Ich danke Euch, daß Ihr so schnell zu mir gekommen seid!" sagte er leise. In ihrer groben Kleidung, auf dem Rücken ihren Rucksack, der das Nötigste enthielt, damit sie jederzeit helfen konnte, so stand sie aufrecht und ernst da und blickte dem kranken Mohren in die Augen. Er spürte, daß sie ihm ebenbürtig war, nein, überlegen! Er wollte sich zur Begrüßung aufrichten.

„Bleibt liegen, junger Prinz!" wehrte sie mütterlich ab, und genau diese Art war es, die ihm nach den Strapazen und der Einsamkeit seiner monatelangen Reise wohltat. Wie es in seiner orientalischen Heimat Brauch war, fragte sie den Gast nicht aus nach dem Woher und Wohin. Während sie der angebotenen Reiseapotheke ein Fläschchen Eukalyptusöl entnahm, von dem sie etwas in das Wasser des Badezubers mischte, sprach sie nicht. Draußen läuteten die Kirchenglocken, und dann war nur noch der leise Wind des Schneetreibens zu hören. Als der schlanke

Jüngling vorsichtig ins dampfende, wohlriechende Wasser stieg, hatte die Kappelerin wie zufällig den Kopf zur Seite gewendet. Später wickelte sie ein großes, weiches Badetuch um ihn. Und da konnte sie nicht anders, als sehen, daß dieser vom Wasser glänzende schwarze Mensch schön war. Hatte so vielleicht Adam ausgesehen, der erste Mensch? Er wirkte nicht nackt wie ein weißer Mann ohne Kleidung. Die Vorstellung, daß man seinen Körper schamhaft bedecken müsse, paßte so wenig zu ihm wie zu einem stolzen Panther in freier Natur, der in uns Bewunderung vor der Schöpfung Gottes weckt.

Vom heißen Bad wohlig müde, ließ der Mohr sich zum Himmelbett führen, wobei er sich mit einer Hand leicht auf die Kappelerin stützte. Dann rieb sie ihm die Brust mit einer selbstgemachten Latschenkiefernsalbe ein, legte ein Tuch darüber und deckte den Kranken bis zum Kinn mit der Bettdecke zu. Er ließ alles gerne mit sich geschehen. Während die Kappelerin ihm einen Becher erwärmten Meßweines mit Honig und einem Ei gequirlt an die Lippen hielt, kündigte sie an, daß er nach den Erfahrungen des Wirtes die Engel singen hören würde. Nach ein paar langsamen Schlucken lächelte der Prinz von Baarca und flüsterte: „Jetzt höre ich sie schon – es geht mir sehr gut! Ich danke Euch! Seid bitte so freundlich und entzündet ein Bröckchen Myrrhe im Räucherschälchen, dann fühle ich mich wie zu Haus. Und noch eine Bitte: Könnt Ihr mit den Engeln ein Lied der Sternsinger anstimmen?"

Die Kappelerin setzte sich auf die Bettkante, legte eine Hand auf die heiße Stirn des Prinzen, die andere auf die Decke über seiner Brust. Lange besann sie sich und summte dann kaum hörbar ein paar Töne, und nach einer Pause, in der nur das Knacken des brennenden Holzes im Kachelofen zu hören war, wiederholte sie ganz leise die Melodie. Dann sang sie mit leichter hoher Stimme die Verse von den Heiligen Drei Königen, die ihr wie aus tiefer Erinnerung von den Lippen kamen:

Die Zeit war für ein Wunder reif:
Am nächtlich blauen Himmelszelt
erschien ein Stern mit gold'nem Schweif,
als Zeichen für die ganze Welt,

daß Gott auf uns're Erde wollte,
als hilflos kleines Kind der Armen,
damit für immer enden sollte,
durch große Gnade und Erbarmen,

der Menschen täglich neue Not:
Wer Gott sich voll Vertrauen gibt,
der wird geführt durch Leid und Tod
mit Freundeshand – weil Gott uns liebt!

Drei Magierkönige, sehr weise,
die ließen sich vom Goldstern leiten
nach Bethlehem auf ihrer Reise,
um dort Geschenke auszubreiten.

Sie brachten Myrrhe, Weihrauch, Gold –
aus ihrer Heimat Morgenland,
für Gottes Söhnchen, nackt und hold,
das Schutz bei Ochs' und Esel fand.

Die Könige, sie knieten nieder,
der eine war ein edler Mohr.
Vom Feld die Hirten sangen Lieder,
vom Himmel klang der Engel Chor:

Zum Paradies wird diese Welt –
wenn Liebe uns zusammenhält!

bewegt
(Vorspiel ad libitum)
Die
zeit war für ein Wunder reif:
am
nächtlich blauen Himmels-zelt
er-
schien ein Stern mit goldnem Schweif,
als
zeichen für die ganze Welt.

Der Prinz sah die Kappelerin unentwegt mit seinen großen dunklen Augen an, in denen das Weiß hell im Kerzenschein schimmerte. Bis ihm die Augenlider zufielen.

Als die Kappelerin geendet hatte, summte sie nach einer Pause noch einmal die Melodie. Ihr Kranker schlief nicht, das spürte sie. ‚So ein verwöhntes Kind!' lächelte sie in sich hinein. ‚Will noch mehr fürs Herz'. Ja, sie waren einander ebenbürtig, was das Verstehen ohne Worte betraf.

Er wünschte unbedingt, von ihr noch ein ‚Du' zu hören, das sich aber eigentlich mit seinem Stolz einer königlichen Hoheit nicht vertrug.

Er stellte sich schlafend, und sie ging auf das Spiel ein und flüsterte: „Nun schlaf, Caspar, du lieber Märchenprinz. Ich danke dir. Auch mir geht es sehr gut!" Sie sagte die Wahrheit. Sie blies die Kerzen aus und blieb noch eine Weile sitzen, die Hände hatte sie von ihm genommen.

Da murmelte er wie im Traum fremde Worte in seiner Sprache. Die Kappelerin lächelte im Dunkeln. Leise fand sie ihren Weg aus dem vom milchigen Mondlicht hellen Raum und ging die Treppe hinunter. Dort erwartete sie der Wirt Xaver schon lange im Hinterzimmer.

Ein strahlender Schneetag weckte spät am Morgen den Mohrenprinzen. Er hörte, wie der Kachelofen seines Zimmers vom Gang aus geheizt wurde. Der Wirt klopfte vorsichtig an der Tür. „Hoheit, wie ist Euer Befinden? Dürfen wir den Badezuber herausschaffen und Euch das Frühstück bringen?" Caspar zog die Vorhänge seines Himmelbettes zu.
„Es geht mir besser! Kommt herein, guter Mann!" Die Freundlichkeit des Prinzen tat Xaver wohl, auch, daß er ihn nicht wie einen Domestiken behandelte und duzte. Nach einigem Hin und Her war es still. Aber da ging noch jemand auf leisen Sohlen und hantierte. „Nach Anweisung der Frau Kappelerin soll ich die Fenster einen Augenblick weit zum Lüften öffnen. Deckt Euch bitte gut zu!" sagte eine Mädchenstimme. Köstlich frische Winterluft strömte ins Zimmer. Dann wurden die Fenster geschlossen. Es klopfte. „Stell das Frühstückstablett ans Bett auf den Nachtkasten", sagte die Mädchenstimme. „Kannen mit heißem und kaltem Wasser und Waschschüssel stehen bereit. Habt Ihr noch einen Wunsch, Hoheit?" Die Stimme hörte sich unschlüssig an. „Neben Eurem Bett ist ein Klingelzug, da könnt Ihr läuten, falls Ihr irgend etwas benötigt. Ich lasse Euch nun allein. Ich wünsche Euch

einen guten Morgen – und werdet nur bald wieder gesund!"

Caspar richtete sich auf und schob neugierig den Vorhang des Himmelbettes beiseite: Vorm Fenster stand ein zierliches Mädchen, ihr hellblondes Haar leuchtete wie ein goldener Strahlenkranz im Sonnenschein, der durchs Fenster von hinten auf sie fiel. Der Prinz hatte vorgehabt, etwas Freundliches zu sagen, da fehlten ihm plötzlich die Worte, wie geblendet und verwirrt von ihren blauen Augen. Eine Frage in seiner Muttersprache kam ihm von den Lippen. Er besann sich und übersetzte flüsternd: „Wer seid Ihr?"

„Stella, die Wirtstochter!"

„Stella –?" wiederholte der Mohrenprinz fassungslos. Ihm war, als würde er in den Himmel gerissen. Es geschah ebenso unverhofft, wie damals bei einem Wirbelsturm in der Wüste: als fliege er, eine überirdische Stille umfing ihn, und dieser Augenblick schien endlos zu dauern – bis er dann brutal auf den Boden geschleudert wurde, unerträgliche Schmerzen verdunkelten ihm das Bewußtsein. Das ereignete sich auch dieses Mal: Er sah den schmalen Goldring mit einem grünen Stein an Stellas Finger und erinnerte sich, daß der Wirt mit ihm gestern vom Bräutigam seiner einzigen Tochter gesprochen hatte, der bei einem Grafen von Rothenfels als Haushofmeister diente. Stella war nicht mehr frei!

In einem einzigen Augenblick hatte sich sein Leben verändert; so unwiderruflich war das, wie der Tod eines Menschen, der gerade noch lacht und nun mit einem Geschoß im Herzen lautlos zusammenbricht, einen erstaunten Ausdruck in den Augen.

„Was ist Euch? Soll ich die Kappelerin holen?" hörte er ihre erschrockene Stimme wie aus weiter Ferne. „Nein!" antwortete er so fest wie möglich. Sein Schicksal hatte ihn getroffen. Denken konnte er später. Jetzt galt es, wie bei einer Katastrophe, vor allem ruhig zu bleiben. „Es ist nur ein Schwächeanfall, wie ich sie in letzter Zeit habe!" log er tapfer. „Gleich ist es vorüber." Er versuchte zu lächeln. Er kannte seine Familienchronik, in der waren Heldentaten verzeichnet, auch seine eigene: Er hatte sich als Achtjähriger einem Mörder in den Weg geworfen, der seinen Vater mit einem Dolch erstechen wollte. Das hatte er ohne Zögern getan, denn er liebte seinen Vater. Liebte er Stella? Er sah sie schweigend an. Der Schmerz, daß diese Liebe nicht sein durfte, betäubte ihn. Später würde die Qual viel Zeit haben, in ihm zu toben, falls Gott ihn nicht aus Erbarmen sterben ließ oder er sich selbst das Leben nahm.

„Reicht mir bitte den Tee! Es ist Salbei, nicht wahr?"

Ihre Hand zitterte, als sie Caspar die Tasse hinhielt. Warum zitterte sie? Wie eine Antwort auf seine nicht ausgesprochene Frage sagte sie leise: „Ich ertrage es nicht, Euch so unglücklich zu sehen, so aschgrau wie vorhin. Wenn ich der liebe Gott wäre, auf der Stelle machte ich Euch gesund. Jetzt seht Ihr schon besser aus!" Geschickt schob sie ihm ein Kissen unter den Kopf, wobei sie ihn leicht berührte. Caspar lächelte: „Danke."

„Ja bitte, lächelt wieder!" sagte Stella erleichtert wie ein Kind, das sich sehr erschreckt hat und nun wieder beruhigt ist.

Caspar trank einen langen Schluck Tee. Sie nahm ihm die Tasse ab. Er lehnte sich ins Kissen zurück, war stolz auf sich. Stella hatte nicht bemerkt, was gerade geschehen war!

Aber gab es das denn, daß sein Herz entflammte, ohne daß sie bereit war für diese Liebe? Hatte der kleine Komet, dem er gefolgt war, nichts mit ihr zu tun? Hatte nicht Gott damals am Strand im Traum zu ihm gesprochen, sondern der Teufel, der sich diese höllische Tortur ausgedacht hatte?

Zur Vorbereitung des Thronfolgers von Baarca auf sein königliches Amt gehörte es, daß er ein Jahr lang unter der Leitung eines Weisen schweigen mußte, wobei er aber am Hofleben teilnahm. In dieser Zeit sollte er lernen, hinter den Worten und Gebärden der Menschen ihre Gesinnung und Gedanken zu erkennen.

Caspar sah Stella noch einmal forschend an. Sie erwiderte seinen Blick; darin las er unverkennbar: ‚Ich weiß, was geschehen ist. Noch vor kurzem wäre es möglich gewesen. Du kommst zu spät. Bitte, führe mich nicht in Versuchung! Denn ich bin schon einem anderen versprochen.'

‚Bei meiner Ehre, ich will es versuchen!' antwortete Caspar ohne Worte. Und laut sagte er: „Ich danke Euch herzlich für Euren Beistand. Nun will ich mein Frühstück zu mir nehmen, mich stärken und gesund werden."

Nachdem Stella das Zimmer verlassen hatte, lag der Prinz unbeweglich. Vom Marktplatz klangen Stimmen spielender Kinder herauf. Der Sonnenschein war über den Fußboden gewandert und schien dem Mohren warm ins Gesicht.

Am Abend kehrte die Kappelerin zurück. Die Heilerin horchte dem Prinzen die Brust ab, rieb sie kräftig mit ihrer wohltuenden Salbe ein, auch seinen Rücken, und sagte: „Morgen könnt und sollt Ihr wieder aufstehen und mittags warm angezogen einen Spaziergang in der Schneeluft machen. Laßt den Brei nicht stehen, den Stella Euch bringt, auch wenn Ihr Hafer vielleicht nicht gewohnt seid, er gibt Menschen wie Pferden Kraft."

Die Erkältung war schon fast überwunden wie eine harmlose Kinderkrankheit. Während ihrer jahrzehntelangen Arbeit hatte die Kappelerin gelernt, in den Gesichtern der Menschen zu lesen, Veränderungen wahrzunehmen, die Charakter und Schicksal offenbaren. Sie erkannte mehr, als sie sagte. Zu urteilen fiel ihr immer schwerer, warum jemand etwas tat oder unterließ – wer konnte das mit Bestimmtheit sagen? Gott selbst mochte über einen Menschen urteilen und ihn verstoßen, wenn er das als Vater wirklich übers Herz brachte!

Gestern noch war der Prinz ein Kind gewesen. Was immer er bis dahin auch erlebt haben mochte, war ohne einschneidende Spur geblieben. Heute wirkte er auf die Kappelerin wie eines jener Mädchen, dessen Kindheit abgebrochen worden war, weil es zu früh geheiratet oder – noch ledig – ein Kind in Schande empfangen hatte und sich nun zu Kindsmord oder Selbstmord gezwungen sah. Jünglinge verloren ihre Unschuld meist anders. Wenn sie zum ersten Mal getötet hatten, gleichgültig ob als Mörder oder als Soldat, das lag dann wie ein Schatten für immer auf ihnen. Auch der fürstbischöfliche Untersuchungsrichter aus Dillingen trug diesen Schatten, da er in Sonthofen Frauen als Hexen grausam foltern und auf dem Scheiterhaufen verbrennen ließ – wenn auch im Namen Gottes! Glücklich all die, deren Hand nie das Leben eines Mitmenschen ausgelöscht hat!

Und auch die Kappelerin würde einmal ihr Tun als Engelmacherin verantworten müssen, wenn nicht mehr auf dieser Welt, dann beim Jüngsten Gericht. Sie wußte das. Daß sie es nicht um des Geldes willen tat, sondern aus Mitleid, mußte Gott doch wissen!

Wie um ein Geständnis unmöglich zu machen, war die Kappelerin jetzt sehr formell, nannte den Prinzen mehrmals ‚Hoheit' und ihre Augen waren unnahbar, weckten seinen männlichen Stolz, das Geschick zu leben, das er selbst herausgefordert hatte. Immer weniger glaubte die Kappelerin an ein blindes oder von Gottvater bestimmtes Schicksal. ‚Selbstgemacht', nannte sie es oft ärgerlich im Inneren, wenn sie das

Jammern der Unglücklichen, die in ihrer Not zu ihr kamen, immer wieder anhören mußte.

Caspar war der Versuchung, davonzulaufen, nicht erlegen. Er schickte den Kutscher mit dem Schlitten, auf dessen schwarzlackierter Rückenlehne golden eine Fürstenkrone prangte, nach München zurück. „Du haftest mit deinem Leben für den Erbprinzen von Baarca, er steht unter höchster Protektion!" drohte der Kutscher bei seiner Abfahrt dem Wirt.

Hatte der Mohr nun der Versuchung widerstanden, feige zu sein, oder war er der Hoffnung erlegen, daß ein Wunder geschehen würde? Er versuchte, sich das ehrlich zu beantworten, es gelang ihm nicht. Er hatte das getan, was ihm im Augenblick entsprach. Genau das war es, was sein verehrter Meister ihn gelehrt hatte: Welche Wege auf der Suche nach Glück ein Mensch auch gehen mochte – niemanden sollte man verurteilen, auch nicht sich selbst! Abzufahren oder zu bleiben – eines konnte so richtig oder falsch wie das andere sein. Oder war er geblieben, nur um Stella glücklich zu machen? So glücklich, wie es vielleicht dieser Haushofmeister gar nicht vermochte? Wie in den Märchen seiner Heimat sollte es sein: Der Held zieht aus, um ein schönes Mädchen zu erlösen, und sie schenkt ihm dafür ihre Liebe!

Als die Kappelerin gegangen war, ohne ihm die Hand auf die Stirn gelegt zu haben – sie hätte das tun können, um zu fühlen, ob er noch Fieber hatte – da fühlte er sich von ihr in seiner Not allein gelassen. Hätte er sie doch um Rat fragen sollen, obwohl er spürte, daß sie das ablehnte? Hätte er sich schwächer geben sollen, als er wirklich war? Er faltete seine Hände: „Vater unser, Geheimnis meines Lebens, führe Du mich, bitte, bitte!" Und viele Male wiederholte er ganz leise: „Bitte, bitte, bitte ..."

Im Räucherschälchen verglühte ein Stückchen Myrrhe, das die Kappelerin ohne zu fragen für ihn angezündet hatte. Schneeflocken fielen vorm Fenster. Mit der hereinbrechenden Nacht wurde es still. Und da war es Caspar, als beuge er sich in seinen Gemächern des Palastes von Baarca über die geheime Familienchronik, die er sich vom Schatzmeister bringen lassen durfte, seit er volljährig war. Wieder las er von seinem hochverehrten Vorfahren, Caspar, dem Heiligen, wie er auf einem Sklavenmarkt am Nil eine Phoenizierin kaufte, zu einem sehr hohen Preis, weil sie nur gemeinsam mit ihrem Bruder, einem kräftigen Jüngling, zu haben war. Sein Ahn liebte diese als unsagbar schön beschriebene Frau mit einer Hingabe, wie sie nur Gott zukommen sollte, und sie erwiderte seine Liebe. Der überglückliche König ließ ihren Bruder aus der Oase holen, wo er, angekettet wie ein Tier, das Wasserrad treten mußte. Zu dritt genossen sie die Annehmlichkeiten des Hoflebens. Er war aber gar nicht ihr Bruder, sondern ihr Geliebter! Als der König die beiden beim Liebesspiel überraschte, brach ihm fast das Herz; weiß wurden seine schwarzen Locken. Dennoch schenkte er beiden die Freiheit, ehe er sich zum Stern nach Bethlehem auf die Reise machte.

Jetzt, nach unzähligen Generationen, tastete der junge Caspar im Oberstdorfer Gasthaus zum Mohren nach seinem Herzen: Wollte es brechen? Er hatte ein Gefühl, als brenne er lichterloh, und gleich würde er verlöschen wie eine Sternschnuppe, die im Weltall verglüht und deren Reste schwarz zur Erde fallen. Warum hatte Gott ihn mit dem kleinen Kometen hierher geführt? Sollte er lernen zu verzichten wie sein Ahn? „Gott, nimm dieses Schicksal von mir!" flehte der junge Prinz. „Ich liebe sie, Du weißt es. Was soll ich tun?" Aber Gott schwieg und ließ sich nicht bedrängen. Seine Antwort kannte der Mohr sehr wohl: ‚Du sollst nicht begehren deines Nächsten Weib!'

Der Prinz stand auf und stellte sich ans Fenster. Es schneite nicht mehr; die Nacht war frostkalt mit einem tiefblauen Himmel, der über den Berggipfeln heller leuchtete. Die Sterne funkelten im Januarbild. Caspar entnahm einer Lederschatulle ein langes einrohriges Fernglas, das er gequält seufzend auf ein ausklappbares dreifüßiges Gestell schraubte.

Dann legte er sich seinen Pelz über die Schultern, schlang einen Seidenschal um Kopf und Hals und öffnete das Fenster. Rechts über den kahlen Ästen der großen Dorflinde neben der Kirche flimmerte sein kleiner Komet. Seit er ihn sich das letzte Mal angesehen hatte, war er eine Kleinigkeit weitergewandert. Jetzt stand er über einem nahen Berg, der dem Rücken eines Elefanten glich.

Als Stella leise klopfte und mit dem Abendbrot ins Zimmer hereinkam, zuckte der Prinz erschrocken zusammen. Er achtete nicht auf ihren Vorwurf, er dürfe nicht am offenen Fenster stehen, er sei doch noch krank! Er lachte. Seine neue Krankheit machte ihn unangreifbar für jede andere Krankheit. Er würde nicht an Lungenentzündung sterben, sondern eher an gebrochenem Herzen, das wußte er.

„Wie heißt dieser Berg?" wollte er wissen.

„Söllereck", antwortete Stella gehorsam.

„Ist er bewohnt?"

Stella lächelte über diese Unwissenheit. „Nein, das heißt, in der Sommerzeit, dann sind die Senner mit ihrem Vieh auf den Hochweiden."

„Gibt es dort auch einen Stall?"

„Ja, auf der Sölleralpe."

Aufmerksam betrachtete Caspar seinen flimmernden Kometen mit dem feinen Sonnenhaarschweif. Dann drehte er sich ernst zu Stella um. Obwohl er innerlich fast starr vor Schmerz wurde, lächelte er. Sie war unerreichbar für ihn wie dieser Stern. Und sollten sie beide auch sein Verderben sein, er fühlte eine unbekannte Freude, daß es sie gab! Vielleicht war eine selbstlose Liebe doch möglich? Daß man sich an der Existenz eines Menschen erfreute und nur wünschte, daß es ihm gutgehen möge, mit wem auch immer?

Stellas Verlobter hieß Vinzenz Hueber und stammte aus Tiefenbach. Mit seinem Dienstherrn, dem Grafen von Rothenfels, hatte er sich auf eine Pilgerreise nach Santiago de Compostela begeben. Sie würden einen längeren Aufenthalt am französischen Königshof machen, wo ein Verwandter des Grafen lebte. Das wußte der Prinz vom Wirt, auch daß die Zustimmung zur Heirat von Vinzenz und Stella durch die fürstbischöfliche Obrigkeit aufgrund der ständigen Händel der verfeindeten Steuerherren schwer zu erlangen gewesen war. Die Heirat sollte nach der Rückkehr des Bräutigams vollzogen werden.

Der Mohr schloß das Fenster, ließ seinen Pelz von den Schultern gleiten und legte sich zu Bett. Als Stella sich bückte und den Mantel sorgfältig auf einen Bügel hängte, sagte Caspar entschuldigend: „Oh, verzeiht, meine Diener zu Hause verwöhnen mich über alle Maßen! Und bitte verzeiht auch, daß ich mich heute morgen so gehenließ – es ziemt sich nicht für einen Prinzen, Schwäche zu zeigen!“

Es war noch gar nicht lange her, da war ein hoher Jagdgast des Fürstbischofs hier im Raum gestorben. Von dem Schrecken und allen den nachfolgenden Unannehmlichkeiten hatte sich Stella bis jetzt noch nicht richtig erholt. „Ob sich das ziemt oder nicht ist mir gleichgültig. Wenn Ihr nur wohlbehalten in die Arme Eurer Eltern zurückkehren dürft!" Als ihr aber klar wurde, daß diese vielleicht nicht mehr leben könnten, fragte sie bestürzt: „Sie leben doch noch?" Niemand hatte bisher auf seiner monatelangen Reise seine Eltern in dieser Art erwähnt! Bei allem prinzlichen Stolz konnte er nicht verhindern, daß Tränen ihm in die Augen stiegen. Er sagte ihr, daß sie noch lebten. Und zum ersten Mal redete er sie mit ‚Stella' an, er sprach es mit St wie im Lateinischen, nicht Schtella, wie man sie hier nannte! Plötzlich war alles Leid fern von ihnen beiden. „Mit St hört sich mein Name viel schöner an, und ich finde, zu den Sternen paßt er so besser. Es klingt klarer, funkelnder. Seid Ihr erfahren in der Sternenkunde? Wie war es nur möglich, daß Euer Vorfahr, der heilige Caspar, die Geburt von Gottes Sohn mit dem Stern von Bethlehem so genau vorhersagen konnte? Glaubt Ihr denn, daß ein Stern am fernen Himmel so eng mit einem Erdenleben verbunden sein kann? Ich bin im Sommer viel auf der Alm. Dort oben ist man dem Himmel näher. Oft habe ich mich gefragt, welcher ist wohl mein Stern?"

Alle Vorsätze Caspars, Stella nicht zu beunruhigen, sie von seinem Leben fernzuhalten, so daß sie leben könnte, als wären sie einander nie begegnet – lösten sich auf. „Ich kenne Euren Stern! Wollt Ihr ihn sehen? Nur bitte ich Euch, fragt nichts Weiteres! Seid Ihr stark genug?"

„Ja!" antwortete Stella ruhig und fest. „Ich weiß, daß man mit Fragen nicht immer weiterkommt. Ich gestehe Euch, was ich noch keinem Menschen gesagt habe: Ich wollte Gott zwingen, mir auf eine lebenswichtige Frage zu antworten. Jetzt glaube ich, daß er die Antwort nicht verweigert, sondern verborgen im Leben gibt."

Konnte ein junges Mädchen schon so klug sein? Er glaubte, seinen weisen Meister sprechen zu hören. Schöne junge Frauen gab es am Hofe von Baarca genug, jedoch so viel Lebensklugheit hatte er bis jetzt bei keiner entdeckt. Wie gut, daß er nicht abgereist war! Selbst der Teufel konnte diesen kostbaren Augenblick nicht aus der Welt tilgen. „Und Ihr bittet mich, nichts Weiteres zu fragen, nicht wahr, Stella?"

Sie nickte und errötete.

Caspar erschrak fast vor diesem Liebreiz, der so anders war als der schwarzer Schönheiten. Es war ihm zumute wie damals als kleinem Jungen, als er in der Christnacht vor einem Kaktus mit Knospe wachte, weil seine Amme ihm versichert hatte, die rosa Blüte würde sich um Mitternacht zeigen – und als dann dieses Wunder tatsächlich beim Läuten der Mitternachtsmette vor seinen staunenden Augen geschah, hatte ihn auch so eine tiefe Freude erfaßt.

Der schwarze Prinz stand auf. Stella legte ihm den Pelzmantel über sein türkisblaues Seidengewand und schlang ihm den weißen Schal um Hals und Kopf wie eine Mutter, nicht wie eine Bedienstete. „Nicht doch, Stella!" wollte er abwehren. Aber sowohl Geben als auch Nehmen war beiden angenehm. Das konnte ihnen doch niemand verwehren!

Sie öffnete das Fenster, und Caspar richtete das Fernrohr auf dem Dreifuß so ein, daß der kleine Komet mit dem feinen Haarschweif im Blickfeld war. Stella betrachtete ihn durch die Vergrößerungslinse. Sie spürte eine überwältigende Neugier zu fragen, wie ihr Stern heiße. Sie tat es nicht und schloß das Fenster, nötigte den Prinzen, sich schnell wieder hinzulegen; schüttelte das Kissen auf und stopfte es ihm in den Rücken, damit er es bequem haben sollte.

Griffbereit schob sie das Tablett mit dem Abendbrot auf den Nachtkasten.

„Mein Vater schickt Euch diesen Becher mit päpstlichem Meßwein. Ihr wißt um seine Wirkung.

Gute Nacht, Hoheit!"

Der Prinz sah in das Blau ihrer Augen. Er murmelte leise: „Danke!" Nach einigem Zögern sagte auch sie: „Danke!" Beide Male kam es von Herzen.

Daß es so eine Vertrautheit zwischen Mann und Frau ohne körperliche Berührung geben kann, war beiden neu.

Caspar hatte kaum Hunger. Er kostete vom harten Alpenkäse ein Stückchen zum knusprigen Holzofenbrot, als sei es eine Delikatesse wie Kaviar aus dem russischen Reich. Der Wein funkelte herrlich rot im Kerzenlicht und berauschte ihn schon nach ein paar Schlucken.

Später putzte er sich die Zähne und spülte den Mund mit Pfefferminzwasser; er mochte den frischen Geschmack. Nach dieser allabendlichen Prozedur öffnete er die Fenster und kuschelte sich in seine weichen Decken. „Hast du auch nicht vergessen zu beten?" Wie oft hatte er dieses ermahnende Flüstern seiner Amme Mirjam kurz vorm Einschlafen gehört. Gehorsam faltete er seine Hände. Und wie als Kind murmelte er müde: „Was soll ich beten?" Dieses Mal wußte er es wirklich nicht. „Danke, Vater, danke!" kam es ihm schließlich von den Lippen. Die kalte Schneeluft strömte herein, er atmete tief und mit Genuß.

Sein weiser Lehrer hatte einmal geäußert, eine platonische Liebe sei wie eine Frau ohne Körper. Er halte Caspar dafür nicht geeignet, das sei nur ganz wenigen Heiligen vorbehalten, er selbst gehöre, weiß Gott, auch nicht dazu.

Und Gott weiß, daß ich Stella heute nicht begehrt habe! Sie mag ihrem Bräutigam treu bleiben, dachte Caspar, ehe er sehr zufrieden mit sich einschlief.

Caspars Schutzheilige* war die Schwarze Madonna von Saintes-Maries-de-la-Mer im Süden Frankreichs, die besonders von den Zigeunern verehrt wird. Der Prinz trug an einer goldenen Kette ein Medaillon mit ihrem Bild. Oft hatte er es wie das einer Geliebten geküßt und ihren Beistand erbeten. Er hatte ihren weiblichen Blick, ähnlich dem wissenden Lächeln der Mona Lisa von Leonardo da Vinci, noch nicht verstanden. Konnte er wirklich dem starken Zauber des Weiblichen widerstehen und auf diese Glücksmöglichkeit verzichten; das jahrtausendealte Geschlecht der Könige von Baarca ohne Nachkommen sterben lassen? Das dürfe er nicht, war die Ansicht des Patriarchen, seines Beichtvaters, als er diesen Wunsch einmal geäußert hatte. Er sei dazu geschaffen, eine Frau glücklich zu machen!

Wundergläubig wie sein Ahn, der heilige Caspar, sprang der Jüngling eines Nachts aus dem Bett und flehte Gott auf den Knien an, Stella ohne Schuld

* *Einer provenzalischen Legende zufolge: die heilige Sarah aus Ägypten, die treue Dienerin von Maria Jakoba, der Schwester der Gottesmutter, und von Maria Salomé, der Mutter der Apostel Jakob d. Ä. und Johannes.*

seine Königin werden zu lassen oder ihm bitte die übermenschliche Kraft zu geben, zu verzichten. Aber als ihm klar wurde, daß es dann auch keinen kleinen Caspar geben konnte mit einem Grübchen, wenn er lächelte wie Stella, weinte er bitterlich.

Der Prinz hatte inzwischen herausgefunden, wie es zu dem Heiratsversprechen gekommen war: Auf dem Totenbett hatte die Mutter ihre Tochter gedrängt, dem hartnäckigen Werben des Vinzenz Hueber nachzugeben. Der rechtschaffene zukünftige Schwiegersohn sollte einmal den Gasthof übernehmen, den ihr Vater hoch verschuldet hatte.

Nach französischer Art wurde ihr Bräutigam am feinen Hofe des Grafen ‚chef domestique' tituliert; domestique hatte für Stella keinen guten Klang. Ihre keltischen Vorfahren, die Ureinwohner des Allgäus, hatten auf ihren Einödhöfen niemandem gedient. Wäre Stella ein Mann gewesen, hätte sie sich nach Spanien gewagt, um von dort mit einem der Schiffe nach Amerika zu segeln, in die Neue Welt, weg aus der Enge von Oberstdorf und Tiefenbach, um den Steuereintreibern der Herren von Heimenhofen, der Grafen von Rothenfels und Königsegg und des Fürstbischofs von Augsburg zu entkommen. Viel mehr Möglichkeiten, als bei den Händeln der hohen Landesherren von einem zum anderen verkauft zu werden, gab es hier nicht.

Es war höchste Zeit, die Gastwirtschaft dem jungen tüchtigen Nachfolger zu übergeben, damit es wieder aufwärts ging und die Forderungen der Gläubiger erfüllt werden konnten. Xaver war der lebenslangen Plackerei überdrüssig: Tag und Nacht den Gästen zu Diensten zu sein, dazu all die Arbeit mit der hauseigenen Bierbrauerei. Doch seit der Mohrenprinz bei ihm war, machte Xaver sein Beruf zum ersten Mal Freude. Er faßte eine tiefe Zuneigung zu dem hohen Gast aus Baarca. Nie im Leben war es ihm vergönnt gewesen, einen Menschen ohne Einschränkung zu mögen. Das Wunschbild von einer hohen, edlen Frau hatte ihm seine Ehe verleidet. Ihm war inzwischen klar geworden, daß er mit so einem Wesen nicht hätte glücklich werden können, dazu hatte er weder Stand noch Lebensart.

Das unwiderstehliche Verlangen nach körperlicher Lust spürte er nicht mehr so drängend wie in jungen Jahren. Aber er machte sich da nichts vor, das war nicht ein Sieg der Moral, sondern des Alters! Würde seine Frau noch leben, müßte sie jetzt unter keinem ehebrecherischen Treiben ihres Mannes mit seinen Mägden zu leiden haben.

Seine unerfüllten Träume quälten ihn nicht mehr wie früher, als er sich nachts sinnlos betrank, so daß er den nächsten Tag nur unter Qualen überstand. Er nahm sein Leben, wie es war. Warum konnte er das auf einmal? fragte er sich selbst. Ein Gast war zu ihm gekommen, um dessen Wohlergehen er sich sorgte, als handelte es sich um einen der Heiligen Drei Könige persönlich, der auferstanden war. Bisher war es sein ganzes vergebliches Trachten gewesen, glücklich zu werden, jetzt vergaß er sich selbst wie eine Mutter, die nur noch für ihr Kind lebt.

Der Prinz ließ sich gerne von Xaver verwöhnen, wie er es von zu Hause kannte, aber mit einem bittersüßen Schmerz; denn beim Lächeln hatte der Wirt eben dieses Grübchen, das Caspar bei seiner Tochter so liebte, die ja einem anderen versprochen war.

Dem hochgewachsenen Jüngling, der jetzt eine elegante Pelzkappe und Lederstiefel trug, konnte man in der tiefverschneiten Winterlandschaft um Oberstdorf begegnen. Hinter ihm oder an seiner Seite, wenn der Weg es zuließ, stapfte der kleine, dicke Wirt. Die Bauern, die in der Abenddämmerung mit ihren Hörnerschlitten, gezogen von stämmigen Pferden, vom Holzmachen kamen, wußten nicht so recht, was sie von diesem Paar halten sollten. Obwohl über ihren eigenen Türen zum Schutze des Hauses die Anfangsbuchstaben der Heiligen Drei Könige von den Sternsingern, mit Kreide geschrieben, standen – als erster der des Caspar – hielten sie doch schwarze Menschen gewöhnlich für Heiden, mit denen sie nichts zu tun haben wollten. Wurden sie nicht als Sklaven und Diener an Königshöfen gehalten? Die Liebe eines Mohren zu einer blonden Einheimischen hätten sie verdammt, mochte er sich noch so sehr wie ein Prinz gebärden!

Xaver trug einen Rucksack mit Proviant und einem Ziegelstein, der auf dem Küchenherd erhitzt worden war und nun in ein Tuch eingeschlagen die Wärme hielt, um beim Rasten den Prinzen zu wärmen. Später trug die Last ein silbergraues Eselchen, wie es Caspar als Kind gehabt hatte. Bei einem Kürschner in der Residenzstadt Kempten war extra weiches Zaumzeug aus rotem Leder angefertigt worden. Kamen sie an eine Kapelle, wurden kostbare Bienenwachskerzen geopfert, Myrrhe und Weihrauch entzündet. Caspar kniete vor den Bildern von Gottes Sohn nieder wie vor so langer Zeit sein Ahn in Bethlehem vor dem lebendigen Heiland. Seine Liebe zur Tochter des Wirtes durfte nicht sein! Um so weniger, weil ihr Vater ihm vertraute wie dem heiligen Caspar selbst.

„Et ne nos in tentationem inducas", so betete der Prinz, „sed libera nos a malo!"*

Manchmal legte der Prinz dem Mohrenwirt, der so gerne vom Leben im Morgenland hörte, im Gespräch die Hand auf die Schulter. Der Jüngling erzählte ihm, wie er sich mit einer Karawane in der Wüste verirrt hatte und eigensinnig zu einer Fata Morgana reiten wollte, die eine Oase mit Palmen vorgespiegelt hatte. Es wäre sein Tod gewesen, wenn die anderen ihn nicht mit Gewalt zurückgehalten hätten. Als Xaver nicht glauben wollte, daß es so eine Sinnestäuschung gibt, meinte der Prinz, er müsse es sich so vorstellen, als habe er eine Flasche Meßwein getrunken, was ihm dann auch Ersehntes vorgaukele.

Xaver sah den Prinzen betroffen an und fragte kleinlaut: „Verachtet Ihr mich auch, weil ich trinke?"

„Nein!" konnte Caspar ehrlich antworten, „Ich mag Euch!" Und um den Wirt aus seiner Verlegenheit zu befreien, erzählte er ihm, warum er so gut deutsch spreche. Das Erlernen einer fremden, fernen Sprache und die Kenntnis der Kulturen anderer Völker gehöre zur Vorbereitung eines Thronfolgers von Baarca auf

* *Und führe uns nicht in Versuchung, sondern erlöse uns von dem Übel!*

sein königliches Amt. So sollte er nicht, eingeengt durch die Sitten seines eigenen Landes, überzeugt sein, es gebe nur einen Weg zu leben. Könnte in den mohammedanischen Nachbarländern ein Mann mit vier und mehr Frauen hochgeachtet sein, wäre er in Deutschland als Ehebrecher verdammt. Im Himalaja, im Königreich Bhutan, würden in einem Bergvolk die Frauen mehrere Männer gleichzeitig heiraten. Nicht die regionalen, zeitbedingten Merkmale sagen etwas über einen Menschen aus, sondern die Art, wie er sie lebt.

„Es gibt keine für alle Zeiten und Menschen gültige Lebensregeln!" hatte Caspar von seinem geliebten Lehrer erfahren müssen, den er nur stumm umarmt hatte, als er begriff, daß jeder mit der Verantwortung für sein Leben alleine ist.

In der Pfarrkirche am Oberstdorfer Marktplatz war gerade ein Kirchenmaler im Auftrag des Fürstbischofs von Augsburg damit beschäftigt, Schäden an den Altarbildern auszubessern. Er logierte auch im Gasthaus. Xaver erreichte es, daß sein großer Wunsch erfüllt wurde: der Mohrenprinz ließ sich geduldig portraitieren, und sein Bild sollte zum Andenken im Gasthaus hängen. Am Vormittag, wenn das Licht günstig war, saß der weißhaarige Maler vor seiner

Staffelei im geräumigen, warmen Zimmer des hohen Gastes, der unbeweglich aufrecht vor ihm saß, einen grünen Turban mit einer schwarzen Quaste auf dem stolz erhobenen Haupt, um seinen schlanken Körper ein purpurrotes Seidengewand. Der Maler wählte als Hintergrund seines Bildes einen tiefblauen Nachthimmel, an dem der Stern von Bethlehem herrlich funkelte.

Dem Maler war erlaubt, das Gesicht des Prinzen von Baarca so eingehend zu betrachten, wie man es im täglichen Leben nicht durfte, weil es eine natürliche Scheu verbietet. Es war unglaublich für den Wirt, der gerne dabei saß, wie lebendig sein verehrter Prinz durch die Kunst der Malerei mit Pinselstrichen auf das kreisrunde Bild gebannt wurde. Ein Silberrahmen, der mit dem Blau des Firmaments gut harmonieren würde, war in den entsprechenden Maßen schon in Auftrag gegeben worden. Daß der Mohrenprinz nicht in Oberstdorf bleiben konnte und in seine sonnige warme Heimat am Nil zurückkehren mußte, das war so sicher wie im Herbst der Aufbruch der Zugvögel in ihre Heimat.

Nachts, wenn alles schlief, würde Xaver mit einer Kerze vor dem Bild sitzen, mochte die Kirchturmuhr gegenüber die vielen einsamen Stunden bis zum

Morgen verkünden. Er würde einfach dasitzen und schauen, nichts denken, ohne Wünsche träumen, wie beim Orgelspiel des Kantors, dem er gerne lauschte, besonders, wenn dieser unbekannte Weisen ohne Noten in der leeren Kirche spielte.

Wie es seine Gewohnheit war, lag Xaver oft noch bis tief in die Nacht auf seinem bequemen Guetschle am warmen Kachelofen, trank vom päpstlichen Wein, aber in Maßen. Sein ganzes Leben hatte er dem Glück stets Bedingungen gestellt: wenn – dann! So tragisch und schmerzhaft sein Leben auch gewesen war, plötzlich, mitten in der Nacht, spürte er den unwiderstehlichen Drang zu lachen! Und er ließ es geschehen, mochte es jemand hören oder nicht! Nun trank er doch leichtsinnig ein Glas in einem Zug leer, um sich Mut zu machen und in der Stille zu sagen, was seine katholische Erziehung ihm verbot:

„Gott, Du Schelm, jetzt habe ich Dich! Prost! Schon immer hältst Du Dich in meinem Herzen verborgen, und ich suche Dich – als das Glück bei den Frauen, im Reichtum, in fernen Träumen – aber daß Du so nah bist! Wie ein Kind beim Versteckspiel hast Du Dich durch Dein Lachen verraten!" Wieder lachte Xaver, bis ihm die Tränen kamen, aber bestimmt nicht vor Unglück! Das war auch ein Mysterium, wie es das

Versteck des Schöpfers im Herzen der Menschen ist. „Ende gut, alles gut! Gloria Dei!" Wie brausendes Orgelspiel brach endlich die Freude aus ihm hervor, die er so lange mit den unerfüllbaren Bedingungen zurückgehalten hatte.

„Nur der Tod kann schöner sein!" flüsterte er und lauschte verwundert seinen Worten. Wer hatte das eben gesagt? Gott oder er selbst, Xaver, der den Tod bisher so sehr gefürchtet hatte?

Wie ein Mühlrad drehten sich im Kopfe des Prinzen die immer gleichen quälenden Gedanken: Zweikampf mit dem Rivalen wie in der Natur – unter Menschen konnte das mit dem Tod enden, Tiere lassen einen besiegten Gegner leben! Oder war es besser, ihn heimlich ermorden zu lassen?

Caspar hatte sich bisher für einen guten Menschen gehalten, bemüht um Liebenswürdigkeit und Würde. Der Patriarch hatte ihn immer ermahnt, daß ein vom Schicksal Begünstigter wie er mit seinen Gaben nicht geizen dürfe, wie eine Blume habe er zur Freude der Welt zu blühen. Auch einer abgearbeiteten Fellachin, an der er auf seinem edlen Araberhengst vorbeireite, möge er sein königliches Lächeln schenken, das sie wie einen kostbaren Schatz im Herzen bewahren würde. Er müsse die Stiefkinder des Glücks stets am Geschenk seines prächtigen Lebens teilhaben lassen!

Caspar hatte mit erschrockenen Kinderaugen am Hofe von Baarca die Brutalität der Männer gesehen, die in ihrer Gier nach einer Frau vor nichts zurückschrecken. Der Prinz erkannte mit Entsetzen, daß diese Gewalttätigkeit auch in ihm war. Er würde sie gegen sich selbst richten, er fühlte sich nicht mehr wert zu leben!

‚Du sollst nicht begehren deines Nächsten Weib!' Wenn dies Gottes Gebot war, würde er ihm auch die Kraft geben, es zu befolgen, hatte Caspar gehofft.

Die Qualen dieser unerfüllten Liebe noch länger zu erdulden, wurde unerträglich. Eines Nachts hatte er so inbrünstig gebetet und geweint, bis er seine letzte Kraft erschöpft hatte, da erstarrte er, verlor das Bewußtsein, ein helles Licht umgab ihn – sein Tod war ganz nah, sein Herz stand fast still. Aber dann klopfte es wieder wie wild, als schreie es nach dem Leben, nach Stella.

Es war nichts Neues auf der Welt, daß sich ein Mensch aus Liebeskummer tötet. Unbegreiflich für alle, die es nicht betrifft. Er würde sich bei einer Wanderung in den verschneiten Bergen verlaufen, von der Dunkelheit überrascht, den Heimweg nicht mehr finden und schließlich irgendwo entkräftet im Schnee erfrieren. Nachdem er das beschlossen hatte, fühlte er sich befreit und leicht.

Als Stella ihm wie üblich das Frühstück brachte, scherzte er mit ihr. Er hatte alles gut vorbereitet, schon einige Male ohne Xaver lange Wanderungen unternommen, so daß es niemandem auffiel, als er sich alleine auf seinen letzten Weg machte. Er würde wahrscheinlich erst in der Dämmerung zurück sein, sagte er dem Wirt, der ihm eine Umhängetasche mit Proviant mitgab.

Schon vor dem Zwölf-Uhr-Läuten überkam Stella Unruhe und Angst. Sie eilte ins Zimmer des Prinzen. Das übliche Ducheinander auf seinem Schreibtisch war zum ersten Mal wohlgeordnet. Den Papierkorb mußte er selbst geleert haben; noch nie hatte er das getan. Sie öffnete die Tür des Kachelofens und fand etwas verkohltes Papier.

Sie wolle nach Kornau, zu ihrem Detle*, sagte sie den Mägden. Es gab nur eine Richtung, wohin er gegangen sein konnte – zum Söllereck, dort, wo ihr Stern stand! Die Fuhrstraße ins Walsertal war von Schlitten gut gespurt, sie hastete atemlos den Berg hinauf. „Du Kind, du dummes, dummes Kind!", so schimpfte sie mit Tränen in den Augen vor sich hin. Endlich hatte sie die Stelle erreicht, wo es oberhalb von Kornau zum Söllereck ging. Keine Spur. Etwas weiter, hin zu einer Baumgruppe, war der Schnee kaum merklich verwischt wie mit einem Tannenzweig. Dort suchte sie wütend: „Sehr gut gemacht, königliche Hoheit, sehr gut!" Hinter dem Wäldchen, wo man von der Straße nichts mehr sehen konnte –

* *Patentante*

endlich die Spur, weiter Fußabstand einer Person mit langen Beinen. „Wenn ich dich noch lebendig finde, werde ich dich ohrfeigen, du dummes, liebes Kind!" Sie rief nach ihm: „Caspar, Caspar – warte!"

Zum Glück war die Schneedecke gefroren, darauf hatte es ein wenig geschneit. Sie kam schnell voran. Sie zwang sich, ruhig zu bleiben, sie durfte sich nicht verausgaben. Wie konnte er diesen Weg finden, jetzt im Winter, die Richtung so genau einhalten, wie jemand, der sich hier vom Sommer her auskannte? Nicht nur am Himmel fand er sich zurecht!

Wie in einem Alptraum quälte sie sich vorwärts, mußte zwei Schritte machen, wo er einen gebraucht hatte.

„Warum willst du mir dieses Leid antun? Wie soll ich nach deinem Tod weiterleben? Hast du daran gedacht? Du liebst mich? Du denkst nur an dich! Ich bin nicht deine Traumfee, sondern eine Frau aus Fleisch und Blut, die sehr zornig ist!"

Nicht weit von der Sölleralpe saß er im Schnee. In der Hand seine silberne Taschenflasche, die Xaver mit Enzianschnaps gefüllt hatte. Das steigerte ihren Zorn. Seit ihrer Kindheit waren ihr die Saufereien ihres Vaters zuwider. Die blonden Haare klebten ihr an der Stirn, sie war am ganzen Körper naßgeschwitzt. Wie ein wildes Tier sprang sie auf ihn zu. Er erhob sich und sah sie erschrocken mit seinen großen Kinderaugen an. „Was treibt Ihr hier? Bei allem, was Euch heilig ist, antwortet die Wahrheit!" Ihre blauen Augen funkelten ihn ohne Mitleid an.

„Ich kann nicht mehr leben", sagte er kaum hörbar wie entschuldigend. Sie entriß ihm die Flasche und schleuderte sie in den Schnee: „Aber trinken könnt Ihr! Ich verachte Schwächlinge wie meinen Vater und Euch, Eure Flucht in die künstlichen Paradiese, Eure Selbstmordabsichten – aber letzten Endes seid ihr zu feige, könnt nicht leben und nicht sterben!"

Er war so sehr in seinem Stolz verletzt wie nie, so verachtet von der Frau, die er liebte! Caspar griff in seinen Gürtel, ein Dolch blitzte in seiner Hand, die auf sein Herz zielte. Ebensoschnell warf sich Stella auf ihn. Versuchte, ihm den Dolch zu entwinden. Sie wälzten sich keuchend im Schnee; da biß sie ihm in die Hand und er ließ die Mordwaffe los. Blitzschnell griff Stella zu und warf sie in hohem Bogen fort.

Grau im Gesicht starrte Caspar Stella fassungslos an. Seine Hand schmerzte.

„Unsere Liebe kann nicht sein, aber deshalb dürft Ihr Euch nicht das Leben nehmen, hört Ihr? Ich werde meinem Bräutigam die Treue halten, auch wenn er nicht so schöne Augen hat und schmale feine Hände mit kostbaren Ringen wie Ihr. Vinzenz ist ein rechtschaffener Mann. Ich werde meiner Familie keine Schande machen, so wie ich es meiner Mutter auf dem Totenbett geschworen habe. Auch wenn ich Euch verfallen bin wie der Sünde!"

Ihre Angst, zu spät zu kommen und nur noch einen Toten zu finden, entlud sich. Da es ihr widerstrebte, ihm ins Gesicht zu schlagen, drohte sie ihm voller Wut:

„Gott ohrfeigt die Selbstmörder wie dumme Kinder, die vor der Zeit zu ihm kommen! Und er schickt sie zurück auf die Erde, zur Strafe bekommen sie eine noch schwerere Lebensaufgabe!"

Plötzlich war Stella erschöpft, sie hatte auch all ihren Kummer, den ihr Vater ihr seit dem Tod ihrer Mutter gemacht hatte, auf den Prinzen geschleudert. Sie blickte an sich hinunter. Ihre Bluse war über ihrer linken Brust aufgerissen. Sie errötete und versuchte, die Blöße mit dem verrutschten Lodenumhang zu bedecken.

Der Prinz erhob sich mühelos aus dem zerwühlten Schnee. Er nahm seinen weißen Seidenschal vom Hals und legte ihn ihr behutsam um. Er blickte sie an und versuchte ein kaum merkliches, bittendes

Lächeln, mehr mit seinen Augen als mit dem Mund. Sie erwiderte seinen Blick trotzig, abwartend. Da legte er eine Hand behutsam auf ihre Schulter, mit der anderen streichelte er liebevoll über ihre Wange.

„Erlaubt, daß ich du zu Euch sage!" bat er ganz ruhig, als hätte der Kampf nicht stattgefunden und die schrecklichen Worte wären nicht gesprochen worden.

„Ich bitte darum, lieber Mohr!" antwortete sie, ohne nachzudenken, erstaunt, sich so sprechen zu hören. Über dem Söllereck spielten Kolkraben, jagten sich übermütig mit sausendem Flügelschlag. Dann war es still. Der Wind blies den feinen Neuschnee in die Luft.

Sie blickten einander in die Augen wie in offene Fenster. Feine Empfindungen, für die Worte viel zu grob sind, gingen von einem zum anderen. Und das Unsagbare, das im Hause eines menschlichen Körpers wohnt, zeigte sich, versteckte sich, ließ sich finden, lief wieder fort, winkte; wenn es einmal seine Erdenwohnung für immer verläßt – bleibt eine Hülle zurück, die das Geschenk eines Lächelns nicht mehr geben kann!

Stella erschauderte. „Mir ist kalt, laß uns in die Sölleralpe gehen und Feuer machen. Nach ein paar

Schritten lag die silberne Taschenflasche vor ihnen im Schnee. Caspar hob sie auf, öffnete den Schraubverschluß und bot Stella die Flasche an: „Bitte trink, du darfst nicht krank werden!" Gehorsam nahm sie einen Schluck. „Bitte mehr!" Sie schüttelte sich, dann schlug eine warme Welle in ihr hoch. Sie lächelte Caspar an. Zum ersten Mal ließ sie ihr Lächeln frei, das sie bisher wie einen Vogel im Käfig gehalten hatte. Caspar durchzuckte eine wilde Hoffnung. Würde ihre Liebe nun doch möglich sein? Hatten sie nicht beide wirklich versucht, sich bis zum Äußersten zu wehren? Würde Gott sie beide strafen müssen? Wo er sie doch füreinander bestimmt hatte? War die Sünde nicht genau das, was Stella versprochen hatte: den Haushofmeister heiraten?

Wie sehr freute sich Stella, als sie voller Erstaunen zuschaute, wie der verwöhnte Prinz geschickt mit dem Beil Holz spaltete und im großen Rauchfang, wo während des Sommers Käse im Kessel gekocht wurde, geschickt die Späne schichtete. Auch mit Feuerstein und Zunder wußte er umzugehen. Woher sollte sie wissen, daß es zur Tradition der Könige und Prinzen von Baarca gehörte, daß sie jedes Jahr einen Monat unerkannt als Bettelmönche durch ihr eigenes Land ziehen? Da hatte Caspar vieles gelernt, was andere normalerweise für ihn in seinem Königspalast taten. Als er immer wieder pusten mußte, weil das Feuer nicht brennen wollte, meinte er entschuldigend: „Mit meinem Dolch hätte ich das Anmachholz noch kleiner spalten können."

Ohne auf seinen Widerspruch zu achten, ging sie nach draußen und kam bald mit dem Dolch zurück. Der Goldgriff war mit funkelnden Saphiren besetzt. Sichtlich erleichtert, ihn wiederzuhaben, erklärte Caspar: „Mein Vater hat ihn mir geschenkt"!

„Aber doch nicht, damit du dir das Leben nehmen kannst!", erwiderte Stella leise.

Caspar erhob sich vom Steinfußboden, wo er am Kamin gekauert hatte. Er nahm Stella so fest in seine Arme, daß sie seinen Körper spürte.

„Wie schön warm du bist!" sagte sie verwirrt und schmiegte sich an ihn.

„Und deine Kleider sind feucht und kalt, bitte nimm noch einen Schluck." Caspar machte sich wieder an die Arbeit. Jetzt brannte das Feuer. Aus dem Stall holte er ein paar Arme voll Heu. Darüber breitete er ein Leintuch, das er in der Schlafkammer gefunden hatte, damit sie es sich beide am Feuer bequem machen konnten. Die schwarzen Balken der Hütte knackten in der sich plötzlich verbreitenden Wärme.

Stellas Kleider dampften. Caspar nahm seinen Pelz ab und warf ihn aufs Lager.

„Zieh bitte deine feuchten Kleider aus und leg den Mantel um, ich schaue nicht hin und hacke noch mehr Holz." Nach kurzem Zögern gehorchte sie.

Als er sich wieder umwandte, hockte sie in seinen Pelz gehüllt und wärmte sich die Füße vor der Glut.

„Wunderbar", flüsterte sie errötend, „jetzt werde ich bestimmt nicht krank!" Caspar nahm ihre Füße in seine Hände und massierte sie. „Wie klein sie sind!" sagte er bewundernd.

Wie konnte das so schnell geschehen? Sie lagen beide nackt auf dem flauschigen Pelz. Die Hitze des lodernden Feuers brannte auf ihrer Haut, heißer als Sommersonne. Jetzt öffnete Stella die Augen: Was für kräftige, männliche Schultern Caspar hatte! Obwohl schwarz, schimmerte seine Haut, als leuchte sie von innen. Er beugte sich über sie, berührte nur ihr Gesicht mit hauchzarten Küssen, seine Lippen spielten mit den ihren, bis sich ihr Mund wie von selbst öffnete.

Das hatte nichts mit den tolpatschigen gierigen Versuchen zu tun, die sie kannte. „Es geschieht nichts, was du nicht genauso wünschst wie ich!" Er legte sich neben sie, bettete ihren Kopf an seine

Schulter, schlang zärtlich einen Arm um sie. „Es muß ja nicht heute sein, unsere Körper sollen sich erst einmal kennenlernen. Wollen wir ihnen Zeit lassen?"

„Ja, lieber Mohr!" flüsterte Stella, dankbar für seine liebevolle Behutsamkeit. Zögernd begannen ihre Hände über seinen Körper zu tasten; glatt und weich wie Seide fühlte sich seine Haut an. „Ich spüre dein Herz klopfen, sehr stark!" Sie legte ihr Ohr auf seine Brust, und er spielte mit ihrem Haar.

Er wollte ihr Herz auch hören, streichelte zart ihre Brüste, und ein wohliger Schauer durchfuhr ihren Leib. Sie hatte jetzt keine Angst mehr, es war schön, einfach ohne Ziel miteinander zu spielen, den Körper des geliebten Menschen zu erkunden, der sich gerne für jede Liebkosung anbot.

Sie nahm seine Hand – wo sie ihn gebissen hatte war noch ein schwacher Abdruck ihrer Zähne. Sie drückte einen Kuß darauf. Stella betrachtete seine kostbaren Ringe und meinte bewundernd: „Gold und Edelsteine sehen auf schwarzer Haut viel schöner aus als bei uns Weißen!"

„Lieber Mohr", flüsterte sie einige Male und dann endlich die drei Zauberworte, die, wenn sie von Herzen kommen, das größte Glück unseres Erdenlebens bedeuten können: „Ich liebe dich!"

„Ich liebe dich!" erwiderte Caspar voller Freude, daß sie es zuerst gesagt hatte. Er schmiegte sich noch fester an sie.

Es war ihnen, als ströme etwas durch ihre Haut von einem zum anderen. Und dann verschmolzen sie immer mehr miteinander. Von selbst atmeten sie in einem Rhythmus. Wessen pulsierendes Blut war es, ihres oder seines? Vielleicht hatte sie so als kleines Kind bei ihrer Mutter gelegen, jetzt als Erwachsene spürte Stella das erste Mal wieder diese Geborgenheit. Ruhe und Vertrauen erfüllten sie, die lebendige Wärme eines geliebten Menschen!

Das Feuer verglomm. Caspar hatte den Pelz über sie gezogen. Schwarz und Weiß, die Körper verschlungen, lagen sie unbeweglich da. Alles war gesagt.

Eine kleine graue Bergmaus huschte über einen Deckenbalken, hielt verdutzt inne und sah mit ihren blanken Äuglein zu den beiden hinunter. Durch den Schornstein hörten sie den hölzernen Glockenton von Kolkraben.

„Jetzt müssen wir ins Dorf zurück", sagte Caspar vernünftig, wie sie es nicht von ihm erwartet hätte. Er drängte zur Eile. Sie beseitigten ihre Spuren und brachen auf. Sie konnten noch vor der Dunkelheit zu Hause sein!

Schweigend folgte Stella ihm. Sie wollte noch den Umweg über Kornau machen, um beim Detle vorbeizuschauen. Man mußte klug sein!

Am Waldrand, wo man einen freien Blick ins weite verschneite Unterland hatte, hielt sie Caspar zurück. „Bitte, eine ganz kleine Rast, hier, wo nur Gott unser Zeuge sein kann, sprich zu mir von meinem Stern, wenn auch nur kurz. Ich muß es wissen!"

Er umarmte sie fest und war schon so vertraut. Sie lehnten sich an eine Tanne, und er berichtete ihr, wie Gott ihm den Stern geschickt hatte.

Getrennt kehrten sie in den Gasthof zurück. Niemand schöpfte Verdacht. In nächster Zeit wurde der Prinz meist von einer Magd oder dem Wirt bedient. Stella schien es nicht mehr zu wollen, wie die anderen glaubten. Sie besuchte jetzt öfter in Kornau ihr Detle, das in ihrem hohen Alter etwas verwirrt geworden war.

Der Mohr brach zu einer Reise in Richtung Bodensee auf, um die Gegend auszukundschaften, wie er sagte.

Beim nächsten Vollmond würden die Liebenden auf der Sölleralpe sein, das hatten sie ausgemacht. Nach ihrem Abendtee würde das Detle in dieser Nacht sehr fest schlafen.

Die Zeit bis dahin verging für beide wie ein Traum, in dem sie aßen, redeten, schliefen – erwachen und leben würden sie erst wieder in der verschneiten Alphütte, fern von den Menschen, vor denen sie ihre Liebe verbergen mußten.

Stella hatte ihrer Mutter vorm Sterben auch noch schwören müssen, sich um ihren Vater zu kümmern, so war eine Flucht mit dem Geliebten nicht möglich.

Wie konnte die Zukunft werden? Manchmal verzweifelte sie. Im Schnee einzuschlafen, sollte ein so schöner Tod sein, hatte sie oft gehört.

Einmal, in der Abenddämmerung, wanderte Stella zum einsamen Moorweiher hinter dem Galgenberg. Dort legte sie sich in der Stille beim Schilf in den weichen Schnee, der sanft vom Himmel fiel. Ein Lied kam ihr in den Sinn:

Am Fenster blühen Blumen fein,
in bitterkalter Winternacht,
sie glitzern weiß im Mondenschein,
aus Eiskristall ist ihre Pracht.

Vom Himmel tanzt der erste Schnee
und deckt die Welt behutsam zu.
Die Fische träumen tief im See.
Mein liebes Kind, so schlaf auch du!

sehr ruhig
Am
Fenster blühen Blumen fein, in
bitter- Kalter Winter- nacht, sie
glitzern weiß im Monden- schein, aus
EisKristall ist ihre Pracht.

Von der Kappelerin wollte ihre kleine Schwester das Lied immer wieder singen hören, als sie eines nachmittags hohes Fieber bekommen hatte. Ihre Bäckchen glühten und sie bat: „Bring mich in den Schnee, bitte!" In der Nacht war sie dann für immer eingeschlafen.

Fast war Stella versucht, wie sie so im Schnee dalag, jetzt schon den Tod herbeizusehnen. In ihrer Unschuld als Jungfrau zu sterben. Das tun, was sie Caspar vorgeworfen hatte, als sie voller Angst zur Sölleralpe gehastet war?

So, wie sie früher ihren Fürbitter, den heiligen Antonius, um Hilfe angefleht hatte in ihren Nöten, die gar keine gewesen waren, wie sie nun erkannte, flüsterte sie: „Caspar, hilf mir! Der Vinzenz darf mich nie wieder anrühren! Beschütze mich! Nur mit dir, lieber Mohr, nur mit dir wünsche ich mir ein Kind!"

Stella war es warm, und sie wurde schläfrig. Ein leises Singen war um sie von den Schneeflocken, die auf ihre geschlossenen Augen fielen. Aber warum sollte sie aufgeben! Energisch erhob sie sich und klopfte den Schnee von ihrem Lodenumhang.

Voller Sehnsucht hatte Stella in ihrem Bauernkalender endlich alle Tage bis zum Zeichen des Vollmondes abgehakt. Er war noch nicht aufgegangen, als sie abends den Schönblick erreichte. Bald schon roch sie Rauch. Bei dem Gedanken, daß dort in der Alpe unterm Söllereck der Mann auf sie wartete, den sie liebte, wurde ihr vor Freude fast schwindlig. Das letzte Stück Weg, als sie den Feuerschein überm Kamin sah, war sie gerannt, hatte nach ihm gerufen: „Caspar! Caspar!"

Er öffnete, zog sie an sich, trug sie auf seinen Armen zum Kamin aufs Lager; dort bettete er sie behutsam, seine Augen in den ihren. Als sie endlich wieder beieinander waren, konnten sie zuerst nicht sprechen. Sie lagen stumm aneinandergeschmiegt. Im Kamin knackte das Holz. Der Wind spielte mit der offen gelassenen Tür.

Caspar würde sie später schließen. Er hatte alle Zeit der Welt! Die Sterne wanderten auf ihren Bahnen – Ewigkeiten kamen und gingen – aber er hielt jetzt die Frau ans Herz gedrückt, nach der er sich krank gesehnt hatte. Ein Wunder war in der Unendlichkeit geschehen!

Stella lag in seinen Armen wie ein verirrtes Kind, das nach Hause gefunden hatte. Behutsam drückte er sein Gesicht in ihre Haare und nahm den schon so vertrauten Duft in sich auf. Ganz leise flüsterte er schließlich, was er seit ihrer letzten Begegnung unentwegt gedacht hatte: „Stella, ich liebe dich!"

„Lieber Mohr!" antwortete sie und hob den Kopf, um ihm in die Augen zu sehen. Es war so still, daß sie hörten, wie die kleine graue Bergmaus, die hier wohl lebte, im Dachgebälk herumhuschte. Sie hielt inne und schaute wieder mit neugierigen Äuglein lange zu ihnen hinunter. Die beiden sahen sie dieses Mal und mußten lächeln.

Caspar stand auf und schloß die Tür mit dem dicken Bolzen. Nun sah Stella, was ihr Geliebter für das Wiedersehen alles vorbereitet hatte. Viel kleines Holz lag griffbereit an der Feuerstelle gestapelt. Am Kopfende ihres Lagers auf einem Brett standen ein Kristallglas, eine Weinflasche, kleine Teller mit allerlei Schleckereien, daneben lagen Früchte.

Er reichte ihr einen dunkelroten Seidenmantel: „Würdest du den für mich anlegen, bitte!"

Während sie sich umzog, wandte er sich ab und kümmerte sich um den Kamin. Das Feuer prasselte, und es wurde herrlich warm. Auch Caspar streifte seine Kleider bis auf ein bortenverziertes Hemd ab. Er zündete in einem Schälchen ein Stückchen Myrrhe an. „Wie zu Hause", lächelte er und öffnete dann die Flasche, goß den Wein bedächtig ins Glas. Er hatte Stella noch nicht wieder angeblickt, wie ein diskreter Diener, dem es nicht zusteht, seine leichtbekleidete Herrin anzusehen. Stella schaute ihm zu. Was war nur das Besondere an seinen Bewegungen? Sie selbst hatte ihr Leben lang bedient und andere bedienen sehen, Flaschen öffnen, Gläser reichen. Bei einem Jongleur, der die Bauern mit seinen Kunststücken am Markttag belustigt hatte, und der im Gasthaus logierte, war ihr eine ähnliche Art aufgefallen. Ob er einen Teller aus der Luft griff, den man ihm aus dem Publikum zuwarf, oder ob er einen Krug Bier beim Essen entgegennahm: es war als schmiegten sich die Dinge, die er berührte, in seine Hände.

Caspar kniete vor Stella nieder und reichte ihr das Glas, im Licht des Feuers sah es aus, wie mit Sonnenschein gefüllt. Jetzt erst schaute er sie voll an, mit staunenden Augen: „Du bist schön – so schön!" flüsterte er. Ihre Haare, die sie aus der Hochfrisur löste, glänzten nach dem Waschen mit Kamille wie feingesponnenes Gold. Im Wirtshaus hörte sie oft Komplimente, und die Männer versuchten, nach ihr zu greifen und sie zu tätscheln. Aber daß sie wirklich schön war, begriff sie dankbar zum ersten Mal.

Stella nahm einen ersten kleinen Schluck vom Wein, der ihr noch besser schmeckte als der von den päpstlichen Domänen in der Toskana.

„Es ist Eiswein aus den Badischen Rheinlanden, er wird aus den letzten Trauben gekeltert, die schon Frost abbekommen haben, daher hat er diese reine, zarte Süße." Sie versuchte von den Köstlichkeiten, die er ihr mundgerecht vorbereitet anbot.

„Warum ißt du nicht?" fragte sie verwundert.

„Ich habe nur Appetit auf dich!" antwortete Caspar ehrlich. „Ich bin ein Kannibale, wußtest du das nicht? Aber jetzt ist es zu spät, die Tür ist fest verriegelt, du bist in meiner Gewalt!" Er zeigte lachend seine prächtigen Zähne und zog sie an sich.

Spielerisch sträubte sie sich, aber seine Muskeln waren wie aus Eisen. Auch als sie sich mit all ihrer Kraft wehren wollte, zog er sie unerbittlich immer näher, bis sie sich willig ergab.

„Zuerst die kleinen, süßen Ohrläppchen!" raunte er und knabberte genießerisch daran. Ein sanfter Wonneschauer durchfuhr sie. „Und nun deine zarten Rosenknospen. Auch davon gibt es zwei!" Behutsam schob er ihren Seidenmantel zur Seite, beugte sich über ihre weißschimmernden Brüste und küßte sie zärtlich mit seinen warmen, vollen Lippen.

Sie seufzte, und um ihn dort festzuhalten, schlang sie ihre Hände um seinen Hals.

Eine sehr unangenehme Erinnerung streifte sie: Im dunklen Küchengang des Wirtshauses, wo es nach Essen und abgestandenem Bier roch, hatte Vinzenz sie an die Wand gedrückt, sie zu küssen versucht und ihr dabei grob in die Bluse gegriffen. Sie hatte ihn angewidert zurückgestoßen. Er entschuldigte sich zwar später, und sie hatte ihm auch verziehen, aber vergessen konnte sie es nicht. Wie um die lästige Vergangenheit zu vertreiben, flüsterte sie mehrmals: „Caspar, lieber Mohr, lieber Mohr!"

Da wurden seine Liebkosungen stürmischer und nahmen kein Ende. Sogar ihre Füße wurden bedacht.

Woher sollte Stella denn wissen, daß es auch zur Erziehung eines Prinzen von Baarca gehörte, daß er zu seinem sechzehnten Geburtstag ein bebildertes Hochzeitsbuch zu lesen bekam, wie es jungen Paaren im alten China geschenkt wurde, um sie mit den beglückendsten Möglichkeiten erotischer Spiele vertraut zu machen? Und eine schöne erfahrene Frau aus der königlichen Tanzgruppe hatte den Jüngling in die Kunst des Liebens eingeweiht, wobei sie ihm besonders ans Herz legte, daß sich die Geliebte unter der Wärme seiner Zärtlichkeiten wie eine Knospe in der Sonne von selbst öffnen müsse, ehe sie bereit sei, ‚Seine Königliche Hoheit' zu empfangen.

Als Stella merkte, daß alles, was er tat, eine jede Liebkosung, nur für sie geschah und es seine Freude und sein Stolz waren, daß er ihr so unsagbar wohl tun konnte, daß ihr Vergnügen gleichzeitig seines war – überkam sie große Lust, ihn auch so maßlos zu verwöhnen, flüsterte es leise in sein Ohr, als dürfe es die kleine graue Bergmaus nicht hören.

Nachdem er sein Hemd abgestreift hatte, überließ er sich ihr nur zu gerne. Wie Kinder spielten sie ‚Suchen und Finden' – von kalt, lauwarm, bis heiß, sehr heiß, bitte, bitte!

Auf einmal hielt er sie fest, daß sie sich nicht mehr bewegen konnte. „Stella, darf ich dein Mann sein?" Als sie ohne zu zögern unmißverständlich ja sagte, da wurde er zu einem ungebändigten Hengst, der zum Galopp überging, erst noch sanft wiegend, dann immer wilder, als gehe er durch, vorwärtsgepeitscht von seiner eigenen Kraft. Er riß sie unaufhaltsam mit sich in den dunkelblau glühenden Nachthimmel, höher und höher, daß sie sich atemlos und bebend an ihn klammerte – vorbei am Mond, der voll und groß über dem Gipfel des Nebelhorns schwebte, hin zu dem kleinen Kometen überm Söllereck, den sie mit einem letzten Aufbäumen endlich erreichten. Gleichzeitig griffen sie mit zitternden Händen nach dem flimmernden Himmelsgold – und sanken erschöpft seufzend, engumschlungen auf die Erde zurück, auf ihr Lager am Kamin.

Wie lange lagen sie so – umarmt in der Stille? Bis Caspar die Augen zufielen und Stella am ruhigen Atem spüren konnte, daß er schlief. Das Feuer war jetzt nur noch Glut. Kaum hörbar zischte es, wenn vereinzelt Wassertropfen vom tauenden Schnee durch den Schornstein fielen. Die abkühlenden Balken der Alphütte knackten in der Winterkälte.

Als Caspar erwachte, sah er Stella nackt in der offenen Tür stehen. Die Täler lagen unter einer geschlossenen Wolkendecke, auf die der nun kleine Mond vom Himmel schien.

Nachdem sie die Tür geschlossen hatte und sich an seinen vom Schlaf warmen Körper kuschelte, sagte sie leise: „Mein Komet ist nicht mehr da! Er braucht dir nicht mehr den Weg zu weisen, du hast mich ja gefunden."

Caspar sprang auf, öffnete die Tür und schaute zum Sternenhimmel: Der Platz überm Söllereck, wo Stellas Komet vorhin noch gestanden hatte, war dunkel. Caspar verriegelte die Tür, entzündete eine

Kerze an der Glut und stellte sie nah zu ihnen. Er nahm Stellas Kopf zwischen seine Hände und sah ihr in die Augen. Sie ließ ihn bis auf den Grund ihres Herzens sehen, dort bemerkte er einen Glanz, der vorhin noch nicht dagewesen war. Er sagte es ihr leise. Sie blickte ihn lange forschend an, genau das sah sie in seinen Augen auch. „Das muß der kleine Komet sein – er leuchtet jetzt in unseren Herzen!"

„Es ist nicht erlaubt, sich vor Unglück das Leben zu nehmen – aber wohl auch nicht vor Glück!" sagte Stella stockend. Sie legte kurz seine schwarze Hand auf ihre weiße Brust überm Herzen, dann richtete sie sich entschlossen auf, deckte ihren Geliebten sehr sorgsam zu und kleidete sich an. Es wurde Zeit, daß sie sich auf den Weg machte.

Stella wollte eben hinaus in die Nacht, als Caspar sie leise zurückrief. Er hatte ein Lederschächtelchen in der Hand, das er vergessen hatte, ihr zu geben. Sie öffnete es behutsam: Ein kleiner diamantfunkelnder Goldkomet lag auf dem blauen Samt, als Anhänger an einem Kettchen zu tragen – auch unter der Bluse auf der Brust.

Stella und Caspar kamen eines Abends zur Kappelerin. Sie sagte, noch ehe die beiden gesprochen hatten: „Ich freue mich, eurem Kind auf die Welt zu helfen. Verlaßt euch nur auf mich! Was seid ihr für ein schönes Paar!" Sie legte jedem eine Hand auf die Schulter und sah ihnen in die Augen, als spreche sie einen Segen.

Das Sennerpaar der Sölleralpe, das im Spätsommer letzten Jahres selbst sein erstes Kind erwartete, war der Kappelerin so dankbar gewesen, weil sie sofort zu ihnen hochgeeilt kam, als das Kind vor der Zeit zur Welt kommen wollte.

Bei der ängstlichen Wöchnerin war sie länger als nötig geblieben, und als es ans Zahlen ging, hatte sie nichts nehmen wollen. „Gebt mir einen Wunsch frei!" hatte sie den glücklichen Eltern gesagt, um es ihnen leichter zu machen, das Geschenk anzunehmen. „Vielleicht könnt auch ihr mir einmal in einer Not helfen." Das konnten sie jetzt wirklich! Der Plan der Kappelerin war es, das Kind des Mohren eben dort seine Augen öffnen zu lassen, wo sein Leben begonnen hatte.

Die Zeit für den Almauftrieb kam, und immer noch blieb es unbemerkt, daß Stella guter Hoffnung war. Mit dem geschmückten Vieh, den Sennern und deren

Kind zog die Tochter des Mohrenwirtes aus der Enge des Dorfes in die Freiheit des Bergsommers. Auf der Sölleralpe würde sie ihr Kind mit Hilfe der Kappelerin heimlich gebären.

Caspar von Baarca war längst abgereist, und sein Aufenthalt in Oberstdorf wäre den Einheimischen als nie geschehen vorgekommen, hätte nicht im Gasthof am Marktplatz sein großes silbergerahmtes Portrait gehangen.

Die Liebenden mußten jetzt sehr streng getrennt bleiben. Auch das allerkleinste Zeichen konnte sie verraten. Als Hure würden sie die Schaulustigen am Pranger beschimpfen!

Ein gütiges Schicksal ließ den Grafen von Rothenfels mit seinem Haushofmeister erst zurückkommen, nachdem alles besser als erhofft geschehen war: Die Kappelerin brachte Caspar seinen goldbraunen Sohn nach München, von wo die beiden sofort die Reise ins Morgenland nach Baarca antraten.

Noch schnell wurde eine junge Mutter als Amme angeworben, die Geld und Abenteuer lockten und die bereit war, ihrem eigenen Säugling einen Milchbruder, den kleinen Caspar, zu geben. Denn daß er Caspar heißen würde, war in glücklichen Nächten beschlossen worden.

Die Kappelerin hatte eine Gabe, die zu tragen nicht leicht war: sie empfand und sah die Zukunft von Menschen an deren Ausstrahlung, je nachdem, als Schatten oder Leuchten. Darüber sprach sie nie, aber richtete ihre Behandlungen danach ein.

Die Tränen mitzuerleben, als sie der jungen Mutter Stella den kleinen Caspar auf der Sölleralpe bei Nacht hatte nehmen müssen, tat sehr weh – aber die Heilerin sah sie, das Kind und den Vater in einem hellen Licht wie die Heilige Familie.

„Gott schützt die Liebenden!" tröstete sie. „Du mußt es mir glauben, ich darf dir nicht mehr sagen. Warte geduldig!" Ganz fest drückte sie Stella an sich, der es so gut tat, als umarme sie ihr lieber Mohr.

„Ich habe gesehen, wie dein kleiner Sohn seinen Vater zum ersten Mal angelächelt hat!" konnte die Kappelerin berichten.

Beim Wiedersehen mit dem Bräutigam gab es gleich schlimme Worte: Er habe keine Lust, die verkommene Wirtschaft samt der Bierbrauerei zu übernehmen. Er wolle jetzt noch nicht heiraten.

Der Vater fragte Stella ruhig: „Ist es dir recht, wenn ich ihm die Tür öffne?" Stella nickte. Der Wirt tat es, so männlich und würdevoll, wie ihn seine Tochter noch nie gesehen hatte. Alles, alles, was sie von ihm hatte erleiden müssen, und besonders seine Trinkerei, verzieh sie ihm in diesem Augenblick.

Mit verbissenem Ausdruck forderte der erregte Haushofmeister Vinzenz Hueber den Verlobungsring zurück, der sehr teuer gewesen sei. Stellas Gesicht erglühte. Was Vinzenz für ein Zeichen ihrer Wut und Demütigung hielt, war aber ihre überwältigende Freude über diese Wendung des Schicksals! Still streifte sie den Ring vom Finger und legte ihn auf den Tisch. Der Hueber nahm ihn und ging.

„Du solltest jetzt zu deinem Vater besonders gut sein!" flüsterte die Kappelerin Stella zu, als sie sich einmal in der Kirche begegneten. Drei Wochen später wußte sie, was die weise Frau hatte sagen wollen. Den Kopf auf seinen Armen, vor einer Flasche des päpstlichen Weines, die fast ausgetrunken war, fanden sie ihren Vater tot an seinem Stammplatz vor dem Portrait des Prinzen von Baarca.

So waren beide Gelübde, die Stella von der Mutter am Totenbett abverlangt worden waren, eingelöst. Sie hatte nicht am Pranger gestanden, und sie hatte sich bis zuletzt um den Vater gekümmert!

Stella verkaufte den verschuldeten Mohrengasthof und zog fort. Niemand erfuhr wohin.

Nur jemand in Gerstruben, der schweigen konnte, wußte es und bekam von einem Fuhrknecht aus Venedig schließlich die verschlüsselte Botschaft, wie ein Geschenk, daß drei Menschen, die zusammengehören, sich gefunden hatten.

Aber nichts bleibt verborgen, nicht vor Gott und auch nicht vor den Menschen. Die Wahrheit muß ans Licht, auch wenn sie sich ein paar hundert Jahre Zeit nimmt. Jedes Menschenschicksal ist auch eine Botschaft an die Nachfolgenden!

Nachspiel

Und wieder wird ein Gast geboren,
ein neues, hilflos kleines Kind:
Von Menschen, die voll Liebe sind,
hat es ein Paar sich auserkoren,
das zärtlich beieinander liegt.

Die Frau soll seine Mutter werden,
der Mann sein Vater hier auf Erden,
damit das Leben nicht versiegt.

Wenn nach Moral und Landessitte
auch manche Liebe nicht gefällt,
kommt jedes Kindlein doch zur Welt,

ist Gott im Liebesbund der Dritte,
entzündet Er das Lebenslicht;
nur Er mit seinen Schöpferhänden
erhält die Welt an allen Enden.
Das können Seine Menschen nicht!

Wenn Eltern sich voll Andacht beugen
zu ihrem Kind, das leise lacht –
und sie damit so glücklich macht,
dann sind sie gerne Gottes Zeugen!

La Classe de neige

ÉTONNANTS • CLASSIQUES

EMMANUEL CARRÈRE

La Classe de neige

Présentation, notes, dossier et cahier photos
par Fanny TAILLANDIER,
professeur de lettres

Flammarion

ISBN : 978-2-0813-5935-2
ISSN : 1269-8822

SOMMAIRE

PRÉSENTATION

La passion de l'imaginaire

En 1995, la publication de *La Classe de neige* marque un tournant dans la carrière romanesque d'Emmanuel Carrère ; après ce texte, il s'est détourné de la fiction à proprement parler, préférant des récits où l'auteur se met en scène parmi des protagonistes bien réels : l'assassin Jean-Claude Romand, personnage central de *L'Adversaire* (2000) ; des gens confrontés au tsunami qui frappa le Sri Lanka en 2004, dans *D'autres vies que la mienne* (2009) ; un homme de lettres repris de justice, dans *Limonov* (2011) ; et Jésus, personnage central, dans *Le Royaume* (2014).

Ce faisant, il ne faudrait pas croire que l'auteur a délaissé l'imaginaire. En effet, dans chacune des œuvres citées ci-dessus, le questionnement de l'écrivain demeure inchangé : il s'agit pour lui d'interroger le rapport entre la réalité et les récits qu'on en donne – rapport complexe, multiple, souvent tragique. C'est la mythomanie dont il souffre à un degré extrême qui pousse Jean-Claude Romand à assassiner sa femme, ses deux enfants et ses parents ; Limonov, pour sa part, ressemble à un héros de roman picaresque[1], tour à tour mercenaire et sans-abri, poète et

1. ***Roman picaresque*** : roman d'aventures dont les héros sont des brigands, aventuriers et hors-la-loi.

homme politique. Quant à Jésus, y a-t-il un seul personnage historique qui puisse prétendre avoir engendré un tel récit ? Un récit si riche et si immense qu'il est devenu une des principales religions mondiales ? Inlassablement, Carrère creuse le sillon de cette problématique : est-ce la réalité qui parfois ressemble à un récit, ou est-ce le récit qu'on en fait qui modifie ce qui a lieu ?

D'origine russe, né en 1957 dans une famille d'intellectuels parisiens (sa mère, Hélène Carrère d'Encausse, est une grande historienne devenue secrétaire perpétuelle de l'Académie française), Emmanuel Carrère fait d'abord le choix de la réalité : il est diplômé de Sciences po, l'Institut parisien d'études politiques. Mais le cinéma va bientôt retenir son attention ; dès la fin de ses études, il devient critique pour *Positif* et *Télérama*, deux magazines spécialisés[1], avant de publier son premier livre, une monographie[2] sur le cinéaste allemand Werner Herzog, en 1982. Composée de fictions autant que de documentaires, l'œuvre de Herzog peut d'ailleurs être considérée comme un modèle pour le jeune Emmanuel Carrère, qui s'intéressera aussi beaucoup à la science-fiction, livrant deux essais sur ce genre romanesque : *Le Détroit de Behring, introduction à l'uchronie* (1986) et *Je suis vivant et vous êtes morts* (1993), biographie romancée du grand écrivain américain Philip K. Dick.

C'est toutefois comme romancier que Carrère fait ses premiers pas dans le monde des lettres : après *L'Amie du jaguar* en 1982, *Bravoure* lui offre l'année suivante son premier prix littéraire. Suivront, avec un succès croissant, *La Moustache* (1986),

1. ***Positif*** est une revue mensuelle de cinéma, ***Télérama*** un magazine culturel hebdomadaire, s'intéressant à l'actualité cinématographique, télévisuelle, musicale, radiophonique, etc.
2. ***Monographie*** : étude détaillée sur une personne, un point d'histoire, de science.

Hors d'atteinte (1988) et *La Classe de neige*, qui remporte en 1995 le prix Femina. À partir de cette œuvre, Carrère boucle la boucle : il cosignera en 1998 l'adaptation au cinéma de *La Classe de neige* avec Claude Miller, puis sera scénariste de l'adaptation de *L'Adversaire* par Daniel Auteuil (2002), avant de passer derrière la caméra et de réaliser lui-même *La Moustache* en 2005. Dans cette œuvre, un homme se rase la moustache pour faire une surprise à sa femme, mais celle-ci lui assure qu'il ne l'a jamais portée... Où finit le réel ? Où commence la fiction ? Et cette fiction ne serait-elle pas le premier pas vers la folie ?

Un roman sur la fiction

Cette question est au cœur de *La Classe de neige* : Nicolas, le personnage principal, passe son temps à inventer, à imaginer, à réinventer ce qui a lieu, à tel point qu'il en oublie ce qui est réellement arrivé. Sous son air craintif, ce petit garçon timide et taciturne cache une capacité d'invention extraordinaire. Dès le premier chapitre, la possibilité d'un accident de la route lui fait imaginer « les voitures en accordéon, les corps sanglants qu'on emportait sur les civières dans le tournoiement des gyrophares » (p. 30). Inlassablement, il construit des histoires – la mort de son père, les tueurs aux trousses de son camarade Hodkann –, chaque fantaisie étant comme un exutoire à son angoisse : la violence retournée contre son père ou contre Hodkann semble être pour l'enfant un moyen de se débarrasser de la crainte que lui inspirent ces deux personnages. Cette imagination débridée ne va pas sans culpabilité, et le petit Nicolas, en s'étant représenté la mort de son père, craint de lui porter réellement malheur : « En même temps, il pensait que c'était mal de se laisser aller à de telles rêveries, que cela pouvait porter malheur. Que dirait-il si le téléphone sonnait pour de bon, si ce qu'il avait imaginé pour se rendre triste et se consoler se réalisait ? Ce serait atroce. Il serait non seulement orphelin, mais coupable, terriblement coupable. Ce serait comme d'avoir tué son père » (p. 76). Plein d'imagination, Nicolas croit qu'elle peut exercer un pouvoir sur la réalité. Pour son malheur, la suite des événements ne le détrompera pas.

Cette croyance dans la capacité du récit à influer sur le réel, Nicolas la tient de ses lectures : telle « histoire épouvantable », à la fin du chapitre 4, montre comment un souhait peut s'inverser en cauchemar et faire de la réalité une catastrophe. Quand il ne les invente pas lui-même, Nicolas se rappelle les histoires qu'il a lues : histoires d'horreurs, contes de fées ou romans policiers, il les inclut dans sa représentation de ce qui a lieu au même titre que les faits qui appartiennent à la réalité. Malgré son jeune âge, il s'inscrit donc dans la longue tradition des héros de romans qui sont eux-mêmes des lecteurs : Don Quichotte, Mme Bovary, pour ne citer que les plus célèbres, personnages dont le goût pour la lecture détermine un certain rapport au monde (voir dossier, groupement de textes n° 2, p. 168). Et, au-delà du seul personnage de Nicolas, *La Classe de neige* en appelle à plusieurs genres littéraires à la fois.

L'intertexte[1] merveilleux : un conte initiatique

À l'évidence, l'univers des contes de fées structure le cadre du récit. Nicolas en est particulièrement friand – il s'identifie sans difficulté à la petite sirène et à Pinocchio, qui sont pourtant des créatures merveilleuses. Symbole de la mue vers l'âge adulte, la petite sirène accepte de souffrir pour aller vers l'humanité ; Pinocchio, quant à lui, deviendra un être humain quand il aura renoncé à ses mensonges, ce qui explique que Nicolas pense à lui avec un certain désespoir dans les derniers moments du récit. Entre ces deux figures, *La Classe de neige* peut de prime abord se lire comme un conte, avec son décor hautement symbolique ; univers propre aux apparitions surnaturelles, la haute montagne, faite de neige et de forêts, est ici rendue à sa plus simple expression, qui n'en est pas moins impressionnante : une route en lacets l'éloignant du monde humain, de la neige qui recouvre les traces de pas, des sapins où siffle le vent (chapitres 14 et 15).

Les personnages secondaires sont d'ailleurs colorés de merveilleux : Patrick offre des bracelets magiques (chapitre 4) et sait détendre les enfants par sa seule parole (chapitre 12), comme un nouveau joueur de flûte de Hamelin[2] ; la maîtresse a des

---

1. ***Intertexte*** : ensemble de modèles littéraires d'un texte, rapport qu'il entretient avec un ou plusieurs autres textes préexistants.
2. ***Le Joueur de flûte de Hamelin*** est une légende allemande transcrite par les frères Grimm. Ella raconte comment, en 1280, contre la promesse de recevoir de l'argent, un joueur de flûte s'engagea à débarrasser la ville de Hamelin des rats dont elle était infestée et comment, bien qu'il ait réussi à le faire en attirant avec sa flûte tous les rongeurs vers une rivière dans laquelle ils se noyèrent, les habitants refusèrent de tenir leur parole. Pour se venger, le joueur de flûte, à l'aide de son instrument, attira cette fois leurs enfants dans une grotte qui se referma derrière eux.

allures de fée protectrice (chapitre 17). L'un et l'autre semblent des parents de substitution idéaux, à l'opposé de la mère de Nicolas, menteuse et effacée, et surtout de son père, dont le portrait rappelle plusieurs caractéristiques de l'ogre (chapitre 7) : un homme aux joues piquantes, grimaçant, « maussade et bouffi », posant des « questions bizarres », marchant entre « des murs trop étroits » comme s'il s'agissait d'un géant. La suite du récit confirmera cette impression, lui donnant en effet tous les attributs de l'ogre.

Dans cet univers symbolique, l'expérience nocturne de Nicolas, qui frôle la mort dans la voiture recouverte de neige, renvoie à toute une tradition mythologique : celle de la catabase, qui signifie littéralement « descente sous terre » et qui consiste en la rencontre entre le héros et le monde des morts. C'est ce qui arrive par exemple à Orphée, lorsqu'il se rend aux Enfers pour y récupérer sa bien-aimée Eurydice, dont la morsure d'une vipère a provoqué le trépas, ou à Ulysse lorsque, dans l'*Odyssée*, il s'approche des Enfers et évoque les morts, dont sa propre mère. La catabase a une dimension initiatique[1] : la connaissance du royaume des morts est une étape de la maturation du héros. Or le pendant de la catabase est l'anabase, qui est une montée ; et cette anabase a elle aussi une dimension initiatique : en surmontant l'obstacle, le héros accède à un univers supérieur, qu'il soit divin ou seulement surnaturel, qui lui confère une connaissance nouvelle. Ce double mouvement d'ascension et de descente, métaphore d'une évolution intérieure, est celui de Nicolas. En dépit de la tragédie qui est la sienne, l'enfant qui redescend à la ville au chapitre 31 n'est plus le petit garçon qui était monté vers le chalet au début de l'histoire. Entre-temps,

---

1. ***Initiatique*** : qui permet de grandir, de mûrir, d'accéder à de nouvelles découvertes.

Nicolas a vécu une expérience métaphysique – la prise de conscience de la mort – et a accédé à une révélation – la monstruosité de son père.

Un roman à clés psychanalytiques

Il faut ici s'arrêter à ce qui, dans ce roman initiatique, emprunte à la psychanalyse (voir dossier, « Pour aller plus loin », p. 174). Dans *Psychanalyse des contes de fées*, le pédopsychologue américain Bruno Bettelheim[1] a montré à quel point ces récits correspondent, pour les enfants, à des transfigurations des étapes qu'ils auront à franchir pour grandir. Ici, on ne peut faire l'économie de certains aspects de la théorie freudienne pour comprendre l'enjeu de la narration.

La psychanalyse est une étude du psychisme à visée thérapeutique élaborée par l'Autrichien Sigmund Freud (1856-1939) au début du XXe siècle. Selon lui, les maladies psychiques sont une souffrance provoquée dans la conscience d'un individu par la résurgence de désirs enfantins enfouis, car incompatibles avec la vie sociale. En effet, une partie de la conscience, intériorisant l'ordre moral, les a refoulés, c'est-à-dire les a évacués dans l'inconscient, qui les garde sans plus les formuler afin que l'enfant puisse parvenir à l'âge adulte. Mais leur force, pas toujours désamorcée, s'exprime dans les rêves ou dans certains

1. ***Bruno Bettelheim*** (1903-1990) : psychiatre et psychanalyste qui s'est intéressé aux psychoses infantiles, et plus particulièrement à l'autisme. La pédopsychologie est l'étude de la psychologie des enfants.

comportements étranges : obsessions, angoisses... Tout l'enjeu de la psychanalyse est d'aider chacun à reformuler le désir inconscient pour comprendre comment il agit dans le quotidien.

Parmi ces désirs, le plus important est celui que Freud nomme le complexe d'Œdipe. Selon lui, le désir de la mort du père (ou de la mère) fait partie du psychisme de tous les enfants qui, dans leur prime enfance, souhaitent recevoir sans partage l'amour de leur mère (pour les garçons) ou de leur père (pour les filles). Mais ce souhait d'amour ne va pas sans hostilité envers l'autre parent. Ainsi, comme le héros tragique grec Œdipe (voir *infra*), ils désirent tuer leur père ou leur mère et épouser l'autre parent. Ce désir initial est refoulé par la suite, ce qui permet à l'enfant de tourner son désir hors de sa famille et de devenir adulte. Lorsque Nicolas imagine la mort de son père dans un accident de voiture, c'est pour se délecter de la tendresse que lui prodiguerait alors la maîtresse, substitut de la mère (chapitre 9).

Freud a bâti l'essentiel de sa théorie en analysant les rêves de ses patients. Pour lui, les rêves donnent accès à l'inconscient parce qu'ils proposent une réalisation des désirs refoulés : l'inconscient laisse s'exprimer les pulsions qu'il contient dans le cadre du rêve, où ces pulsions ne sont pas destructrices. Le rêve de Nicolas au chapitre 13 est de ce point de vue significatif : il y assouvit son désir de monter sur la chenille, désir qu'il s'était interdit par peur de causer l'enlèvement de son petit frère (chapitre 6). La culpabilité ne l'arrête plus, et il profite malgré elle du plaisir du manège. On peut aussi remarquer le rôle de Patrick, que son nom rapproche d'une figure paternelle (Patrick vient du latin *pater*, « père »), et qui fait figure, tout au long du roman, de père idéal, souriant, dynamique, gentil et laissant à Nicolas la possibilité de parler.

Un roman policier dont Nicolas est l'auteur

Cette possibilité de parler se trouve au cœur de la mécanique policière – autre modèle intertextuel structurant – mise en place dans *La Classe de neige*. À partir du chapitre 19, les gendarmes apparaissent ; on passe alors du conte de fées au roman policier. Le principe est simple : il s'agit de résoudre un mystère – la disparition du petit René – au moyen d'indices et de déductions rationnelles. Héritier du réalisme du XIXe siècle, le roman policier est ancré dans la réalité contemporaine. Rien d'étonnant, donc, à ce que le cadre spatiotemporel de *La Classe de neige* se teinte aussitôt de réalisme : pour la première fois, un lieu est nommé, Panossière, hameau de Suisse. D'ailleurs, aussitôt qu'il apprend qu'un enfant a disparu dans la vallée, Nicolas réactualise des souvenirs de lecture de romans policiers : ce sont « Le Club des Cinq » et « Le Clan des Sept »[1], qui seront désormais ses références. Or les héros de ces aventures sont actifs dans le même monde que les adultes ; dès lors, Nicolas veut jouer un rôle. Et l'enfant silencieux, qui n'osait jamais parler, prend la parole : « Élevant la voix pour se faire entendre, et tâchant de ne pas dérailler dans l'aigu, il demanda quel âge avait l'enfant » (p. 103).

Tout se passe comme si la dimension initiatique était en train de fonctionner : contrairement à la petite sirène, condamnée au mutisme à partir de sa transformation, Nicolas devient actif, ne veut plus subir les événements, et prend l'initiative... de

1. ***Le Club des Cinq*, *Le Clan des Sept*** : deux séries de romans pour enfants imaginées par la Britannique Enid Mary Blyton (1897-1968) et mettant en scène des groupes de jeunes détectives.

raconter. Le chapitre 20 est le moment de cette mue de Nicolas, non pas en détective, mais en auteur de romans policiers (voir dossier, « Parcours de lecture n° 3 », p. 156) : en effet, il n'a accès à aucun indice qui conduirait à l'éclaircissement progressif de la disparition de l'enfant. Hodkann décrit le début de l'enquête à Nicolas : « "Tu trouves qu'il n'a pas une tête de fugueur." Nicolas n'avait pas songé à cet argument, il en voyait bien la fragilité, mais n'en ayant pas d'autre il acquiesça » (p. 108). C'est à nouveau l'imagination qui va venir à son secours : devant Hodkann, il imagine les malfaiteurs responsables de la disparition de René, et se pose lui-même en enquêteur. Mais, ce faisant, il se laisse aller à l'autofiction : loin d'inventer une histoire détachée du réel, il y inclut non seulement les histoires racontées par son père, mais bientôt son père lui-même, métamorphosé en justicier solitaire, et son petit frère, victime fictive des trafiquants d'organes. Le danger de la fiction est là, et Nicolas tombe dans son piège : au lieu d'être véritablement actif dans l'enquête, si toutefois c'était possible, il est actif dans l'imaginaire, mais cet imaginaire est plus puissant qu'il ne le croit.

Contagion du récit : la légende urbaine

Un engrenage fatal est à l'œuvre au sein du récit, et Nicolas, y ayant engagé un doigt, court le risque d'y être entraîné tout entier. Cet engrenage est d'abord celui de la légende urbaine : l'histoire des trafiquants d'organes fait partie de ces rumeurs qui passent de bouche à oreille, sans jamais être vérifiées, mais sans jamais non plus perdre de leur efficacité. Leurs caractéristiques ne varient pas : touchant à la médecine ou au corps, elles comportent toujours un secret et sont toujours rapportées sous l'autorité de quelqu'un. Le père de Nicolas, voulant manifestement effrayer son fils (chapitre 6 ; voir dossier, « Parcours de lecture n° 2 », p. 155), réunit dans celle qu'il raconte tous ces ingrédients. Il tient son histoire d'« un directeur de clinique », autorité scientifique et morale ; elle concerne le corps et la médecine, puisqu'il s'agit d'opérations illégales d'ablation d'organes ; enfin, elle doit rester secrète. Si le trafic d'organes est une réalité du crime mondial, il n'existe pas sous cette forme, et surtout pas en Europe ; il s'agit bel et bien des divers aspects de la « rumeur », légende urbaine qui, comme l'a décrit le sociologue et philosophe français Edgar Morin[1] dans *La Rumeur d'Orléans*, est une fusion entre des éléments mythiques et des détails réels. Son but semble être de canaliser une angoisse collective diffuse en lui donnant une explication plausible : ce qui est mystérieux (la médecine, le corps, la disparition) est expliqué, et l'angoisse de la mort est formulée.

Mais l'appropriation de la légende urbaine par Nicolas marque une étape de plus, comme l'a analysé la chercheuse Marie-Pascale Huglo dans son essai *Le Sens du récit* : « L'histoire improvisée [par Nicolas] rassemble les mystères qui, depuis le début de la classe de neige, ont tenu le jeune garçon en alerte – son père qui n'est pas revenu lui rapporter son sac de voyage, René qui a disparu – dans un ensemble cohérent qui mue les signes incertains en indubitables indices et tresse une chaîne événementielle logique, plausible[2]. » L'auteur explicite : « Autrement dit, [l'angoisse] qui ne parvenait pas à se fixer se cristallise autour de René devenu, par les vertus de la fable, victime des

1. ***Edgar Morin*** (né en 1921) : sociologue. Son ouvrage *La Rumeur d'Orléans* a paru aux éditions du Seuil en 1969.
2. Marie-Pascale Huglo, *Le Sens du récit*, Villeneuve-d'Asq, Presses universitaires du Septentrion, 2007, p. 137.

trafiquants d'organes[1].» La légende urbaine, collective, est appropriée par Nicolas, qui lui fait prendre en charge ses angoisses et ses interrogations personnelles. Mais, sans le savoir, il va lui donner un pouvoir dévastateur.

Puissance du récit : du complexe d'Œdipe au mythe d'Œdipe

Revenons à la figure d'Œdipe, si importante dans la psychanalyse : elle a été mise en scène par Sophocle au Ve siècle av. J.-C., dans la tragédie *Œdipe roi*. Le jeune Œdipe vit avec le roi de Corinthe, Polybe, qui l'a recueilli alors qu'il n'était qu'un nourrisson. Il ignore que Polybe n'est pas son vrai père ; aussi, lorsqu'un oracle lui prédit qu'il tuera son père et épousera sa mère, il s'enfuit pour éviter que la prophétie se réalise. En chemin, une dispute éclate avec un autre voyageur ; Œdipe le tue. Il arrive à Thèbes, que terrorise le Sphinx. Cette créature mythologique propose aux Thébains des énigmes, et dévore tous ceux qui échouent à les résoudre. Œdipe, lui, y parvient. Accueilli en triomphe, il épouse Jocaste, la reine, devenue veuve depuis l'assassinat de son époux Laïos dont on n'a pas identifié le meurtrier. Plus tard, alors que la peste envoyée par le dieu Apollon ravage Thèbes, Œdipe mène l'enquête pour savoir qui est responsable de cette calamité. Il découvre que c'est l'assassin de Laïos, et qu'il est lui-même ce meurtrier : il est en effet le fils

1. *Ibid.*, p. 137.

de Jocaste, qui a abandonné son enfant à la naissance, et le voyageur qu'il a tué sur la route n'est autre que son père, le précédent roi de Thèbes.

On retrouve plusieurs éléments de ce mythe dans *La Classe de neige* : comme Œdipe, Nicolas se met dans la position de celui qui va résoudre l'énigme et débarrasser la communauté du mal (les trafiquants). Mais voilà qu'il attire une autre révélation : Hodkann, à qui il a confié son récit, souhaitant faire de lui son complice, va tout dire à la police : « Écoute, Nicolas, chuchota-t-il, il le fallait. Je sais, je t'avais promis de ne pas en parler, mais ton père est en danger. C'est certainement pour ça qu'ils le cherchent, pourquoi crois-tu ? En ce moment, il est peut-être prisonnier des trafiquants » (p. 129). La version de l'histoire à laquelle Nicolas s'était mis à croire, qui était sa propre invention, prend la forme d'une autre version où, comme dans la prophétie racontée à Œdipe, les éléments restent les mêmes – René, le père de Nicolas, la disparition –, mais se chargent d'une vérité tout autre et beaucoup plus terrible : le père de Nicolas a tué René. Elle est d'autant plus affreuse que c'est l'invention de Nicolas qui fait jaillir la vérité : c'est parce que Hodkann a cru que le père pourchassait les trafiquants qu'il a dit aux policiers avoir vu sa voiture – afin qu'il soit en sécurité –, les mettant sur la véritable piste. En effet, le meurtre commis par le père était l'autre explication plausible à la disparition de l'enfant et au fait que le père n'avait pas rapporté le sac de Nicolas. Et, comme Œdipe, Nicolas a provoqué la fatalité en voulant échapper à son sort ; il a inventé l'histoire de son père pour se grandir aux yeux de son camarade : « lui aussi maintenant avait un père aventurier, un justicier courant mille dangers, engagé dans une histoire dont il avait peu de chances de sortir vivant » (p. 111).

De plus, le mythe d'Œdipe doit être envisagé au sein du « cycle de Thèbes » : ainsi appelle-t-on les trois tragédies de

Sophocle concernant l'histoire de ce personnage. Car la tragédie grecque est aussi l'expression de malédictions longues ; et les enfants d'Œdipe, Polynice et Étéocle, s'entretueront pour le trône de leur père exilé. On en retrouve une trace dans le seul chapitre qui anticipe sur la vie adulte de Nicolas, le chapitre 26 : Hodkann, rencontré « assis sur un banc de pierre au pied d'une statue dorée représentant un héros de la mythologie grecque » (p. 131), veut tuer Nicolas, exactement comme les deux fils d'Œdipe s'entretuent ; par culpabilité peut-être d'avoir révélé le secret à la police et entraîné l'arrestation du père, ou par haine d'avoir été trompé. Les deux frères d'adoption deviennent ennemis et menaçants l'un pour l'autre : la fatalité se transmet de génération en génération.

Une tragédie millimétrée

Du conte au mythe et du roman policier à la légende urbaine, *La Classe de neige* est donc saturée de récits ; et d'une certaine façon, ce sont ces récits qui construisent son intrigue. En dernière analyse, sa dimension intertextuelle convoque un autre modèle, la tragédie, qui fonctionne sur le mécanisme implacable de la fatalité.

Rappelons-nous que, dans sa définition grecque, la tragédie représente la fatalité qui s'abat sur un personnage ayant fait preuve de démesure, c'est-à-dire ayant voulu échapper à sa condition, refuser son destin propre. D'une façon ironique, c'est bien ce que le narrateur suggère du petit garçon dont il relate l'histoire – en effet, celui-ci se donne le beau rôle et fait de son père un héros, refusant sa condition et la place qui est la sienne :

« D'un autre côté, il se demandait avec inquiétude où l'entraînait la folle surenchère de cette nuit, cette cascade d'inventions sur lesquelles il ne pouvait plus revenir. Si Hodkann parlait, ce serait une catastrophe épouvantable » (p. 111-112). L'idée de surenchère, doublée de celle de folie, fait signe du côté de la démesure – une démesure qui est déjà une fatalité, puisque sur elle Nicolas ne peut « plus revenir ». Le terme « catastrophe » est aussi un clin d'œil à la tragédie grecque où il désigne l'acte du dénouement, le moment où le héros reçoit sa punition. Dans le cas présent, elle sera vraiment « épouvantable ».

En dernier lieu, *La Classe de neige* peut donc se lire aussi comme une tragédie ; sa construction en témoigne. D'abord parce qu'elle est extrêmement rigoureuse : les dix premiers chapitres concernent les rapports de Nicolas avec son père, qui ne revient pas. Les dix suivants constituent le moment où Nicolas oublie sa famille, où il se transforme, jusqu'à l'invention qu'il formule au chapitre 20 (le chapitre 15, au centre du roman, est consacré à la catabase dans la neige). Les dix derniers sont ceux du retour à la réalité et de la découverte de la vérité (le 31 ayant valeur d'épilogue). Construit comme en trois actes, le roman s'apparente ainsi à une pièce de théâtre ou à un drame dont la structure respecte l'équilibre érigé en règle à l'âge classique.

De plus, il se déroule dans un temps et dans un espace resserrés : excepté six chapitres, tous ont lieu dans la montagne, avec la classe. Surtout, l'intrigue se déroule sur six jours seulement, entre l'arrivée et le départ de Nicolas, et ces six jours sont racontés quasiment sans ellipse. Cela permet à l'auteur de concentrer l'action, décuplant ainsi son effet dramatique. Et c'est bien cette dimension dramatique que le lecteur ressent à la lecture du roman de Carrère, qui le tient en haleine d'un bout à l'autre du livre, laissant monter en lui une angoisse grandissante.

Car un autre aspect purement tragique de ce roman est la présence permanente de prolepses[1]; dès le premier chapitre, une menace plane (voir dossier, «Parcours de lecture n° 1», p. 154); par la suite, presque tous les chapitres comportent au moins une annonce déguisée de la catastrophe qui va avoir lieu. Ainsi, par exemple, dès le premier moment où Nicolas se trouve confronté aux autres élèves, et notamment à Hodkann, voici ce qu'il se dit : «À présent c'était fini, il avait par la faute de son père attiré l'attention de tout le monde et devinait que son pressentiment était juste : la classe de neige allait être une épreuve terrible» (p. 40). Nicolas, à ce moment-là, pense à la honte de ne pas avoir de pyjama; mais cette phrase peut se lire aussi comme un résumé de ce qui va se passer, puisque, en effet, par la faute de son père, il va se retrouver au centre d'une attention hostile – c'est pour la lui épargner que Patrick le ramènera chez lui –, et sera soumis à une «épreuve terrible».

Plus généralement, les fantaisies de Nicolas peuvent se lire comme des variations sur ce qui va vraiment se produire; c'est ce qui se passe notamment au début du roman, lorsqu'il imagine Hodkann fouillant le coffre de son père : «Oui, s'il se faisait pincer fouillant le coffre du père de Nicolas, Hodkann passerait un mauvais quart d'heure» (p. 56). La voiture du père est justement l'élément qui va confondre ce dernier comme assassin, et on ne peut s'empêcher d'imaginer que c'est là que le petit René a été enfermé; or c'est bien Hodkann qui va soulever cet indice déterminant. Ainsi, le roman entier peut se lire comme une série d'annonces du drame à venir, exprimant une nouvelle fois, au cœur même de l'écriture, la fatalité inexorable qui fait de Nicolas le héros et la victime d'une tragédie.

---

1. ***Prolepses*** : annonces de ce qui va avoir lieu.

L'adolescence comme une douloureuse connaissance de soi

C'est donc comme un millefeuille de récits et d'intertextes que se déplie ce court roman. Mais il convient de le regarder à nouveau dans son ensemble pour clore cette présentation. Quel que soit le modèle littéraire auquel on se réfère, il est toujours question d'une mue – dans notre roman, elle correspond à celle de Nicolas, douloureuse et inéluctable. Le conte initie, le roman policier dévoile, la légende et le mythe donnent corps aux éléments fondamentaux de la conscience, et la tragédie s'accomplit. Dans tous les cas, c'est la construction de l'identité du petit garçon qui est en jeu.

Paradoxalement, au milieu de tous ces récits, Nicolas doit se débrouiller avec le non-dit. Pourquoi sa mère a-t-elle peur de décrocher le téléphone ? Pourquoi son père passe-t-il des journées entières à dormir ? Pourquoi la famille a-t-elle dû déménager brusquement au milieu de l'année ? Personne ne veut lui dire ce qui s'est passé et qu'il devine. Nicolas manque de récits ; pourtant le fait d'apprendre la vérité est pour lui pire que tout ce qu'il avait imaginé. Entre le trop (le réel) et le pas assez (le silence), tous les modèles narratifs convoqués apparaissent comme des moyens pour Nicolas de se construire dans une autre dynamique que celle de l'enfant qu'il ne peut rester.

On se souvient du passage où Nicolas envie à Hodkann son père décédé d'une mort violente, voyant dans cet événement « la source de son prestige » (p. 111). Pour Nicolas, comme pour beaucoup d'enfants, le père fait partie intégrante de son identité personnelle, son rôle et son action rejaillissent sur elle. Tout l'enjeu du roman est donc pour Nicolas de se rendre compte que cet héritage est trop lourd à porter, et que, dans ce cas extrême, il va devoir à la fois l'accepter, puisqu'il est impossible de choisir ses parents, et le mettre à distance, sans quoi il lui sera impossible de continuer à vivre.

Telle est la dernière question qui est posée : « Qu'est-ce que va être sa vie ? » (p. 150). À la mue physique de Nicolas, suggérée au chapitre 14, correspond une mue identitaire, qui le pousse à composer avec ce très lourd héritage. Il ne pourra pas se poser en somnambule éternellement : la réalité le rattrapera, et il devra y tenir son rôle, vaille que vaille. Ce que sera sa vie, c'est ce qu'il parviendra à en faire, avec le drame qu'il reçoit en héritage, mais aussi avec ses propres armes, et son vœu de silence est une première réponse à la difficulté de vivre. Dans le chapitre 26, on découvre qu'il est devenu adulte ; c'est sur un autre qu'est finalement tombée la pire fatalité. Dans ce parcours extrêmement douloureux, on peut reconnaître celui de tous les adolescents, qui un jour sont rattrapés par un réel qui les oblige à quitter l'enfance et ses enchantements et à se battre pour faire leur vie.

Ainsi, ce roman de tous les intertextes peut se lire comme une parabole sur l'adolescence : même si tous les adolescents ne connaissent pas un destin aussi noir que celui de Nicolas, tous doivent affronter leur famille, avec ses qualités et ses défauts, afin de pouvoir s'en libérer et ainsi devenir adultes. Sans cet affrontement, la vie n'est pas possible, elle ressemble à un somnambulisme tapissé de rêves. Et quelle que soit la nature de ce face-à-face, nous pouvons tous reconnaître, dans l'adolescent que nous sommes ou que nous avons été, quelque chose du destin extraordinaire de Nicolas.

La Classe de neige

1

Plus tard, longtemps, jusqu'à maintenant, Nicolas essaya de se rappeler les dernières paroles que lui avait adressées son père. Il lui avait dit au revoir à la porte du chalet, répété des conseils de prudence, mais Nicolas était tellement gêné de sa présence, il avait tellement hâte de le voir repartir qu'il n'avait pas écouté. Il lui en voulait d'être là, d'attirer des regards qu'il devinait moqueurs et s'était dérobé, en baissant la tête, au baiser d'adieu. Dans l'intimité familiale, ce geste lui aurait valu des reproches, mais il savait qu'ici, en public, son père n'oserait pas.

Avant, dans la voiture, ils avaient dû parler. Nicolas, assis à l'arrière, trouvait difficile de se faire entendre à cause du bruit de la soufflerie, poussée au maximum pour désembuer les vitres. Son souci était de savoir s'ils trouveraient sur la route une station Shell. Pour rien au monde, cet hiver, il n'aurait consenti à ce qu'on achète de l'essence ailleurs, car Shell donnait des bons permettant de gagner un bonhomme en plastique dont le dessus se soulevait comme le couvercle d'une boîte, découvrant le squelette et les organes : on pouvait les retirer, les remettre et ainsi se familiariser avec l'anatomie du corps humain. L'été précédent, dans les stations Fina, on gagnait des matelas pneumatiques et des bateaux gonflables. Ailleurs, c'étaient des illustrés, dont Nicolas avait la collection complète. Il se jugeait privilégié, au moins de ce point de vue, à cause du métier de son père qui passait son temps sur les routes et devait faire le plein tous les deux ou trois jours. Avant chacune de ses tournées, Nicolas se faisait indiquer l'itinéraire sur la carte, calculait le nombre de kilomètres et le convertissait en bons qu'il rangeait dans le coffre-fort, de la taille d'une boîte à cigares, dont il était le seul à connaître la formule. Ses parents le lui avaient offert à Noël – «pour tes petits secrets», avait dit son père – et il avait tenu à l'emporter dans son sac. Il aurait bien voulu, pendant le voyage, recompter les bons et calculer combien il lui en fallait encore, mais le sac était dans le coffre de la voiture et son père avait refusé de s'arrêter pour l'ouvrir : on profiterait d'une étape. Finalement, il n'y eut pas de station Shell, ni d'étape avant le chalet. Voyant Nicolas déçu, son père promit de rouler suffisamment d'ici la fin de la classe de neige pour gagner l'écorché anatomique. S'il lui confiait les bons, il le trouverait pour son retour à la maison.

La dernière partie du trajet s'effectua sur des petites routes, pas assez enneigées pour devoir mettre les chaînes, et cela aussi déçut Nicolas. Auparavant, ils avaient roulé sur l'autoroute. À un moment, la circulation ralentit, puis s'immobilisa pendant quelques minutes. Le père de Nicolas, énervé, tapota le volant en grognant que ce n'était pas normal, un jour de semaine au mois de février. De la banquette arrière, Nicolas ne pouvait voir que son profil perdu, sa nuque épaisse engoncée[1] dans le col du pardessus. Ce profil et cette nuque exprimaient le souci, une fureur amère et butée. Enfin, les voitures se remirent à rouler. Le père de Nicolas soupira, se détendit un peu : ce devait être juste un accident, dit-il. Nicolas fut choqué par ce ton de soulagement : comme si un accident, parce qu'il provoquait seulement un bouchon de courte durée, résorbé[2] avec l'arrivée des secours, pouvait être considéré comme une chose désirable. Il était choqué, mais aussi plein de curiosité. Le nez collé à la vitre, il espérait voir les voitures en accordéon, les corps sanglants qu'on emportait sur les civières dans le tournoiement des gyrophares,

1. ***Engoncée*** : enfoncée.
2. ***Résorbé*** : terminé.

mais il ne vit rien du tout et son père, surpris, dit que non, finalement, ça ne devait pas être ça. Le bouchon disparu, son mystère subsista.

2

Le départ pour la classe de neige avait eu lieu la veille, en autocar. Mais dix jours plus tôt s'était produit un drame, dont on avait montré des images aux informations télévisées : un poids lourd ayant percuté un autocar scolaire, plusieurs enfants étaient morts atrocement brûlés. Le lendemain se tenait à l'école une réunion pour préparer la classe de neige. Les parents devaient recevoir les dernières instructions concernant le trousseau[1] de leurs enfants, les habits qu'il fallait marquer, les enveloppes timbrées dont il fallait les munir pour qu'ils écrivent à la maison, les coups de téléphone qu'en revanche il valait mieux éviter, sauf cas de force majeure, afin qu'ils se sentent pleinement là où ils seraient et non retenus comme par un fil à leur milieu familial. Cette dernière consigne heurta plusieurs mères : ils étaient bien petits encore… La maîtresse, patiemment, répéta que c'était dans leur intérêt. Le principal objectif d'un tel séjour était de leur apprendre à voler de leurs propres ailes.

Le père de Nicolas dit alors, assez brusquement, que le principal objectif de l'école n'était pas, selon lui, de couper les enfants de leur famille et qu'il ne se gênerait pas pour téléphoner s'il en avait envie. La maîtresse ouvrit la bouche pour répondre, mais il la coupa. Il était venu soulever un problème beaucoup plus grave : celui de la sécurité en autocar. Comment être certain

1. ***Trousseau*** : ensemble de vêtements et d'accessoires de toilette dont on se munit pour partir en voyage.

qu'il n'arriverait pas une catastrophe comme celle dont tout le monde avait vu la veille les images ? Oui, comment en être certain ? répétèrent d'autres parents, qui n'avaient pas osé poser la question, mais devaient y penser aussi. La maîtresse reconnut qu'on ne pouvait pas en être certain, hélas. Elle pouvait seulement dire qu'on était très pointilleux sur la sécurité, que le chauffeur conduisait prudemment et que des risques raisonnables faisaient partie de la vie. Pour être absolument certains que leurs enfants ne soient pas écrasés par une voiture, il faudrait que les parents ne les laissent jamais sortir de la maison ; et encore, ils n'y seraient pas à l'abri d'un accident avec un appareil ménager, ou simplement de la maladie. Certains parents admirent la justesse de l'argument, mais beaucoup furent choqués par le fatalisme avec lequel la maîtresse l'exposait. Elle souriait même en disant cela.

« On voit bien que ce ne sont pas vos enfants ! » lança le père de Nicolas. Cessant de sourire, la maîtresse répondit qu'elle avait un enfant aussi, et qu'il était allé en classe de neige l'année précédente, en autocar. Alors le père de Nicolas déclara qu'il préférait conduire lui-même son fils au chalet : au moins, comme ça, il saurait qui était derrière le volant.

La maîtresse fit observer qu'il y avait plus de 400 kilomètres.

Tant pis, il avait décidé.

Mais ce ne serait pas bon pour Nicolas, plaida-t-elle encore. Pour son intégration dans le groupe.

« Il s'intégrera parfaitement, dit le père de Nicolas ; et il ricana : ne me faites pas croire qu'arriver en voiture avec son papa fera de lui un paria[1]. »

La maîtresse lui demanda d'y réfléchir sérieusement, lui proposa de voir la psychologue qui confirmerait son opinion, mais admit qu'en dernier ressort la décision lui appartenait.

1. ***Paria*** : individu rejeté par le groupe auquel il appartient.

Le lendemain, à l'école, elle voulut en parler à Nicolas, pour savoir de qui venait l'idée. Marchant sur des œufs, comme toujours avec lui, elle lui demanda ce qu'il préférait. La question mit Nicolas mal à l'aise. Au fond de lui-même, il savait bien qu'il aurait mieux aimé voyager en car comme tout le monde. Mais la décision de son père était prise, il n'en changerait pas, et Nicolas ne voulait pas, vis-à-vis de la maîtresse et des autres élèves, avoir l'air de subir une contrainte. Il haussa les épaules, dit que ça lui était égal, que c'était bien comme ça. La maîtresse n'insista pas : elle avait fait ce qu'elle avait pu et, puisqu'il était clair qu'elle n'y changerait rien, mieux valait ne pas dramatiser la situation.

3

Nicolas et son père furent au chalet peu avant la tombée de la nuit. Arrivés la veille, les autres avaient pris le matin leur première leçon de ski et maintenant se tenaient dans une grande salle, au rez-de-chaussée, où l'on projetait un film sur la flore et la faune alpines. On interrompit la projection pour accueillir les nouveaux venus. Pendant que la maîtresse, dans le hall, parlait avec le père de Nicolas et lui présentait les deux moniteurs, les enfants dans la salle se mirent à chahuter. Nicolas, sur le seuil, les regardait sans oser les rejoindre. Il entendit son père demander comment ça se passait, le ski, et le moniteur lui répondre en riant qu'il y avait peu de neige, que les gosses apprenaient surtout le ski sur herbe, mais que c'était un début. Son père voulut savoir encore si à la fin du séjour ils auraient un diplôme. Un chamois? Le moniteur rit encore et dit : «Un flocon[1], peut-être.» Nicolas se dandinait[2] d'un pied sur l'autre, le visage fermé. Quand enfin son père repartit, il se laissa embrasser de mauvaise grâce et ne sortit pas lui dire au revoir dehors. Du hall, il écouta avec soulagement le moteur diesel gronder sur le terre-plein, puis s'éloigner.

La maîtresse chargea les moniteurs de rétablir l'ordre et de remettre en route la projection, pendant qu'elle aiderait Nicolas

1. ***Chamois, flocon*** : médailles délivrées par l'École de ski français, le chamois correspondant à la plus haute distinction, récompensant le skieur chevronné, et le flocon à la plus petite, récompensant les enfants qui apprennent à skier.
2. ***Se dandinait*** : se balançait.

à s'installer. Elle lui demanda où était son sac, pour le monter dans le dortoir. Nicolas regarda autour de lui, sans voir le sac. Il ne comprenait pas.

«Je croyais qu'il était là, murmura-t-il.

– Tu l'as bien emporté?» demanda la maîtresse.

Oui, Nicolas se rappelait très bien quand on l'avait mis dans le coffre, entre les chaînes et les mallettes à échantillons de son père.

«Et en arrivant, vous l'avez sorti du coffre?»

Nicolas secoua la tête en se mordant les lèvres. Il n'en était pas sûr. Ou plutôt, si : il était sûr maintenant qu'on avait oublié de l'en sortir. Ils étaient descendus, puis son père était remonté et à aucun moment on n'avait ouvert le coffre.

«C'est trop bête», dit la maîtresse, mécontente. La voiture était repartie depuis cinq minutes, mais il était déjà trop tard pour la rattraper. Nicolas avait envie de pleurer. Il bafouilla que ce n'était pas sa faute. «Tu aurais quand même pu y penser», soupira la maîtresse. Voyant combien il semblait malheureux, elle se radoucit, haussa les épaules et dit que c'était bête, mais pas bien grave. On allait s'arranger. De toute façon, son père s'en rendrait compte très vite. Oui, confirma Nicolas, quand il ouvrirait le coffre pour sortir ses mallettes d'échantillons. La maîtresse en conclut qu'il ne tarderait pas à rapporter le sac. Oui, oui, dit Nicolas, partagé entre le désir de retrouver ses affaires et la crainte de voir revenir son père.

«Est-ce que tu sais, demanda la maîtresse, où il compte s'arrêter pour dormir?»

Nicolas ne le savait pas.

La nuit était tombée maintenant, ce qui rendait peu probable que le père de Nicolas rapporte le sac avant le lendemain matin. Il fallait donc trouver une solution pour la nuit. La maîtresse regagna avec Nicolas la grande salle où la projection avait pris fin et où on s'apprêtait à mettre la table du dîner. En franchissant le seuil derrière elle, il ressentait les pénibles impressions du nouveau à qui rien n'est familier, dont on va certainement se moquer. Il sentait que la maîtresse faisait ce qu'elle pouvait pour le protéger de l'hostilité et des railleries[1]. Après avoir frappé dans ses mains pour réclamer l'attention, elle annonça sur un ton de plaisanterie que Nicolas, comme toujours dans la lune, avait oublié son sac. Qui voulait lui prêter un pyjama ?

La liste polycopiée prévoyant que chacun en apporte trois, tout le monde était en mesure de consentir ce prêt, mais personne ne se proposa. Sans oser regarder le cercle d'enfants rassemblés autour d'eux, Nicolas se tenait près de la maîtresse, qui répéta son appel en s'énervant un peu. Il entendit des gloussements, puis une phrase dont il n'identifia pas l'auteur, mais que salua un éclat de rire général :

« Il va pisser dedans ! »

C'était une méchanceté gratuite, certainement lancée au hasard, mais qui frappait juste. Il arrivait encore à Nicolas de mouiller son lit, rarement mais il redoutait quand même de dormir ailleurs que chez lui. Depuis qu'il était question de la classe de neige, c'était un de ses grands motifs d'inquiétude. Il avait d'abord dit qu'il ne voulait pas y aller. Sa mère avait demandé un rendez-vous à la maîtresse, qui l'avait tranquillisée : il ne serait sans doute pas le seul, et d'ailleurs ce type de trouble disparaissait souvent en collectivité ; il suffirait, en cas, de prendre un pyjama de plus, et une alèse pour protéger le matelas. Malgré ces paroles rassurantes, Nicolas avait suivi la préparation de son sac avec anxiété : puisqu'ils allaient dormir dans des dortoirs, comment pourrait-il placer l'alèse sous le drap sans qu'on le remarque ? Ce souci et quelques autres du même genre l'avaient torturé avant le départ, mais même dans le pire cauchemar il n'aurait pu imaginer ce qui lui arrivait réellement : se retrouver privé de sac, d'alèse, de pyjama, réduit à en mendier un

1. ***Railleries*** : moqueries.

qu'on lui refusait en se moquant de lui, et dès son arrivée percé à jour, comme si sa honte était écrite sur sa figure.

Pour finir, quelqu'un dit qu'il lui prêterait un pyjama. C'était Hodkann. Cela aussi fit rire, car il était le plus grand de la classe et Nicolas un des plus petits, au point qu'on pouvait se demander si l'offre ne visait pas à le ridiculiser davantage. Mais Hodkann coupa court aux railleries en disant que celui qui embêterait Nicolas aurait affaire à lui, et chacun se le tint pour dit. Nicolas lui jeta un regard de reconnaissance inquiète. La maîtresse semblait soulagée, mais perplexe, comme si elle redoutait un piège. Hodkann avait sur les autres garçons une grande autorité, qu'il exerçait de façon capricieuse. Dans tous les jeux, par exemple, on se définissait par rapport à lui, sans savoir d'avance s'il allait tenir le rôle d'arbitre ou celui de chef de bande, rendre la justice ou bien la violer cyniquement. Il pouvait, à quelques secondes d'intervalle, se montrer extraordinairement gentil et extraordinairement brutal. Il protégeait et récompensait ses vassaux[1], mais aussi bien les disgraciait[2] sans raison, les remplaçait par d'autres qu'il avait jusqu'alors dédaignés[3] ou maltraités. Avec Hodkann, on ne savait jamais sur quel pied danser. On l'admirait et le craignait. Même les adultes semblaient le craindre : d'ailleurs, il avait presque la taille d'un adulte, la voix d'un adulte, sans rien de la gaucherie[4] des enfants trop vite poussés. Il bougeait, parlait avec une aisance presque déplacée. Il pouvait être grossier, mais aussi s'exprimer avec une distinction, une richesse et une précision de vocabulaire surprenantes pour son âge. Il avait de très bonnes notes ou de très mauvaises, sans paraître s'en soucier. Sur la fiche qu'on remplissait au début de l'année, il avait écrit «père : décédé», et on savait qu'il vivait seul

---

1. ***Ses vassaux*** : ceux qui le servaient et l'assuraient de leur loyauté.
2. ***Disgraciait*** : rejetait.
3. ***Dédaignés*** : méprisés.
4. ***Gaucherie*** : maladresse.

avec sa mère. Le samedi à midi, seulement ce jour-là, elle venait le chercher dans une petite voiture de sport rouge. Elle n'en descendait pas, mais on avait quand même le temps de voir qu'avec sa beauté agressive, fardée[1], ses joues creuses, sa crinière de cheveux roux qui paraissaient inextricablement[2] emmêlés, elle ne ressemblait pas aux autres mères d'élèves. En dehors du samedi, Hodkann allait à l'école et en revenait seul, en tramway. Il habitait loin, on se demandait pourquoi il ne fréquentait pas une école plus proche de chez lui, mais ce genre de question qu'il aurait été facile de poser à un autre devenait impossible face à Hodkann. En le voyant s'éloigner vers la station, son sac sur l'épaule – il était le seul à ne pas porter de cartable sur le dos –, on essayait en vain, et chacun à part soi car nul n'osait parler de lui en son absence, d'imaginer son trajet, le quartier où ils habitaient, sa mère et lui, leur appartement, sa chambre. L'idée qu'il existait quelque part dans la ville un lieu qui était la chambre de Hodkann avait quelque chose d'à la fois improbable et mystérieusement attirant. Personne n'y avait jamais pénétré et lui-même n'allait pas chez les autres. Nicolas partageait avec lui cette singularité, mais elle était dans son cas plus discrète et personne, espérait-il, ne s'en était aperçu. Personne ne pensait à l'inviter ni n'attendait d'être invité chez lui. Il était aussi effacé et craintif que Hodkann était hardi et autoritaire. Depuis le début de l'année, il avait une peur terrible que Hodkann le remarque, lui demande quelque chose, et à plusieurs reprises avait fait des cauchemars dans lesquels il le choisissait pour souffre-douleur. Aussi fut-il très inquiet quand Hodkann, comme un empereur romain saisi au cirque[3] d'un accès de mansuétude[4], mit fin au

---

1. ***Fardée*** : maquillée.
2. ***Inextricablement*** : irrémédiablement, de telle manière qu'on ne pouvait les démêler.
3. ***Cirque*** : dans l'Antiquité romaine, vaste enceinte, entourée de gradins, dans laquelle on donnait des jeux publics, comme les combats de gladiateurs.
4. ***Mansuétude*** : générosité.

supplice du pyjama. S'il le prenait sous sa protection, il pouvait aussi bien ensuite l'abandonner, ou le livrer aux autres qu'il aurait excités contre lui. Beaucoup la recherchaient, mais tous savaient que la faveur de Hodkann était dangereuse, et Nicolas jusqu'à présent était arrivé à ne pas attirer son attention. À présent c'était fini, il avait par la faute de son père attiré l'attention de tout le monde et devinait que son pressentiment était juste : la classe de neige allait être une épreuve terrible.

4

La plupart des élèves déjeunaient habituellement à la cantine, mais pas Nicolas. Sa mère venait le chercher ainsi que son petit frère, encore à l'école maternelle, et ils prenaient tous trois le repas à la maison. Leur père disait qu'ils avaient beaucoup de chance et que leurs camarades étaient à plaindre de fréquenter la cantine, où l'on mangeait mal et où survenaient souvent des bagarres. Nicolas pensait comme son père, et si on le lui demandait se déclarait heureux d'échapper à la mauvaise nourriture et aux bagarres. Cependant, il se rendait compte que les liens les plus forts entre ses camarades s'établissaient surtout entre midi et deux heures, à la cantine et dans le préau où on vaquait[1] après le repas. Pendant son absence, on s'était envoyé des petits suisses à la figure, on avait été puni par les surveillants, on avait conclu des alliances et chaque fois, quand sa mère le ramenait, c'était comme s'il avait été nouveau et devait reprendre à zéro les relations nouées le matin. Personne à part lui n'en gardait le souvenir : trop de choses s'étaient passées durant les deux heures de cantine.

Il savait qu'au chalet ce serait comme la cantine, mais pendant deux semaines, sans interruption ni possibilité de rentrer chez lui si cela se révélait trop dur. Il appréhendait cela, ses parents l'appréhendaient aussi, au point qu'ils avaient demandé au médecin s'il accepterait de faire un certificat médical pour que

1. ***On vaquait*** : on se livrait à des occupations habituelles.

Nicolas n'y aille pas. Mais le médecin avait refusé, assurant que ça lui ferait le plus grand bien.

En plus de la maîtresse et du chauffeur du car, responsable également de la cuisine, il y avait au chalet deux moniteurs, Patrick et Marie-Ange, qui, lorsque Nicolas rejoignit le groupe, formaient des équipes chargées de mettre la table : les uns s'occupaient des couverts, les autres des assiettes, etc. Patrick était celui qui, en riant, avait parlé de ski sur herbe au père de Nicolas. Grand, large d'épaules, il avait un visage anguleux et bronzé, des yeux très bleus, les cheveux longs rassemblés en queue de cheval. Marie-Ange, un peu boulotte, montrait en souriant une dent cassée sur le devant. Tous deux portaient des survêtements vert et mauve, et au poignet des petits bracelets brésiliens en fils tressés, multicolores, qu'on noue en faisant un vœu et qu'on doit garder jusqu'à ce qu'ils se détachent d'eux-mêmes : alors, en principe, le vœu est accompli. Patrick avait toute une réserve de ces bracelets, qu'il distribuait comme des décorations à ceux dont il était content. Juste après l'arrivée de Nicolas, il lui en donna un, ce qui révolta plusieurs garçons qui espéraient en avoir : Nicolas n'avait rien fait pour le mériter ! Patrick rit et, au lieu de dire que le pauvre Nicolas, n'ayant pas ses affaires, devait être consolé, raconta que quand sa sœur et lui étaient petits, leur père punissait toujours l'un quand l'autre avait fait une bêtise, et inversement, afin de leur apprendre tôt qu'il y a de l'injustice dans la vie. Nicolas le remercia muettement de ne l'avoir pas mis en position de chouchou pleurnichard et, en faisant le tour des tables pour distribuer les cuillers à soupe que Patrick lui avait confiées, réfléchit au vœu qu'il allait former. Il pensa d'abord demander de ne pas faire pipi au lit la nuit qui allait venir, puis de ne pas faire pipi au lit pendant toute la durée de la classe de neige, puis s'avisa qu'il pouvait, au point où il en était, demander que tout se passe bien pendant la classe de neige. Et pourquoi pas que tout se passe bien toute sa vie ? Pourquoi ne pas former le vœu que tous ses vœux soient toujours exaucés ? L'avantage d'un vœu aussi général que possible, englobant tous les vœux particuliers, semblait à première vue si évident qu'il flairait le piège, un peu comme dans l'histoire des trois souhaits, qu'il connaissait sous sa forme gentiment enfantine, avec un paysan dont le nez se transforme en saucisse, mais aussi dans une version beaucoup plus effrayante.

Au-dessus du lit de ses parents, à la maison, courait un rayonnage chargé de poupées folkloriques et de livres. La plupart traitaient de bricolage ou de guérison par les plantes, mais deux d'entre eux intéressaient Nicolas. Le premier, un gros volume vert, était le dictionnaire médical, qu'il n'osait emporter dans sa chambre, craignant qu'on remarque son absence, et devait donc lire par petits bouts, le cœur battant, en louchant sur la porte entrouverte. L'autre s'appelait *Histoires épouvantables*. La couverture montrait une femme de dos qui se regardait dans un miroir, et dans ce miroir on voyait un squelette grimaçant. C'était un livre de poche, plus maniable que le dictionnaire. Sans en parler, devinant qu'on le lui retirerait des mains en disant que ce n'était pas de son âge, Nicolas l'avait descendu et caché dans sa chambre, derrière les quelques livres qu'il possédait, lui. Quand il s'y plongeait, allongé sur le ventre en travers de son lit, il tenait prêt pour lui servir de couverture, en cas d'alerte, le volume des *Contes et légendes de l'Égypte ancienne* où il avait lu dix fois l'histoire d'Isis et d'Osiris[1]. L'une des « histoires épouvantables » racontait comment un vieux couple découvre les propriétés d'une sorte d'amulette[2], une patte de singe coupée, noirâtre, toute desséchée, capable d'exaucer trois souhaits que formulera son propriétaire. L'homme, sans réfléchir ni d'ailleurs

---

1. ***Isis et Osiris*** : divinités égyptiennes ; Osiris et Isis sont à la fois frère et sœur, et époux. Isis était considérée comme la Mère universelle, et Osiris comme le dieu des morts et de l'éternel recommencement.
2. ***Amulette*** : petit objet doté de pouvoirs magiques.

trop y croire, demande une certaine somme d'argent dont il a besoin pour réparer son toit. Aussitôt, la femme lui reproche sa sottise : il aurait dû demander beaucoup plus ; il a gâché le souhait ! Quelques heures plus tard, on frappe à la porte. C'est un employé de l'usine où travaille leur fils. Il est très troublé, il a une terrible nouvelle à leur annoncer. Un accident. Leur fils a été pris dans les engrenages d'une machine et déchiqueté. Il est mort. Le directeur de l'usine leur demande d'accepter une certaine somme, pour les obsèques : exactement celle qu'avait demandée le père ! La mère hurle de douleur et à son tour formule un vœu : que leur fils leur soit rendu ! Et voici que, la nuit tombée, viennent se traîner devant la porte les morceaux de son corps déchiqueté, petits ballots[1] de chair sanguinolents qui gigotent sur le perron, une main coupée essayant de s'introduire dans la maison où se barricadent ses parents pétrifiés d'épouvante. Il ne leur reste plus qu'un vœu : que cette chose sans nom disparaisse ! Qu'elle meure pour de bon !

1. ***Ballots*** : paquets.

5

On couchait à six dans chaque dortoir et il restait une place libre dans celui de Hodkann qui, sans demander l'avis de personne, déclara que Nicolas l'occuperait. La maîtresse approuva : tout en se méfiant de ses revirements inattendus, elle trouvait bien que le plus grand de la classe protège ainsi le plus petit, ce Nicolas craintif et trop couvé qui lui faisait un peu pitié. Les dortoirs étaient équipés de lits superposés. Hodkann ayant décrété qu'il coucherait en haut, au-dessus de lui, Nicolas grimpa à l'échelle, revêtit le pyjama prêté en se tortillant et retroussant manches et jambes. La veste lui arrivait aux genoux, la taille flottait. Il dut aller aux toilettes en tenant son pantalon à deux mains. Il n'avait par ailleurs ni chaussons, ni serviette, ni gant de toilette, ni brosse à dents, accessoires qu'on ne pouvait lui prêter car chacun les possédait en un seul exemplaire. Heureusement, personne n'y pensa et il parvint à glisser sans se faire remarquer dans le remue-ménage de la toilette nocturne, pour se retrouver couché parmi les premiers. Patrick, qui était chargé de son dortoir, vint lui ébouriffer les cheveux et lui dit de ne pas s'en faire : tout allait bien se passer. Et si quelque chose n'allait pas, il viendrait lui en parler à lui, Patrick, c'était promis ? Nicolas promit, partagé entre le réconfort réel que lui donnait cette assurance et l'impression pénible que tout le monde s'attendait à ce que quelque chose n'aille pas pour lui.

Quand tous furent au lit, Patrick éteignit la lumière, dit bonne nuit et ferma la porte. On se retrouva dans le noir. Nicolas pensait qu'aussitôt commencerait un chahut, une bataille de polochons où il aurait du mal à tenir sa partie, mais non. Il comprit que chacun attendait pour parler d'y être autorisé par Hodkann. Celui-ci laissa se prolonger le silence un bon moment. Les yeux s'habituaient à l'obscurité. Les souffles devenaient plus réguliers, mais on sentait quand même une attente.

«Nicolas, dit finalement Hodkann, comme s'ils avaient été seuls dans le dortoir, comme si les autres n'existaient pas.

– Oui ? murmura Nicolas en écho.

– Qu'est-ce qu'il fait, ton père ?»

Nicolas dit qu'il était représentant[1]. Il était assez fier de cette profession qui lui semblait prestigieuse, un peu mystérieuse même.

«Il voyage beaucoup, alors ? demanda Hodkann.

– Oui, dit Nicolas et, répétant une expression qu'il avait entendue dans la bouche de sa mère : il est tout le temps sur les routes.»

Il allait s'enhardir à parler des avantages que cela représentait pour les cadeaux dans les stations d'essence, mais n'en eut pas le temps : Hodkann voulait savoir ce que son père vendait, comme genre de trucs. À la grande surprise de Nicolas, il ne semblait pas le questionner pour se moquer de lui, mais parce qu'il éprouvait pour le métier de son père une véritable curiosité. Nicolas dit qu'il était représentant en matériel chirurgical.

«Des pinces ? Des bistouris[2] ?

– Oui, et aussi des prothèses.

– Des jambes de bois ?» s'enquit[3] Hodkann, égayé, et Nicolas sentit, comme un signal d'alarme au fond de lui, le risque de moquerie se rapprocher.

---

1. ***Représentant*** (de commerce) : personne qui se charge d'aller solliciter la clientèle à domicile et de conclure des ventes pour le compte de quelqu'un. (Le père de Nicolas s'occupe de présenter et de vendre du matériel chirurgical.)
2. ***Bistouris*** : instruments de chirurgie en forme de couteau qui servent à pratiquer des incisions.
3. ***S'enquit*** : demanda.

«Non, dit-il, de plastique.

– Il se promène avec des jambes en plastique dans le coffre de sa voiture ?

– Oui, et aussi des bras, des mains...

– Des têtes ? pouffa soudain Lucas, un garçon roux qui portait des lunettes et qu'on aurait pu croire, comme les autres, endormi.

– Non, dit Nicolas, pas des têtes ! Il est représentant en matériel chirurgical, pas en farces et attrapes ! »

Un petit rire indulgent[1] de Hodkann salua cette sortie[2], et Nicolas se sentit soudain très fier et très à l'aise : protégé par Hodkann, il pouvait lui aussi dire des choses drôles, faire rire.

« Il te les a montrées, ces prothèses ? demanda encore Hodkann.

– Bien sûr, affirma Nicolas, à qui ce premier succès donnait de l'assurance.

– Tu en as déjà essayé une ?

– Non, ça n'est pas possible. Comme ça se met à la place de la jambe ou du bras, si tu as déjà ta jambe ou ton bras pour de bon, tu ne peux les accrocher nulle part.

– Moi, dit Hodkann d'une voix paisible, si j'étais ton père, je me servirais de toi pour faire les démonstrations. Je te couperais les bras et les jambes, j'adapterais les prothèses et je te montrerais comme ça à mes clients. Ça ferait une bonne publicité. »

Les occupants du lit voisin éclatèrent de rire, Lucas dit quelque chose au sujet du capitaine Crochet, dans *Peter Pan*, et Nicolas eut peur, tout à coup, comme si Hodkann montrait enfin son vrai visage, encore plus dangereux qu'il ne l'avait redouté. Les hommes de main, serviles[3], commencent déjà à rire tandis

---

1. ***Indulgent*** : bienveillant, compréhensif.
2. ***Sortie*** : trait d'esprit, remarque pertinente.
3. ***Serviles*** : se comportant comme des esclaves.

que le potentat[1] cherche nonchalamment[2] dans son imagination le plus raffiné des supplices. Mais Hodkann, sentant ce que sa phrase avait de menaçant, la corrigea en disant avec cette surprenante douceur dont il était capable : «Je te fais marcher, Nicolas. Ne t'inquiète pas.» Puis il voulut savoir si demain, quand le père de Nicolas viendrait rapporter le sac, on pourrait voir ces fameuses prothèses et ces trousses d'instruments chirurgicaux. L'idée mit Nicolas mal à l'aise.

«C'est pas des jouets, tu sais. Il les montre seulement à ses clients…

– Il ne les montrera pas si on lui demande ? insista Hodkann. Et si tu lui demandes, toi ?

– Je ne crois pas, répondit Nicolas d'une petite voix.

– Si tu lui dis qu'en échange personne ne te battra pendant la classe de neige ?»

Nicolas ne dit rien, il avait peur de nouveau.

«Bon, conclut Hodkann, dans ce cas je m'arrangerai autrement.» Un moment passa, puis il dit à la cantonade[3] : «On dort, maintenant.» On entendit remuer son grand corps dans le lit, jusqu'à ce qu'il ait trouvé une position confortable, et chacun comprit qu'il n'était plus question de dire un mot.

---

1. ***Le potentat*** : celui qui est tout-puissant.
2. ***Nonchalamment*** : avec indifférence.
3. ***À la cantonade*** : au groupe, sans s'adresser précisément à quelqu'un.

6

On n'entendait plus de bruit, mais Nicolas ne savait pas si les autres dormaient. Peut-être, craignant d'attirer la colère de Hodkann, faisaient-ils semblant, et peut-être Hodkann aussi, pour surprendre qui oserait enfreindre sa consigne. Nicolas, lui, ne voulait pas dormir. Il avait peur de faire pipi au lit et de mouiller le pyjama de Hodkann. Ou, pis encore, de transpercer le matelas, faute d'alèse, et de mouiller Hodkann lui-même au-dessous de lui. Le liquide malodorant se mettrait à goutter sur son visage de tigre, il froncerait le nez, s'éveillerait, et alors ce serait terrible. La seule solution, pour éviter cette catastrophe, était de ne pas s'endormir. D'après les aiguilles phosphorescentes[1] de sa montre, il était neuf heures vingt, on se levait à sept heures et demie, cela faisait une longue nuit à tenir. Mais ce n'était pas la première fois, il avait de l'entraînement.

L'année précédente, le père de Nicolas les avait emmenés, son petit frère et lui, dans un parc d'attractions. En raison de la différence d'âge, les deux enfants ne s'intéressaient pas aux mêmes. Nicolas était surtout attiré par la maison hantée, le train fantôme, la grande roue, et son frère par les manèges pour petits. Leur père s'efforçait de proposer des solutions de compromis, et s'énervait lorsqu'ils les refusaient. À un moment, ils étaient passés devant une roue camouflée en chenille qui décrivait un cercle en hauteur, à toute allure. Les passagers, cramponnés aux

1. ***Phosphorescentes*** : qui brillent dans l'obscurité.

barres de blocage de leurs petites cabines, se retrouvaient la tête en bas, projetés vers le ciel par la force centrifuge[1]. Cela tournait très vite, de plus en plus vite, on les entendait crier et ils descendaient pâles, les jambes flageolantes, mais ravis de l'expérience. Un garçon de l'âge de Nicolas lança à celui-ci que c'était génial, et son père, qui avait fait le tour avec lui, adressa au père de Nicolas un petit sourire entendu, signifiant qu'en fait de génial c'était plutôt éprouvant[2]. Nicolas voulait essayer, mais son père désigna, au guichet où l'on prenait les places, un écriteau disant que les enfants de moins de douze ans devaient être accompagnés. « Eh bien, accompagne-moi, dit Nicolas. Je t'en supplie, accompagne-moi ! » Son père, qui de toute façon ne semblait pas très chaud pour se faire secouer, la tête en l'air, refusa sous prétexte qu'on ne pouvait ni emmener son petit frère, qui aurait peur, ni le laisser tout seul, sans surveillance. Alors, le père du garçon qui venait de faire un tour proposa gentiment de garder le petit frère pendant les trois minutes que durait l'attraction. En plus âgé, il ressemblait un peu à Patrick, le moniteur : il portait un blouson de jean et non un lourd pardessus de loden[3] comme le père de Nicolas ; son visage était rieur. Nicolas le regarda avec reconnaissance, puis regarda son père avec espoir. Mais son père dit sèchement au père du garçon que ce n'était pas la peine. Quand Nicolas ouvrit la bouche pour essayer de le fléchir[4], il lui jeta un coup d'œil menaçant et lui mit la main en étau sur la nuque[5] pour le faire avancer. Ils s'éloignèrent de la chenille en silence, Nicolas n'osant protester tant qu'ils étaient encore en vue du

1. ***Force centrifuge*** : force engendrée par un mouvement de rotation qui éloigne du centre.
2. ***C'était plutôt éprouvant*** : c'était plutôt une épreuve.
3. ***Loden*** : tissu de laine imperméable.
4. ***Le fléchir*** : le faire céder.
5. ***Lui mit la main en étau sur la nuque*** : enserra sa nuque de sa main, comme le ferait un étau, mâchoire de métal ou de bois servant à enserrer solidement un objet.

garçon et de son père. Il imaginait, dans son dos, leurs regards étonnés : pourquoi ce départ si brusque en réponse à une offre aimable? Lorsqu'il s'estima assez loin, le père de Nicolas s'arrêta et dit sévèrement que quand il avait dit non, c'était non, et qu'il ne servait à rien de faire du scandale en public.

«Mais pourquoi? s'indigna Nicolas, au bord du sanglot. Qu'est-ce que ça pouvait te faire?

– Tu veux que je te dise pourquoi? demanda son père, les sourcils froncés. Tu veux que je te le dise? Très bien, tu es assez grand pour qu'on t'explique. Seulement, il ne faut pas que tu en parles, ni à tes copains ni à personne. C'est une chose que j'ai apprise d'un directeur de clinique, les médecins sont tous au courant mais on ne veut pas que ça se sache, pour ne pas affoler les gens. Il n'y a pas longtemps, dans un parc d'attractions comme celui-ci, un petit garçon a disparu. Pendant quelques instants ses parents n'ont pas fait attention, et voilà. Tout s'est passé très vite : c'est très facile, tu sais, de disparaître. On l'a cherché toute la journée et le soir on a fini par le retrouver, sans connaissance derrière une palissade. On l'a emmené à l'hôpital, on a vu qu'il avait un gros pansement dans le dos, avec du sang qui coulait, et alors les médecins ont compris, ils savaient d'avance ce qu'ils allaient voir à la radio : on avait opéré le petit garçon, on lui avait enlevé un rein. Il y a des gens qui font ça, figure-toi. Des gens méchants. Ça s'appelle du trafic d'organes. Ils ont des camionnettes avec tout le matériel pour opérer, ils rôdent autour des parcs d'attractions, ou près de la sortie des écoles, et ils enlèvent des enfants. Le chef de clinique m'a dit qu'on préférait ne pas l'ébruiter, mais ça arrive de plus en plus souvent. Rien que dans sa clinique, ils ont eu un gamin à qui on a coupé une main et un autre à qui on a arraché les deux yeux. Tu comprends, maintenant, pourquoi je ne voulais pas confier ton petit frère à un inconnu?»

Après ce récit, Nicolas fit à plusieurs reprises un cauchemar qui se déroulait dans le parc d'attractions. Il ne s'en rappelait pas les péripéties au matin, mais devinait que sa pente l'entraînait vers une horreur sans nom, dont il risquait de ne pas se réveiller. La carcasse métallique de la chenille s'élevait au-dessus des baraquements du parc, et le rêve l'attirait vers elle. L'horreur était tapie[1] par là. Elle l'attendait pour le dévorer. La seconde fois, il comprit qu'il s'en était rapproché et que la troisième lui serait sans doute fatale. On le retrouverait mort dans son lit, personne ne comprendrait ce qui lui était arrivé. Alors il décida de rester éveillé. Il n'y parvint bien sûr pas vraiment, son sommeil agité fut visité d'autres cauchemars, derrière lesquels il redoutait que se cache celui du parc et de la chenille. Il découvrit, cette saison-là, qu'il avait peur de dormir.

---

1. *Tapie* : immobile et dissimulée, comme un prédateur guettant une proie.

7

Dans la famille, pourtant, on disait qu'il tenait de son père, qui dormait mal, mais beaucoup, avec une sorte d'avidité[1]. Lorsqu'il restait plusieurs jours de suite à la maison, au retour d'une tournée, il passait presque tout son temps au lit. En revenant de l'école, Nicolas faisait ses devoirs ou jouait avec son petit frère en prenant soin de ne pas faire de bruit. Ils marchaient sur la pointe des pieds dans le couloir, leur mère portait sans cesse l'index à ses lèvres. Au crépuscule, leur père sortait de sa chambre en pyjama, pas rasé, le visage maussade et bouffi de sommeil, les poches gonflées par les mouchoirs en boule et les emballages crevés de médicaments. Il avait l'air surpris, et désagréablement, de se réveiller là, de marcher entre ces murs trop proches, en poussant la première porte venue de découvrir une chambre d'enfant où deux petits garçons, à quatre pattes sur la moquette, arrêtaient leur lecture ou leur jeu pour le regarder avec inquiétude. Il grimaçait un sourire, marmonnait[2] des bouts de phrases où il était question de fatigue, d'horaires mal fichus, de médicaments qui vous foutaient en l'air. Quelquefois, il s'asseyait sur le bord du lit de Nicolas et restait un moment ainsi, les yeux dans le vide, passant la main sur sa barbe rêche[3], dans ses cheveux mal peignés qui gardaient les plis de l'oreiller. Il soupirait. Il posait des questions bizarres, demandant par exemple

1. ***Avidité*** : appétit difficile à rassasier.
2. ***Marmonnait*** : murmurait entre ses dents.
3. ***Rêche*** : piquante.

à Nicolas en quelle classe il était. Nicolas répondait docilement et il hochait la tête, disait que ça devenait sérieux et qu'il fallait bien travailler pour ne pas redoubler. Il semblait avoir oublié que Nicolas avait déjà redoublé une fois, l'année où ils avaient déménagé. Un jour, il demanda à Nicolas d'approcher, de s'asseoir près de lui sur le lit. Il lui entoura la nuque de sa main, serra un peu. C'était pour montrer son affection, mais cela faisait mal et Nicolas tourna doucement le cou pour se dégager. D'une voix basse et sourde, son père dit : « Je t'aime, Nicolas », et Nicolas en fut impressionné, non parce qu'il en doutait mais parce que ça lui paraissait une drôle de façon de le dire. Comme si c'était la dernière fois avant une longue séparation, peut-être définitive, comme si son père avait voulu qu'il se le rappelle toute sa vie. Quelques instants plus tard pourtant, lui-même ne semblait plus se le rappeler. Son regard était confus, ses mains tremblaient. Il s'était levé en soufflant, son pyjama lie-de-vin[1] bâillait, tout froissé, et il était sorti à tâtons, l'air de ne pas savoir quelle porte ouvrir pour se retrouver dans le couloir, regagner sa chambre, se recoucher.

---

1. ***Lie-de-vin*** : rouge violacé.

8

Maintenant, et cela avait au moins le mérite de l'empêcher de dormir, Nicolas pensait au projet annoncé par Hodkann de voir de ses yeux les échantillons rangés dans le coffre. Comment s'y prendrait-il ? Il s'arrangerait peut-être pour rester au chalet pendant que les autres descendraient au village pour la leçon de ski. Caché derrière un arbre, il guetterait l'arrivée de la voiture. Le père de Nicolas descendrait, ouvrirait le coffre pour prendre le sac et l'apporter au chalet. Dès qu'il aurait le dos tourné, Hodkann se précipiterait, ouvrirait le coffre à son tour, puis les mallettes de plastique noir contenant les prothèses et les instruments chirurgicaux. C'était sans doute son plan, mais il ne savait pas que le père de Nicolas fermait toujours le coffre à clé après y avoir pris quelque chose, même s'il comptait le rouvrir quelques minutes plus tard. L'audace de Hodkann, cependant, était telle qu'on pouvait l'imaginer suivant dans le chalet le père de Nicolas et lui faisant les poches, dérobant son trousseau de clés pendant qu'il parlait avec la maîtresse. Nicolas voyait Hodkann penché sur le coffre ouvert, forçant les mallettes, éprouvant sur le gras de son pouce le tranchant d'un bistouri, faisant jouer les articulations d'une jambe en plastique, si fasciné qu'il en oubliait le danger. Déjà le père de Nicolas ressortait du chalet, marchait vers la voiture. Dans un instant il allait le surprendre. Sa main s'abattrait sur l'épaule de Hodkann, et ensuite, que se passerait-il ? Nicolas n'en savait rien. Son père, en vérité, n'avait jamais menacé de châtiments terribles quiconque toucherait à ses échantillons. Pourtant, il était certain que même pour Hodkann ce serait une situation très délicate. L'expression «passer un mauvais quart d'heure» lui trottait dans la tête. Oui, s'il se faisait pincer fouillant le coffre du père de Nicolas, Hodkann passerait un mauvais quart d'heure.

L'intérêt de Hodkann pour son père troublait Nicolas. Il se demandait même s'il ne l'avait pas pris sous sa protection pour approcher son père, gagner sa confiance. Il se rappela que Hodkann n'avait plus de père, lui. Et lorsqu'il vivait, ce père, que faisait-il ? Il n'avait pas eu l'idée, ce soir, de poser la question, et de toute manière n'aurait pas osé. Il ne pouvait s'empêcher de penser que le père de Hodkann était mort de mort violente, dans des circonstances louches, tragiques, et que sa vie l'avait logiquement conduit à une telle mort. Il l'imaginait hors-la-loi, dangereux comme son fils, et peut-être Hodkann n'était-il devenu si dangereux que pour affronter cela, les risques qu'il courait à être le fils de ce père. Maintenant, il aurait voulu le demander à Hodkann. La nuit, en tête à tête, cela devenait possible.

C'était une pensée voluptueuse[1], cette conversation nocturne avec Hodkann, et Nicolas passa un long moment à s'en représenter les circonstances possibles. Ils sortiraient tous deux du dortoir, sans réveiller personne. Ils iraient parler à voix basse dans le couloir ou dans les toilettes. Il imaginait leurs chuchotements, la proximité du grand corps chaud de Hodkann, et se plaisait à penser que sous cette puissance tyrannique qu'il déployait il y avait aussi du chagrin, une fragilité que Hodkann lui confesserait[2]. Il l'entendait lui dire comme à son seul ami, à la seule personne en qui il pouvait avoir confiance, qu'il était malheureux, que son père était mort d'une façon terrible, démembré ou jeté dans un puits, que sa mère vivait dans la peur de voir un jour ou l'autre reparaître ses complices, avides de se venger sur elle et sur

1. ***Voluptueuse*** : délicieuse, extrêmement agréable.
2. ***Confesserait*** : avouerait.

son fils. Hodkann, si impérieux, si railleur, avouait à Nicolas qu'il avait peur, qu'il était lui aussi un petit garçon perdu. Des larmes coulaient sur ses joues, il posait sa tête si fière sur les genoux de Nicolas et Nicolas caressait ses cheveux, lui disait des choses douces pour le consoler, consoler ce chagrin immense et toujours tu qui éclatait soudain devant lui, pour lui seul, parce que lui seul, Nicolas, en était digne. Hodkann disait, entre deux sanglots, que les ennemis qui avaient tué son père et que redoutait si fort sa mère risquaient de venir au chalet pour l'emmener, lui. Le prendre en otage ou simplement le tuer, abandonner son cadavre dans un sous-bois enneigé. Et Nicolas comprenait que c'était à lui de protéger Hodkann, de trouver une cachette où il serait en sûreté quand ces hommes méchants, qui portaient des manteaux sombres et luisants, encercleraient le chalet, entreraient en silence, chacun par une porte afin que personne ne puisse s'échapper. Ils sortiraient leurs couteaux et frapperaient froidement, méthodiquement, résolus à ce qu'il n'y ait aucun témoin. Les corps à demi nus des enfants surpris dans leur sommeil s'entasseraient au pied des lits superposés. Des flots de sang couleraient sur le plancher. Mais Nicolas et Hodkann seraient cachés dans un creux du mur, derrière un lit. Ce serait un espace étroit, sombre, un vrai trou à rats. Ils s'y serreraient l'un contre l'autre, les yeux brillants dans la pénombre, écarquillés par l'effroi. Ils entendraient ensemble, avec leurs propres souffles, les bruits affreux du carnage, cris d'épouvante, râles d'agonie, chocs sourds des corps qui tombent, vitres brisées dont les éclats entaillent davantage encore les chairs mutilées, petits rires brefs et secs des bourreaux. La tête tranchée de Lucas, le petit roux à lunettes, roulerait sous le lit jusqu'à leur cachette et s'arrêterait à leurs pieds, les fixant de ses yeux incrédules. Plus tard il n'y aurait plus de bruit. Des heures passeraient. Les assassins seraient partis bredouilles, partagés entre le plaisir du massacre et le dépit d'avoir manqué leur proie. Il n'y aurait que des morts, dans le chalet, des montagnes d'enfants morts. Mais ils ne sortiraient pas. Ils resteraient toute la nuit serrés dans leur réduit, retranchés au cœur du charnier[1], sentant couler sur leurs joues un liquide chaud qui pouvait être le sang d'une blessure ou les larmes de l'autre. Ils resteraient là, tremblants. La nuit n'aurait pas de fin. Peut-être qu'ils ne sortiraient jamais.

1. ***Charnier*** : endroit où sont enterrés ou simplement entassés à découvert, pêle-mêle, de nombreux cadavres.

9

Le lendemain, après le petit déjeuner, le père de Nicolas n'était toujours pas arrivé. La maîtresse regardait sa montre : on n'allait tout de même pas se retarder, manquer la leçon de ski pour l'attendre. Sentant peser sur lui son regard pour une fois sans indulgence, Nicolas dit d'une petite voix que le mieux serait peut-être qu'il reste, lui, au chalet. Il espérait que Hodkann proposerait de rester aussi. «On ne va pas te laisser tout seul», objecta la maîtresse. Patrick fit observer qu'il ne risquait pas grand-chose, mais la maîtresse dit que non, c'était une question de principe. En attendant, elle pria Nicolas de l'accompagner en haut : elle voulait téléphoner à sa mère, pour la mettre au courant de la situation et savoir si elle avait eu des nouvelles de son mari. Ils gagnèrent, au premier étage, le petit bureau tapissé de bois où se trouvait le téléphone. De la fenêtre, on avait une jolie vue sur la vallée. Ayant formé le numéro, la maîtresse attendit un moment et demanda d'un air contrarié à Nicolas si sa mère partait de très bonne heure, le matin. Nicolas dit d'un air repentant [1] que non, pas spécialement. En fait, il était content que sa mère ne réponde pas. Cet appel le mettait mal à l'aise. Ils en recevaient très peu, à la maison, et les rares fois où le téléphone sonnait, surtout en l'absence de son père, sa mère s'en approchait avec une angoisse visible. Si Nicolas était là, elle fermait la porte pour qu'il n'entende pas, comme si elle avait craint et voulu lui épar-

1. *Repentant* : honteux, comme s'il se sentait en faute.

gner aussi longtemps que possible une mauvaise nouvelle. La maîtresse soupira puis, au cas où elle se serait trompée, refit le numéro. On répondit aussitôt, et Nicolas se demanda ce qui s'était passé au premier appel. Il imaginait sa mère dans la position où il l'avait surprise plusieurs fois : debout devant l'appareil en train de sonner, le visage crispé, n'osant décrocher. Quand la sonnerie cessait, elle semblait un instant soulagée, mais répondait tout de suite si elle reprenait, saisissant le combiné comme on se jetterait à l'eau pour échapper au feu.

Nicolas scrutait avec une curiosité inquiète le visage de la maîtresse tandis qu'elle se présentait et expliquait le motif de son appel. Tout en parlant, elle croisa son regard et lui fit signe de prendre l'écouteur. Il obéit.

«Non madame, expliquait-elle avec patience, ce n'est pas grave. Mais c'est ennuyeux. Vous comprenez, il n'a pas son sac, pas de vêtements de rechange, pas d'affaires pour le ski, seulement ce qu'il a sur le dos, alors nous ne savons pas très bien quoi faire de lui.»

Elle sourit à Nicolas pour atténuer la dureté de cette remarque, visant surtout à faire réagir sa mère.

«Mais, dit celle-ci, mon mari va certainement l'apporter, son sac.

– C'est ce que j'espère, madame, mais comme il n'arrive pas, ce que je voulais savoir, c'est où on peut le joindre.

– Quand il est en tournée, on ne peut pas le joindre.

– Vraiment, il ne prévoit pas dans quels hôtels il va loger? Et si vous avez besoin de lui parler d'urgence?

– Je suis désolée. C'est comme ça, dit sèchement la mère de Nicolas.

– Mais il vous appelle, quelquefois?

– Quelquefois, oui.

– Alors, s'il vous appelle, vous voudrez bien le prévenir… Le problème, s'il ne vient pas aujourd'hui, c'est qu'il risque de s'éloigner… Vous ne savez pas du tout quel est son itinéraire?

– Non. Je suis désolée.

– Bien, dit la maîtresse, bien… Vous voulez parler à Nicolas ?

– Je vous remercie. »

La maîtresse tendit le combiné à Nicolas et sortit dans le couloir pour ne pas le gêner. Nicolas et sa mère ne savaient pas quoi se dire. Sur la question du sac, il n'y avait rien à ajouter à la conversation avec la maîtresse : on ne pouvait qu'attendre que son père le rapporte au chalet. Nicolas ne voulait pas se plaindre, inquiéter davantage sa mère, et elle ne voulait pas poser de questions qui auraient accru une inquiétude à laquelle elle n'avait aucun moyen de remédier. Aussi se borna-t-elle aux conseils de sagesse et d'obéissance qu'elle lui aurait donnés dans des circonstances normales. Nicolas eut l'amère impression que si elle l'avait vu à moitié englouti par les mâchoires d'un crocodile elle aurait continué à répéter amuse-toi bien, sois sage, n'oublie pas de te couvrir chaudement – quant à se couvrir chaudement, elle ne pouvait pas le dire et sans doute se surveillait-elle pour ne pas l'engager à mettre le gros pull représentant des rennes qu'elle lui avait tricoté.

En redescendant avec la maîtresse dans la grande salle où l'on débarrassait les tables du petit déjeuner, Nicolas réfléchissait à ce mystère : il savait que son sac était dans le coffre de la voiture, il l'avait vu calé entre les chaînes et les mallettes aux échantillons ; son père, en ouvrant le coffre, n'avait pas pu ne pas le remarquer, et il avait bien dû l'ouvrir la veille au soir, au plus tard ce matin en visitant ses clients. Alors, pourquoi n'avait-il pas appelé ? Pourquoi n'arrivait-il pas ? Il devait se douter de l'embarras qu'il causait à Nicolas. Est-ce qu'il avait perdu le numéro de téléphone du chalet ? Ou les clés du coffre ? Est-ce qu'on les lui avait volées ? Est-ce qu'on lui avait volé la voiture ? Ou encore, est-ce qu'il avait eu un accident ? Tout à coup, cette hypothèse qu'il n'avait pas envisagée parut à Nicolas la plus plausible. Pour qu'il lui manque ainsi, il fallait que son père ait été hors d'état de venir, hors d'état d'appeler. Peut-être la voiture avait-elle glissé sur une plaque de verglas, embouti un arbre, et son père agonisait, la poitrine défoncée par le volant. Sa dernière pensée consciente, les mots qu'il avait balbutiés[1] avant de mourir, que les sauveteurs n'avaient pas compris, avaient dû être : « Le sac de Nicolas ! Rapportez son sac à Nicolas ! »

Imaginant cela, Nicolas sentait des larmes prêtes à jaillir de ses yeux, et il en éprouvait une grande douceur. Il ne voulait pas que ce soit vrai, bien sûr, mais en même temps aurait aimé tenir vis-à-vis des autres ce rôle de l'orphelin, héros d'une tragédie. On voudrait le consoler, Hodkann voudrait le consoler, et il serait inconsolable. Il se demanda si la maîtresse avait fait le même raisonnement que lui et, tant qu'il restait un espoir, essayait de lui cacher son angoisse. Sans doute pas. Pas encore. Nicolas anticipait le moment où le téléphone sonnerait de nouveau. La maîtresse monterait décrocher, sans s'inquiéter, les enfants joueraient bruyamment dans la salle, chahuteraient. Lui seul serait aux aguets, attendant qu'elle revienne. Et voilà, elle revenait, le visage pâle et contracté. Le chahut continuait mais elle n'ordonnait pas de se taire. Elle semblait ne rien entendre, ne rien remarquer, ne voir plus que Nicolas vers qui elle se dirigeait, qu'elle prenait par la main, emmenait à l'écart, dans le bureau. Elle refermait la porte, les bruits d'en bas cessaient. Elle prenait son visage entre ses mains, doucement, les paumes enserrant ses joues, on voyait que ses lèvres tremblaient et elle balbutiait : « Nicolas… Écoute, Nicolas, il va falloir que tu sois très courageux… » Alors ils se mettaient à pleurer tous les deux, lui dans ses bras, et c'était doux, incroyablement doux, il aurait voulu que cet instant dure toute sa vie, qu'il n'y ait plus que cela dans sa vie, plus rien d'autre, plus d'autre visage, plus d'autre parfum, plus d'autres mots, seulement son prénom répété doucement, Nicolas, Nicolas, plus rien.

---

1. ***Balbutiés*** : formulés en bégayant.

10

La maîtresse et les moniteurs refirent du café, avant de partir, pour discuter des mesures à prendre concernant Nicolas. Il était resté avec eux, à l'écart des autres enfants, définitivement installé, semblait-il, dans le rôle du problème à résoudre.

« Écoutez, dit Patrick, on ne va pas y passer la semaine. Si ça se trouve, son père a complètement oublié ce sac, il est à deux cents bornes d'ici, alors si on attend qu'il revienne ça va gâcher le séjour du gamin et celui de tout le monde du même coup. Ce que je propose, moi, c'est de prendre dans la caisse de la coopérative de quoi lui monter un trousseau minimum, pour qu'il puisse tout faire comme les autres. Ça te va, bonhomme ? » ajouta-t-il en se tournant vers Nicolas.

Ça lui allait, et la maîtresse aussi approuva.

À l'heure, après le déjeuner, où tout le monde était censé lire ou se reposer, Patrick sortit avec Nicolas. Il faisait doux, le soleil scintillait à travers les branches dénudées. Comme il n'avait pas vu d'autre véhicule sur le terre-plein boueux devant le chalet, Nicolas pensa qu'ils iraient au village en autocar et que cela ferait un drôle d'effet au chauffeur de conduire seulement deux personnes. Mais Patrick dépassa l'autocar, qui avait à l'arrêt l'air d'un dragon inerte[1], et descendit sur une centaine de mètres la petite route desservant le chalet. Un peu en retrait était garée une 4L jaune, que Nicolas n'avait pas remarquée à l'aller. Patrick

---

1. ***Inerte*** : sans mouvement.

ouvrit la portière du côté du conducteur et dit : «Voilà le carrosse!» Il s'assit, fit glisser de son cou un long lacet de cuir auquel pendait la clé de contact. Nicolas voulut monter à l'arrière, mais Patrick se pencha pour ouvrir l'autre portière avant.

«Hé, ho! s'esclaffa-t-il, je suis pas ton chauffeur!» Nicolas hésita : monter à l'avant d'une voiture lui avait toujours été formellement interdit. «Alors, tu te grouilles?» Il obéit. «De toute façon, ajouta Patrick, à l'arrière, c'est le bordel.» Nicolas regarda par-dessus le siège, timidement, comme s'il avait craint qu'un gros chien caché sous la couverture écossaise en lambeaux[1] lui saute à la gorge. Il y avait un sac à dos, de vieux cartons, une mallette contenant des cassettes, une corde roulée, des objets métalliques qui devaient être du matériel d'escalade.

«Tu mets quand même la ceinture», dit Patrick en tournant la clé de contact. Le moteur toussa. Patrick essaya de nouveau, insista : rien. Nicolas craignit qu'il ne se mette en colère, mais il fit seulement une grimace plutôt comique et, se tournant vers Nicolas, expliqua : «Patience. Elle est comme ça. Il faut lui demander les choses gentiment.» Il remit le contact, appuya très doucement sur la pédale d'accélérateur et, en levant l'autre pied, murmura : «Voilà… voilà… Bonne bête!» Nicolas ne put retenir un gloussement d'excitation quand la voiture démarra et se mit à descendre la petite route en lacets.

«Tu aimes la musique?» demanda Patrick.

Nicolas ne sut que répondre. Il ne s'était jamais posé la question. Chez lui, on n'en écoutait jamais, il n'y avait même pas d'électrophone[2], et tout le monde à l'école considérait le cours de musique comme une corvée. Le professeur, M. Ribotton, faisait des dictées musicales, c'est-à-dire qu'il jouait au piano des notes qu'on devait écrire sur les portées d'un cahier spécial.

---

1. ***En lambeaux*** : toute déchirée.
2. ***Électrophone*** : appareil pour écouter de la musique.

Représenter l'enfance au XXe siècle *

Longtemps ignorée de la société qui la considère seulement comme une étape transitoire vers l'âge adulte, l'enfance ne reçoit un statut propre qu'au XVIIIe siècle. Et c'est au tournant du XXe siècle qu'elle acquiert toute son importance, avec l'apparition de la psychanalyse qui en fait le moment fondateur de la conscience individuelle (voir dossier). La fondation de l'Unicef (Fonds des Nations Unies pour l'enfance) après la Seconde Guerre mondiale, en 1946, consacre ce changement. Qu'ils soient peintres comme Pablo Picasso et Paul Klee, ou photographes comme Robert Doisneau, les artistes modernes s'attachent à représenter les particularités de cet âge, vulnérable et plein d'avenir.

◀ **Pablo Picasso, *Paul en Arlequin*, 1924 (peinture à l'huile et crayon sur toile, musée Picasso, Paris).** Picasso (1881-1973) est l'un des peintres modernes les plus célèbres au monde. Dans ce tableau, il représente son fils Paul déguisé en Arlequin. Laissant le décor à l'état d'ébauche, il rompt avec les codes de la peinture classique.

* Voir dossier, p. 188.

Paul Klee, *Ein Kinderspiel (Un jeu d'enfant)*, 1939 (pastel et gouache sur carton, Nationalgalerie, Berlin).
Paul Klee (1879-1940) est l'une des figures de proue de la peinture moderne allemande. Son œuvre explore aussi bien l'art figuratif que l'art abstrait. En témoigne ce tableau, à mi-chemin entre ces deux modes opératoires, qui a donné lieu à de multiples interprétations.

Robert Doisneau, *L'Enfant papillon*, Saint-Denis, 1945 (tirage argentique).
Robert Doisneau (1912-1994) fait partie de l'école de photographie française appelée « photographie humaniste ». Ses clichés pris sur le vif montrent des scènes du quotidien, le plus souvent dans les rues de Paris et de ses faubourgs, comme cette photographie prise à Saint-Denis, au sortir de la guerre. Les enfants furent un de ses sujets de prédilection.

Le rêve en peinture à travers les siècles *

Les écrivains ne sont pas les seuls à s'intéresser au rêve : en peinture, il tient une place importante depuis le début du Moyen Âge. D'abord illustration de thèmes religieux, notamment bibliques, il devient progressivement un sujet à part entière. Initialement considéré comme un message divin et codé dont le rêveur doit reconstruire le sens, il est peu à peu envisagé comme une production autonome du cerveau à travers laquelle le peintre peut explorer la partie la plus débridée de son imagination. Les évolutions de la perception du rêve confèrent donc à sa représentation des enjeux différents…

Le rêve, message à décrypter

Collection particulière

◄ **Nicolas Dipre, *Le Songe de Jacob*, v. 1500 (peinture à l'huile sur bois, musée du Petit-Palais, Avignon).** Dans la Genèse (28, 11-19), Jacob, l'un des alliés de Dieu, fait un rêve : une échelle lui apparaît, dont les pieds sont posés sur le sol et qui se prolonge jusqu'au ciel. Les anges montent à cette échelle et en descendent. Dans cette représentation, Dieu s'adresse à Jacob pendant son sommeil pour lui affirmer sa protection. Selon l'exégèse juive, l'échelle signifie l'alliance entre les hommes et Dieu ; pour les chrétiens, elle annonce la venue de Jésus-Christ, qui permettra de renouveler l'alliance entre l'humanité et l'Éternel.

* Voir dossier, p. 188.

▲ **École de Hieronymus Bosch, *La Vision de Tondal*, 1520-1530**
(huile sur bois, Fundación Lázaro Galdiano, Madrid).
Ce tableau illustre un célèbre récit du XIIe siècle (*Visio Tnugdali*, *Les Visions du chevalier Tondal*) dans lequel, ayant perdu connaissance, le chevalier Tondal visite les Enfers. Horrifié par ce qu'il voit, il se tourne vers la foi. Fidèle à la tradition médiévale, cette œuvre représente à la fois le dormeur et le rêve (peuplé de damnés et d'allégories des péchés, et puisant aussi dans l'imaginaire de la sorcellerie).

Le rêve comme libération de l'esprit

Avec les Lumières, puis avec le romantisme, les peintres s'interrogent sur le fonctionnement de l'esprit en dehors d'une gouvernance divine. La représentation du rêve devient alors l'occasion d'explorer le fantastique et de construire des significations libres, qui elles-mêmes autorisent des interprétations libres.

▶ Francisco de Goya, *Le sommeil de la raison engendre des monstres*, 1797 (eau-forte, musée du Prado, Madrid).
La série *Les Caprices* (*Los Caprichos*, en espagnol) à laquelle appartient cette gravure offre au peintre l'occasion d'une satire de l'Espagne de l'Inquisition ; il y dénonce l'emprise de l'Église sur les esprits. Cette œuvre, dans laquelle il se représente lui-même endormi, peut aussi se lire comme une figuration de l'imaginaire de l'artiste libéré par le sommeil.

Collection particulière

▼ Johann Heinrich Füssli, *Le Cauchemar*, 1781 (huile sur toile, Institute of Fine Arts, Detroit).
Cette toile, qui conféra au peintre britannique d'origine suisse un immense succès, reçoit de multiples interprétations. Elle repose peut-être sur un jeu de mots en anglais rapprochant *Nightmare* (« cauchemar »), qui sert de titre à l'œuvre, et *mare* (« jument »). Sa facture très classique associée à un thème qui ne relève ni de l'Antiquité, ni de la religion, ni de la littérature, contrairement aux autres œuvres du peintre, surprend.

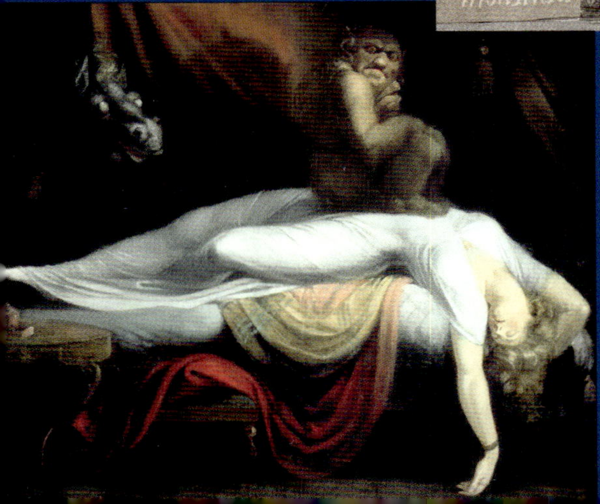

Collection particulière

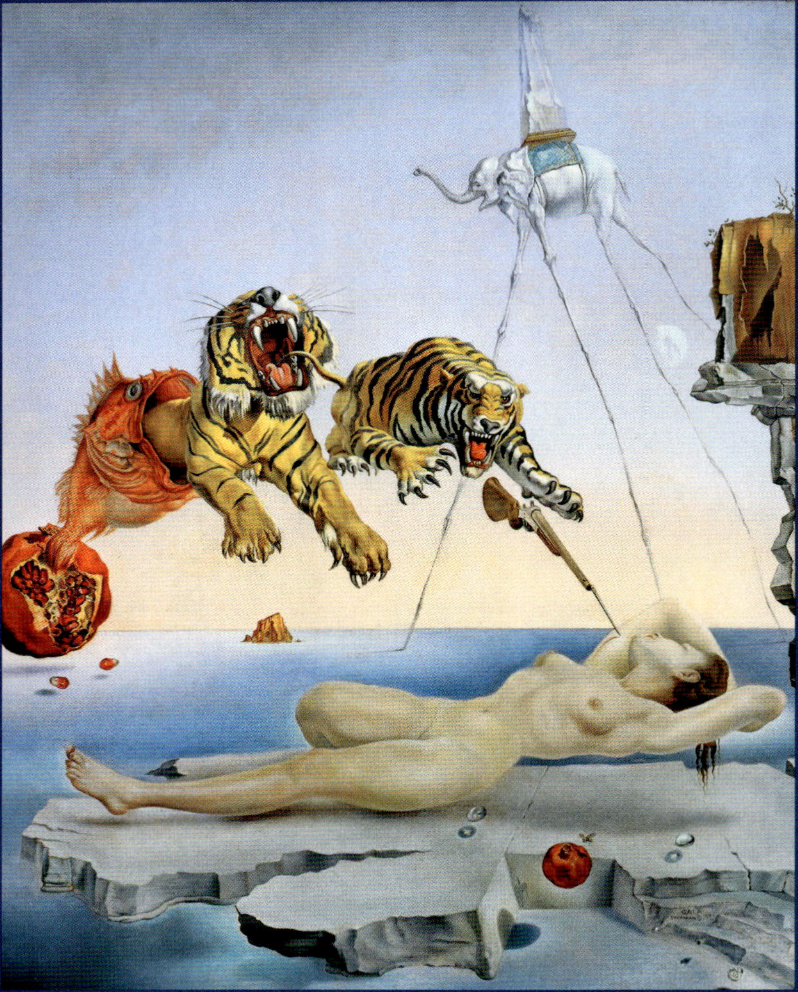

▲ **Salvador Dalí, *Rêve causé par le vol d'une abeille autour d'une pomme-grenade une seconde avant l'éveil*, 1944 (huile sur bois, Fundación Gala-Salvador Dalí, Madrid).**
Peintre surréaliste, Salvador Dalí peint ici l'image exacte d'un rêve. Ce tableau renonce à une représentation de la réalité pour se concentrer exclusivement sur l'univers onirique, laissant libre l'interprétation du spectateur.

L'adaptation cinématographique de Claude Miller *

En 1998, Claude Miller et Emmanuel Carrère cosignent le scénario de *La Classe de neige*, tiré du roman. Le film est réalisé par Claude Miller et reçoit le prix du Jury au festival de Cannes.

▲ Affiche du film.

* Voir dossier, p. 185.

© Les Films de la Boissière ; © PECF

▲ Nicolas (Clément Van Den Bergh) et Patrick (Yves Verhoeven).

© Moune Jamet / Rue des Archives

▲ Hodkann (Lokman Nalcakan, à gauche) interroge Nicolas sur son père.

Nicolas n'y arrivait jamais. Il aimait mieux les résumés que dictait M. Ribotton sur la vie des grands musiciens : au moins, c'étaient des mots, des lettres qu'il savait tracer. M. Ribotton était un homme très petit, avec une très grosse tête et, tout en craignant ses violentes colères qui, d'après la légende de l'école, étaient allées jusqu'à jeter un tabouret à la figure d'un élève, on le jugeait un peu ridicule. On sentait que les autres professeurs n'avaient pas pour lui beaucoup de considération, que personne n'en avait. Son fils, Maxime Ribotton, petit et mal bâti comme lui, était dans la même classe que Nicolas. Celui-ci n'avait pas de sympathie pour ce cancre sournois[1], transpirant, qui rêvait de devenir plus tard inspecteur de police, mais ne pouvait penser à lui sans une compassion[2] douloureuse. Un jour, un garçon assis au premier rang avait étendu ses jambes sur l'estrade et par mégarde sali avec les semelles de ses chaussures le bas du pantalon de M. Ribotton, qui était entré dans une colère épouvantable. Cette colère n'inspirait ni peur ni respect, plutôt une pitié méprisante. Avec une rage amère, plaintive, il disait qu'il en avait marre de venir à l'école pour se faire saloper des pantalons qu'il avait assez de mal à acheter, que tout était cher et qu'il gagnait un salaire de misère, que si les parents de l'élève qui venait de salir son pantalon avaient les moyens de se payer le teinturier tous les jours, tant mieux pour eux mais lui ne les avait pas. Sa voix vibrait en disant cela, on avait l'impression qu'il allait se mettre à pleurer, et Nicolas avait envie de pleurer aussi, à cause de Maxime Ribotton dans la direction de qui il n'osait pas regarder et qui devait supporter le spectacle de son père s'humiliant devant ses camarades, exhalant[3] avec cette impudeur affreuse sa rancœur d'avoir été à ce point bafoué[4] par la vie. Ensuite, à la

---

1. ***Sournois*** : hypocrite, perfide.
2. ***Compassion*** : pitié.
3. ***Exhalant*** : exprimant.
4. ***Bafoué*** : méprisé, raillé.

récréation, il avait été très surpris d'entendre Maxime Ribotton évoquer l'incident sur un ton de plaisanterie dégagée, assurant qu'il ne fallait pas s'en faire quand son père montait sur ses grands chevaux : il se calmait vite. Il s'était attendu à ce qu'après cette scène Maxime Ribotton quitte la classe sans un mot et ne revienne plus à l'école. On aurait appris ensuite qu'il était tombé malade. Quelques enfants au bon cœur seraient allés lui rendre visite. Nicolas se voyait faisant partie de leur groupe, choisissant parmi ses propres jouets un cadeau qu'il pourrait faire à Maxime Ribotton sans risquer de le blesser. Il imaginait son regard reconnaissant, son visage et son corps amaigris, dévorés par la fièvre, mais les cadeaux et les paroles amicales ne serviraient à rien, un jour on apprenait la mort de Maxime Ribotton, le groupe des enfants au bon cœur allait à l'enterrement et c'était désormais avec le père Ribotton, perdu dans sa douleur, qu'on se promettait d'être gentil et de montrer son bon cœur. On ne le chahutait plus, on ne saluait plus par des rimes imbéciles les noms de grands musiciens qu'il prononçait avec respect, par exemple Schubert-frigidaire, ou Schumann-tombe en panne.

Hormis ces noms, Nicolas ne connaissait rien à la musique, mais plutôt que de l'avouer préféra répondre évasivement[1] que oui, il aimait bien. Il redoutait déjà la question suivante, qui ne manqua pas : « Et quel genre de musique tu aimes ?

– Ben, Schumann... », dit-il au hasard.

Patrick fit avec sa bouche une moue exprimant à la fois respect et ironie, et dit qu'il n'avait pas ce genre de musique-là, mais plutôt des chansons. Il demanda à Nicolas de choisir une cassette : il n'avait qu'à prendre la petite mallette, sur la banquette arrière, et lui lire les titres. Nicolas obéit. Il peinait à déchiffrer les mots anglais, mais Patrick complétait les premières syllabes qu'il ânonnait[2] et, à la troisième cassette, dit que ça irait. Il la

1. ***Évasivement*** : de manière imprécise.
2. ***Ânonnait*** : lisait avec difficulté.

glissa dans le lecteur et la musique éclata, au beau milieu d'une chanson. La voix était rauque, railleuse, les guitares cinglaient comme des coups de fouet. Cela donnait une impression de brutalité, mais aussi de souplesse, comme les détentes d'un fauve. À la télévision, ce genre de musique incitait ses parents à baisser le son, mécontents. Si on lui avait demandé son avis, Nicolas en temps normal aurait dit que cela ne lui plaisait pas, mais ce jour-là il fut transporté. Patrick, à côté de lui, tapotait le volant pour marquer le rythme, bougeait en cadence, de temps en temps fredonnait une phrase avec le chanteur. Il poussa en même temps que lui un petit gémissement aigu. La voiture roulait en parfaite harmonie avec la musique, accélérait quand elle accélérait, quand elle ralentissait prenait de larges virages, tout vibrait à l'unisson, les pneus mordant sur la chaussée, les courbes de la route, les changements de vitesse et surtout le corps de Patrick qui, tout en conduisant, ondulait souplement, le sourire aux lèvres, les yeux plissés par les rayons du soleil illuminant le pare-brise. Jamais Nicolas n'avait rien entendu d'aussi beau que cette chanson, tout son corps y participait, il aurait voulu que sa vie entière soit ainsi, voyager toujours à l'avant des voitures en écoutant ce genre de musique, et plus tard ressembler à Patrick : aussi bon conducteur, aussi à l'aise, aussi souverainement libre de ses mouvements.

11

«Bon, dit Patrick en poussant la porte du supermarché, il faut être sérieux maintenant. De quoi est-ce qu'on a besoin?»

Alors seulement, après la griserie[1] du trajet en voiture, Nicolas se rappela ce qu'ils venaient faire ici, que son sac était resté dans le coffre de son père et que sans doute son père était mort.

«Est-ce que tu te rappelles ce qu'il y avait dans ton sac? demanda Patrick.

– Ben, des habits de rechange», dit Nicolas, que la question déroutait : Patrick le savait forcément, ce qu'il y avait, puisqu'on avait demandé à tous d'apporter les mêmes choses, dont on avait fourni la liste aux parents. Chacun, il est vrai, avait droit en outre à un ou deux objets de son choix, un livre ou un jeu de société, et en ce qui concernait Nicolas il y avait aussi l'alèse recommandée par la maîtresse en cas de pipi au lit. Il n'eut pas le courage d'en parler à Patrick.

«En plus, dit-il après réflexion, j'avais mon coffre-fort.

– Ton coffre-fort? demanda Patrick, étonné.

– Oui, un petit coffre-fort qu'on m'a donné pour y mettre des secrets. Il y a une formule pour l'ouvrir et je suis le seul à la connaître.

– Et si tu l'oublies, qu'est-ce qui se passe?

– Je ne pourrai plus l'ouvrir. Personne ne pourra plus l'ouvrir. Mais je la connais par cœur.

1. ***La griserie*** : l'ivresse.

– Oui, et si tu reçois un bon coup sur la tête et que tu perds la mémoire? Tu l'as écrite quelque part, au moins?

– Non. Il ne faut pas. De toute façon, si je perds la mémoire, je ne saurai pas non plus où je l'ai écrite.

– Exact, reconnut Patrick. Tu es un malin, toi.»

Nicolas hésita, n'osant dire à Patrick qu'en fait il y avait un problème avec ce coffre-fort. Son père le lui avait offert accompagné d'une enveloppe fermée contenant la feuille sur laquelle était imprimée la formule. Il lui avait conseillé de la détruire après l'avoir apprise, et Nicolas avait obéi. Mais l'idée lui était bientôt venue qu'avant de lui donner l'enveloppe son père l'avait ouverte, puis habilement recachetée, et donc avait accès au coffre. Peut-être y jetait-il un coup d'œil, de temps à autre, pour savoir ce que Nicolas lui cachait. Peut-être ne le lui avait-il offert que pour cela. Sans en être certain, Nicolas se méfiait et ne rangeait dans le coffre rien de plus secret que les bons des stations-service. S'il l'avait ouvert, son père avait dû être déçu. Mais plus probablement il était mort. Nicolas résista, comme ce n'était pas sûr, à la tentation de le dire à Patrick et, s'efforçant de prendre un ton détaché, proposa pour attendre : «Je peux te la dire, si tu veux, la formule.»

Patrick secoua la tête : «Non. Tu ne me connais pas. Si ça se trouve, dès que tu me l'aurais dite, je t'assommerais et j'irais te piquer tes secrets.

– Ils sont dans la voiture de mon père, de toute façon.

– Je ne veux pas le savoir. Ça ne me regarde pas. Ni la formule, ni ce qu'il y a dans ton coffre.»

Il sourit et, faisant mine de braquer un pistolet sur Nicolas : «Qu'est-ce qu'il y a dans ton coffre?

– Rien d'intéressant», répondit Nicolas d'un ton renfrogné.

Au rayon des habits pour enfants, Patrick décrocha une chemise de lainage épais et un pantalon de ski imperméable que Nicolas essaya dans une cabine tandis qu'il complétait son trousseau : deux slips, deux tee-shirts, deux paires de grosses chaussettes, une cagoule et une brosse à dents. Le pantalon était à sa taille, mais un peu trop long. Patrick le roula prestement[1], disant que ça irait, que sa mère ferait l'ourlet plus tard si elle voulait. Nicolas trouvait très agréable cette façon de faire des courses, sans rester des heures à hésiter entre deux modèles, deux couleurs, deux tailles, le front plissé par le souci qu'impliquait[2] toute décision pour ses parents. Il aurait encore voulu un survêtement vert et mauve comme Patrick, mais bien sûr n'osa le réclamer.

En payant, Patrick échangea quelques phrases avec la caissière. C'était une fille jeune, rieuse, et on voyait tout de suite qu'elle le trouvait beau garçon, qu'elle aimait bien sa queue de cheval, son visage allongé aux yeux très bleus, sa façon détendue de bouger et de plaisanter. «C'est à vous, ce jeune homme ?» lui demanda-t-elle en désignant Nicolas. Patrick répondit que non, mais que si personne ne le réclamait d'ici un an et un jour il voulait bien le garder. «On s'entend pas trop mal, tous les deux», ajouta-t-il, et Nicolas se répéta la phrase avec fierté. Il avait envie de dire aux autres, d'un air négligent[3], qu'il ne s'entendait pas trop mal avec Patrick. Il regarda, autour de son poignet, le bracelet brésilien qu'il lui avait donné et se promit, plus tard, quand l'autorité de ses parents ne pèserait plus sur lui, de se laisser pousser une queue de cheval.

Patrick, en voiture, remit la musique et, tout en conduisant et oscillant à son rythme, prononça une autre phrase mémorable : «Alors, tu trouves pas qu'on est les rois du pétrole ?» Nicolas mit quelques instants à comprendre ce que cela voulait dire : que tout allait bien pour eux, qu'ils ne s'embêtaient pas, que vraiment il n'y avait pas à s'en faire, et lorsqu'il eut compris ressentit une joyeuse exaltation[4], comme s'il s'agissait entre eux d'un mot

1. ***Prestement*** : rapidement.
2. ***Qu'impliquait*** : que supposait.
3. ***Négligent*** : indifférent.
4. ***Exaltation*** : excitation enthousiaste.

de passe à usage strictement personnel. Il craignait, en parlant, que sa voix haut perchée déraille et trahisse sa petitesse, mais surmonta cette peur et parvint à répondre, comme s'il n'y attachait guère[1] d'importance : «C'est vrai. C'est vrai qu'on est les rois du pétrole.»

1. ***Guère*** : pas beaucoup.

12

Après le goûter, on jouait : à mimer des corps de métier, à cache-tampon[1], au théâtre. Mais ce jour-là Patrick dit qu'on allait faire autre chose. «Quoi ? demanda-t-on.

– Vous allez voir.»

Sur son ordre, une équipe poussa contre les murs les tables, les bancs et tout ce qui encombrait la salle. Il éteignit les lumières, mais les laissa allumées dans le hall, de sorte qu'on y voyait quand même. Ces préparatifs mystérieux excitaient les enfants. En déplaçant les meubles, ils poussaient des petits rires étouffés, formaient des hypothèses : on allait jouer aux fantômes, ou faire tourner les tables. Patrick frappa dans ses mains et réclama le calme. «Maintenant, dit-il, vous allez vous allonger par terre. Sur le dos.» Le temps que tout le monde le fasse, il y eut encore un peu de désordre et de rires. Patrick, resté seul debout, attendit patiemment que chacun ait trouvé sa place. D'une voix calme, sans hâte, il donna quelques indications pour se mettre dans la position la plus confortable : d'abord s'étirer, tâcher de ne pas se cambrer, de garder tout le dos en contact avec le sol ; orienter les paumes vers le plafond ; fermer les yeux. «Fermer les yeux...» répéta-t-il d'un ton presque rêveur, comme si lui-même les fermait, s'apprêtait à s'endormir, et il se tut. Suivit un

1. ***Cache-tampon*** : jeu d'enfants dans lequel on cache un mouchoir, roulé en boule, à l'insu des joueurs, et qu'il s'agit de leur faire retrouver en précisant «tu brûles», «tu gèles», selon qu'ils se rapprochent ou s'éloignent de l'objet.

moment de silence, que rompit une voix impatiente : «Qu'est-ce qu'on fait, maintenant?

– Tu comprends pas? répondit une autre : il nous hypnotise!»

Quelques rires saluèrent cette repartie, que Patrick ne releva pas. Un peu plus tard, il reprit, comme s'il avait seulement entendu la première question : «On ne fait rien... On est tout le temps en train de faire quelque chose, de penser à quelque chose. Là, on ne fait rien. On essaie de ne penser à rien. On est là, c'est tout. On se détend. On se fréquente...» Sa voix était de plus en plus calme et songeuse. Il marchait lentement dans la pièce, entre les corps allongés des enfants. Nicolas le sentit, plus qu'il ne l'entendit, qui passait près de lui. Il entrouvrit les yeux, les referma aussitôt, craignant d'être pris en faute.

«Respirez lentement, dit Patrick. Avec le ventre. Gonflez et dégonflez votre ventre comme un ballon, mais doucement, profondément...» Plusieurs fois de suite il répéta : «Inspirez, expirez...», et Nicolas sentit qu'autour de lui les autres le suivaient, entraient dans son rythme. Il pensa qu'il n'y arriverait jamais. Quand on soufflait dans le ballon, à la visite médicale, c'était toujours lui qui avait la capacité thoracique la plus faible, et il sentait comme un étau dans sa poitrine, empêchant l'air de circuler. Il inspirait et expirait plus vite que les autres, de façon hachée, happant l'air, comme quelqu'un qui se noie. Mais Patrick continuait, d'une voix qui étrangement était à la fois de plus en plus lointaine et de plus en plus présente. «Inspire... expire», disait-il à présent et, sans avoir compris comment, Nicolas se retrouva tout à coup pris dans la respiration commune, faisant partie de cette vague qui gonflait puis refluait autour de lui, l'enveloppait. Il entendait les souffles des autres, et le sien qui s'y fondait. Son ventre se levait et s'abaissait doucement, obéissant à la voix de Patrick. Il s'y creusait des cavités que ses inspirations remplissaient comme la marée remplit les creux d'un rocher.

«C'est bien, dit Patrick au bout d'un moment. Maintenant vous allez penser à votre langue.» Quelque part dans la salle, il y eut un petit rire, sans écho. Nicolas pensa fugitivement que si tout le monde avait ri, il l'aurait fait aussi, et trouvé ridicule de penser à sa langue, mais il suivait le mouvement, il pensait à sa langue, en contact avec le palais, comme Patrick disait qu'elle devait être, il en éprouvait le poids, la consistance, la texture : lisse et humide à certains endroits, râpeuse à d'autres. C'était une sensation de plus en plus étrange. La langue devenait énorme dans sa bouche, une énorme éponge par laquelle il craignit d'être étouffé, mais au moment exact où lui venait cette crainte, Patrick la dissipa en disant : «Si votre langue devient trop grosse et vous gêne, vous n'avez qu'à avaler la salive.» Nicolas déglutit et sa langue retrouva des proportions normales. Cependant, il la sentait toujours, bizarrement présente, comme s'il venait de faire connaissance avec elle. Patrick leur dit ensuite de penser à leur nez, de suivre le trajet de l'air dans les narines. Puis de placer leur attention derrière leurs paupières, entre leurs sourcils, dans leur nuque. De là, il passa aux bras, commençant par les doigts qu'il leur fit décrisper un à un, remontant vers le coude, puis l'épaule. «Vos bras sont lourds, disait-il, très lourds. Tellement lourds qu'ils s'enfoncent dans le sol. Même si vous vouliez, vous ne pourriez pas les soulever...», et Nicolas sentit qu'en effet, il ne pourrait pas. Il était répandu sur le carrelage, comme une flaque, surplombant[1] en esprit son corps inerte et pourtant l'habitant comme une maison aux fondations profondes, explorant les couloirs qui parcouraient ses membres, poussant les portes de pièces obscures et chaudes, chaudes surtout. La sensation de chaleur à présent dominait, et il ne fut pas étonné d'entendre Patrick la décrire, conseiller de l'accueillir, de la goûter, de se laisser envahir par cette chaleur intense mais douce qui coulait dans les veines et jouait à la surface de la peau,

1. ***Surplombant*** : dominant.

provoquant de légers picotements, des envies de se gratter auxquelles il valait mieux ne pas céder : «Mais si vous avez très envie, ajouta-t-il, ce n'est pas grave : allez-y.» Comment savait-il cela ? D'où venait qu'il puisse décrire ces choses extraordinaires que Nicolas ressentait, à l'instant exact où il les ressentait ? Était-ce pareil pour les autres ? On n'entendait plus de rires, plus que les souffles calmes, obéissant à la voix de Patrick. Tous visitaient, comme Nicolas, ce territoire mystérieux qui s'étendait à l'intérieur d'eux-mêmes, tous écoutaient le guide avec la même confiance. Tant que Patrick parlait, leur disait où aller – maintenant, c'étaient les jambes, orteils l'un après l'autre, mollets, genoux et cuisses –, rien ne pourrait arriver. Ils étaient en sécurité au fond de leur corps. Cela durait. Depuis combien de temps cela durait-il ?

Soudain Nicolas sentit que Patrick se penchait sur lui. Un genou craqua légèrement. Il s'était accroupi, et ses mains se posèrent sur le haut de sa poitrine, juste en dessous des épaules, bien à plat. Elles restèrent immobiles. Le cœur de Nicolas s'était mis à battre à tout rompre, sa respiration un moment apaisée s'affolait. Il n'osait pas ouvrir les yeux, croiser ceux de Patrick au-dessus de lui. Très doucement, Patrick dit «chhhh...», comme on calme un animal inquiet, et ses paumes pesèrent un peu plus sur la poitrine de Nicolas, le bout des doigts tendu vers les épaules de façon à les rapprocher du sol, à l'y enfoncer encore davantage. Nicolas avait l'impression de haleter, de courir en tous sens à l'intérieur de lui-même, en se cognant aux cloisons, et en même temps savait que rien de tout cela ne se voyait du dehors. Son corps restait immobile, crispé malgré les efforts de Patrick, dont il devina qu'ils visaient à le détendre davantage. Il l'entendait respirer au-dessus de lui, très calmement. Il pensa au mannequin écorché des stations Shell, à son thorax-couvercle qu'on pouvait retirer pour examiner l'intérieur. Patrick pesait sur ce couvercle, il voulait repérer, apprivoiser ce qu'il y avait dessous, mais cela faisait un beau désordre, on aurait dit que tous les organes de Nicolas, affolés, se réfugiaient le plus loin possible de la paroi que palpaient ces mains fermes et chaudes, et pourtant Nicolas aurait aimé qu'elles restent. Il eut peine à retenir un gémissement lorsqu'elles relâchèrent leur pression, puis lentement rompirent le contact. Le souffle de Patrick s'éloigna, son genou craqua encore lorsqu'il se releva. Nicolas entrouvrit les yeux, tourna un peu la tête pour le voir se pencher sur un autre enfant, recommencer. Il referma les yeux, son corps fut tout à coup parcouru d'un frisson. Est-ce que son père avait sorti les bons du coffre-fort ? Est-ce qu'il avait déjà l'écorché, au moment de l'accident ? Pour tâcher de se calmer, il imagina de nouveau comment ça se passerait, le téléphone qui peut-être allait sonner maintenant, à l'instant où Patrick appuyait en silence sur la poitrine d'un autre, le déroulement de la soirée arrachée à ses rails par la terrible nouvelle, puis la nuit, le lendemain, et sa vie d'orphelin. En même temps, il pensait que c'était mal de se laisser aller à de telles rêveries, que cela pouvait porter malheur. Que dirait-il si le téléphone sonnait pour de bon, si ce qu'il avait imaginé pour se rendre triste et se consoler se réalisait ? Ce serait atroce. Il serait non seulement orphelin, mais coupable, terriblement coupable. Ce serait comme d'avoir tué son père. Un jour, pour illustrer ses habituels conseils de prudence, celui-ci lui avait raconté l'histoire d'un de ses anciens camarades de classe qui avait menacé son petit frère avec un fusil, pour jouer bien sûr, sans se douter que le fusil était chargé. Il avait appuyé sur la détente et le petit frère reçu la balle dans le cœur. Qu'est-ce qui s'était passé ensuite ? se demandait Nicolas. Qu'est-ce qu'on lui avait fait, à cet enfant assassin ? On ne pouvait pas le punir, ce n'était pas sa faute, et il était assez puni déjà. Alors le consoler ? Mais comment consoler un enfant qui a fait cela ? Que lui dire ? Est-ce qu'on peut, est-ce que ses parents peuvent le prendre dans leurs bras en lui disant doucement que c'est fini, oublié, que maintenant tout ira bien ? Non. Alors quoi ? Essayer de lui mentir pour que sa vie ne soit pas gâchée, inventer une version moins affreuse de l'accident et petit à petit le convaincre de sa vérité ? Le fusil est parti tout seul, ce n'était pas lui qui le tenait, il n'y est pour rien… «Très lentement, dit Patrick, vous allez vous remettre à bouger… Les pieds d'abord. Faites des petits cercles avec les chevilles… Voilà… Sans vous presser.

Maintenant, vous pouvez ouvrir les yeux.»

13

Cette nuit-là, Nicolas monta sur la chenille.

L'adulte qui l'accompagnait n'était pas son père, mais Patrick. Ils avaient confié son petit frère au père du garçon rencontré dans le parc d'attractions. Il portait son anorak vert, avec la capuche sur la tête bien qu'il ne plût pas, et ses petites bottes rouges en caoutchouc. De la main, il leur faisait au revoir. Le père du garçon le tenait par l'autre main, souriant toujours. On ne distinguait pas bien son visage. Patrick s'étant assis au fond de la cabine, Nicolas vint se caler entre ses longues jambes dont les genoux touchaient les parois métalliques. L'employé qui faisait marcher le manège descendit sur eux la barre de blocage et la verrouilla. La chenille se mit en mouvement. Doucement, elle passa devant le petit frère qui continuait à agiter la main, puis s'arracha au sol, s'éleva. Ils furent dans le ciel. La chenille s'immobilisa. Brusquement, elle se lança dans la descente. Nicolas se sentit aspiré dans un gouffre, et ce gouffre était aussi à l'intérieur de lui-même. Son estomac se décrocha, il eut peur, voulut rire Ça allait vite maintenant. La chenille repassa au ras du sol, avec un chuintement[1] de train lancé à toute allure, remonta aussitôt. Cette fois il eut à peine le temps de voir la cabane, son petit frère, les gens à terre, ils furent à nouveau, mais plus vite, plus fort, projetés vers le ciel, à nouveau arrêtés à cet instant, cet endroit terribles où d'un coup on basculait de l'autre

1. ***Chuintement*** : sifflement.

côté. Nicolas repoussait de ses pieds le sol qui se précipitait à leur rencontre, crispait les doigts sur la barre de blocage, et Patrick les crispait aussi, ses deux grandes mains bronzées encadrant les petits poignets. Les manches relevées de son sweat-shirt laissaient voir, sur les avant-bras, des veines saillantes qui se tendaient comme des câbles. Contre son dos, Nicolas sentait le ventre dur de Patrick qui, au même rythme que le sien, se contractait d'appréhension[1] au seuil du vide. Il se contractait encore plus, essayant de lutter, à l'instant où on basculait pour de bon, puis se détendait un peu en bas, mais déjà s'amorçait la remontée, déjà on atteignait la crête, et l'horreur merveilleuse de la descente recommençait. Les cuisses raidies de Patrick enserrant les siennes, Nicolas gardait les yeux fermés. Mais tout à coup, juste avant d'arriver en haut, il les ouvrit et vit, loin au-dessous d'eux, tout le parc d'attractions. Petites silhouettes, fourmis humaines trottinant sur le sol, à des années-lumière. L'instant que cela dura, son regard isola une de ces silhouettes, deux : un homme qui s'éloignait en tenant par la main un petit enfant. Déjà la chenille plongeait, on ne voyait plus rien mais il avait compris ce qui se passait. Au tour suivant, il écarquilla les yeux, glacé d'horreur, et l'homme qui emmenait son petit frère était déjà plus loin. En replongeant, la chenille allait le dérober à sa vue et, à la prochaine montée, il ne les reverrait plus, il en était certain. Ils auraient disparu. C'était la dernière fois qu'il voyait, qu'il avait vu son petit frère, du moins son petit frère intact, avec ses yeux, avec tous ses membres, tous les organes que contenait son corps. Ce qui venait de filer sous son regard impuissant, c'étaient les dernières images qu'il aurait de lui, petite silhouette pataude[2] en anorak et bottes de caoutchouc rouge, donnant la main à un homme en veste de jean, et il ne servait à rien de crier. Même Patrick, contre le corps de qui son corps était collé, ne

1. ***D'appréhension*** : de peur.
2. ***Pataude*** : maladroite.

l'entendrait pas, et même s'il l'entendait, même s'il avait vu la même chose, ça ne servirait à rien non plus. Le tour de chenille durait trois minutes, il n'y avait pas de signal d'alarme, on ne pouvait pas descendre en route. Pendant encore deux minutes, une minute et demie, ils allaient continuer à tourner tandis que son petit frère disparaissait derrière la palissade, que l'homme en veste de jean l'entraînait vers la camionnette où attendaient ses complices en blouse blanche, et quand ce serait fini, quand ils seraient descendus, les jambes flageolantes, il serait trop tard. Était-il seul à avoir vu ? Ou Patrick aussi ? Non, il n'avait rien vu, mieux valait qu'il n'ait rien vu. À l'arrivée, il soulèverait Nicolas d'entre ses jambes, sortirait de la cabine en s'ébrouant, sourirait, répéterait qu'ils étaient les rois du pétrole. Pour quelques secondes encore il ignorerait ce qui s'était passé, pourrait sourire. Nicolas l'enviait, il aurait donné sa vie pour n'avoir pas ouvert les yeux, pas regardé en bas, pas vu ce qu'il avait vu, pour partager l'heureuse ignorance de Patrick, vivre une minute encore, avec lui, dans un monde où son petit frère n'avait pas disparu. Il aurait donné sa vie pour que cette minute dure éternellement, pour que la chenille ne s'arrête plus. Ce qui venait de se passer, ce qui était en train de se passer en bas n'existerait pas. Ils ne l'apprendraient jamais. Il n'y aurait plus que cela dans la vie, la chenille qui tournait de plus en plus vite, la force centrifuge qui les projetait dans le ciel, très loin, les collait l'un contre l'autre, très fort, et ce trou qui se creusait dans son ventre, l'aspirait de l'intérieur, se comblait un instant, se creusait à nouveau, fouillait de plus en plus loin, et le ventre de Patrick contre son dos, ses cuisses autour des siennes, son souffle dans son cou, et le vacarme, et le creux, et le ciel.

14

L'humidité le réveilla, et aussitôt la certitude d'une catastrophe. Le drap était trempé, ainsi que son pantalon et sa veste de pyjama. Il faillit, se croyant chez lui, appeler en pleurant, mais étouffa son cri à temps. Tout le monde dormait. Dehors, le vent chuintait dans les sapins. Couché sur le ventre, Nicolas n'osait bouger. D'abord, il espéra que d'ici la fin de la nuit les draps et le pyjama sécheraient, réchauffés par son corps. Personne, le lendemain, ne remarquerait rien, à moins de grimper pour regarder, renifler le drap. Mais il ne sentait pas l'odeur caractéristique du pipi. C'était une odeur plus fade, à peine perceptible. La consistance de la flaque était différente, elle aussi, comme une colle humide entre son corps et le drap. Inquiet, il glissa doucement une main sous lui et sentit quelque chose de visqueux[1]. Il se demanda si son ventre ne s'était pas ouvert, laissant s'écouler ce liquide gluant. Du sang ? Il faisait trop sombre pour le vérifier, mais il imaginait une énorme tache rouge s'étendant sur le lit, sur le pyjama bleu de Hodkann. Au moindre mouvement, ses viscères se répandraient. Une plaie lui aurait fait mal, pourtant, et il n'avait mal nulle part. Il avait peur. Il n'osait ramener la main vers son visage, approcher de sa bouche, de ses narines, de ses yeux, cette substance gluante, cette sécrétion[2] de méduse qui était sortie de lui. Il sentait, dans l'obscurité, son visage se cris-

1. ***Visqueux*** : gluant.
2. ***Sécrétion*** : liquide émanant du corps.

per, ses yeux s'écarquiller d'effroi à l'idée qu'il lui arrivait quelque chose d'affreux qui n'était jamais arrivé qu'à lui, quelque chose de surnaturel.

Dans le livre où se trouvait *La Patte de singe*, il avait lu une autre «histoire épouvantable», celle d'un jeune homme qui, ayant absorbé un élixir bizarre, voit peu à peu son corps se décomposer, se liquéfier, se transformer en un magma noirâtre et visqueux. Ce n'est d'ailleurs pas lui qui, dans l'histoire, le voit, mais sa mère qui s'étonne de ce qu'il ne veut plus quitter sa chambre, n'y laisse entrer personne, s'exprime d'une voix de plus en plus basse, grumeleuse, bientôt une sorte de clapot[1] incompréhensible. Puis il renonce à parler, communique au moyen de billets glissés sous la porte, billets dont l'écriture se dégrade elle aussi, les derniers ne sont plus qu'un gribouillis affolé sur un papier couvert de taches noires et huileuses. Et quand, au comble de la terreur, elle fait forcer la porte, il ne reste plus sur le parquet qu'une flaque immonde, à la surface de laquelle surnagent deux cloques qui ont été des yeux.

Nicolas avait lu cette histoire avec avidité, mais sans véritable terreur, comme si ce qu'elle racontait ne le menaçait pas, et voici qu'il lui arrivait quelque chose de semblable, voici que de son corps s'écoulait ce pus qui l'engluait. C'était pire qu'une plaie, cela suintait de lui. Bientôt cela serait lui.

Qu'est-ce que les autres verraient, dans son lit, au matin?

Il avait peur, peur d'eux, peur de lui-même. Il pensa qu'il fallait s'enfuir, se cacher, se liquéfier seul, loin de tous. C'était fini pour lui. Plus personne ne le reverrait.

Avec précaution, craignant un bruit de succion qui lui fut épargné, il parvint à soulever son ventre. Repoussant draps et couvertures, il rampa vers l'échelle, glissa au pied du lit. Hodkann avait les yeux fermés. Sur la pointe des pieds, il traversa le dortoir sans réveiller personne. Dans le couloir, une petite

1. ***Clapot*** : bruit de l'eau agitée.

lumière orange indiquait le bouton de la minuterie, mais il ne l'alluma pas. Tout au fond, la fenêtre sans volets ni rideaux qui donnait sur le bois dessinait une tache laiteuse, suffisante pour se repérer. Il descendit l'escalier. Ses pieds nus se contractaient sur le carrelage. Au premier étage, toutes les portes étaient fermées, sauf celle du petit bureau d'où, le matin, la maîtresse avait appelé sa mère. Il entra, avisa le téléphone et pensa qu'il pouvait s'en servir, s'il voulait. Parler très bas, au cœur de la nuit, sans que personne le sache, mais à qui ? C'était dans ce bureau aussi que la maîtresse et les moniteurs gardaient les papiers, les cahiers concernant la classe. Il aurait pu les regarder, dans l'espoir de trouver quelque chose à son sujet. Les rares fois où on le laissait seul à la maison, il en profitait pour fouiller les affaires de ses parents, la coiffeuse[1] de sa mère, les tiroirs du bureau de son père, sans savoir au juste ce qu'il cherchait, quel secret, mais avec l'obscure certitude que le trouver était pour lui une affaire de vie ou de mort et qu'il ne fallait pas, s'il trouvait, que ses parents le sachent. Il veillait à tout remettre exactement en place, pour ne pas éveiller leurs soupçons. Il craignait d'être surpris, qu'ils rentrent sans faire grincer la porte et que la main de son père s'abatte soudain sur son épaule. Il avait peur, son cœur battait d'excitation.

Il ne s'attarda pas dans le bureau, descendit au rez-de-chaussée. Le pyjama collait à son ventre, à ses cuisses. La pénombre du hall abritait une classe fantôme, moon-boots[2] alignées le long du mur, rangée d'anoraks suspendus aux patères[3]. La porte d'entrée était fermée, bien sûr, mais seulement au verrou, qu'il lui suffit de tourner. Il tira le lourd battant vers lui, sans bruit, et vit que dehors tout était blanc.

---

1. ***Coiffeuse*** : petite table, surmontée d'un miroir, pour les soins de beauté (coiffage, maquillage).
2. ***Moon-boots*** : après-skis de la marque du même nom.
3. ***Patères*** : porte-manteaux.

15

La neige recouvrait tout. Il en tombait encore, des flocons que le vent faisait doucement tournoyer. C'était la première fois que Nicolas en voyait autant et, du fond de sa détresse, il ressentit de l'émerveillement. L'air glacé de la nuit saisit sa poitrine à demi nue, contrastant avec la chaleur de la maison endormie derrière lui comme un gros animal repu, au souffle tiède et régulier. Il resta un moment sur le seuil, immobile, puis avança une main sur laquelle se posa légèrement un flocon, et sortit.

Enfonçant ses pieds nus dans la neige que personne n'avait encore foulée, il traversa le terre-plein. L'autocar aussi avait l'air d'un animal endormi, le petit du chalet, serré contre son flanc, dormant les yeux ouverts de ses gros phares éteints. Nicolas le dépassa, longea le chemin jusqu'a la route, couverte de neige aussi. Il se retourna plusieurs fois pour voir les traces de ses pas, profondes et surtout solitaires, spectaculairement solitaires : il était seul dehors cette nuit, seul à marcher dans la neige, pieds nus, en pyjama mouillé, et personne ne le savait, et personne ne le reverrait. Dans quelques minutes, ses traces seraient effacées.

Passé le premier lacet, là où se trouvait la voiture de Patrick, il s'arrêta. Très loin, entre les branches des sapins, il aperçut une lumière jaune qui se déplaçait en contrebas, puis disparut : sans doute les phares d'une voiture roulant sur la grande route, dans la vallée. Qui voyageait si tard ? Qui, sans le savoir, partageait avec lui le silence et la solitude de cette nuit ?

En sortant, Nicolas pensait marcher droit devant lui jusqu'à ce que ses forces le trahissent et qu'il tombe, mais il avait si froid que, presque inconsciemment, il s'approcha de la voiture de Patrick comme d'un refuge. Il fallut pour l'atteindre qu'il s'enfonce dans la neige jusqu'aux genoux. La portière n'était pas fermée. Il se hissa sur le siège du conducteur, recroquevilla[1] ses jambes sous lui, essayant de se rouler en boule derrière le volant. Le siège, à son contact, était déjà trempé, glacial. Il glissa une main entre peau et ceinture, mais le liquide visqueux avait séché comme une croûte : ce qui dégoulinait, c'était seulement de la neige. Grelottant, il garda la main au creux de son ventre, entre le nombril et ce qu'il n'aimait pas nommer parce qu'aucun de ses noms ne lui semblait le vrai, ni zizi qu'employaient quelquefois ses parents, ni verge ni pénis qu'il avait lus dans le dictionnaire médical, ni bite qu'il avait entendu à l'école. Un jour, dans un coin de la cour de récréation, un copain avait sorti le sien et montré, pour faire rire, qu'il lui obéissait. Il se dressait quand il l'appelait en disant : « Viens, Toto, monte, Toto ! » Le copain l'attrapait entre deux doigts et, le tendant comme un arc, le faisait rebondir contre son ventre. Cela devait avoir un nom, pourtant, un vrai nom, qu'il connaîtrait plus tard.

Nicolas se rappela l'histoire de la petite sirène, qui avait été avec *Pinocchio* un des deux livres préférés de son enfance. Il y avait un moment qui lui faisait un effet étrange, quand la petite sirène, amoureuse du prince qu'elle a entrevu dans la tempête, rêve de devenir humaine afin de s'en faire aimer, et pour cela recourt au sortilège de la sorcière. La sorcière lui donne un breuvage qui lui fera pousser des jambes à la place de sa queue de poisson et en échange lui prend sa voix. Il faudra qu'elle se fasse aimer muette, et si elle échoue, si au bout de trois jours le prince ne lui a pas déclaré son amour, elle mourra. Le moment préféré de Nicolas, c'était la nuit qu'elle passait seule sur la plage, après avoir bu le breuvage. Elle s'était allongée dans le sable, sa queue de poisson recouverte de feuilles, et elle attendait au bord de la

1. ***Recroquevilla*** : replia.

mer, sous les étoiles brillantes et lointaines, que s'opère la métamorphose. Dans le livre de Nicolas figurait un dessin la montrant à ce moment, avec de longs cheveux blonds dissimulant ses seins, et les écailles qui commençaient juste au-dessous du nombril. Le dessin n'était pas très beau, mais on devinait l'incroyable douceur de son ventre, au-dessus de la queue de poisson. Pendant la nuit, la petite sirène avait mal, elle n'osait pas regarder sous les feuilles, là où ce qui était encore elle combattait ce qui serait bientôt elle. Elle avait mal, très mal, elle gémissait doucement, redoutant d'attirer les pêcheurs qui, plus loin sur la plage, bavardaient devant leur feu en réparant des filets. Très bas, pour elle seule, elle essayait de chanter, afin d'entendre une dernière fois sa propre voix. Venait l'aube, et elle sentait bien que le combat avait pris fin, le sortilège accompli son œuvre. Elle sentait que sous les feuilles il y avait autre chose, que ce qui avait été elle était devenu autre chose. Elle avait peur, son âme était atrocement triste, déjà sa voix s'était éteinte au fond de sa gorge. À tâtons, elle glissait les mains le long de son corps et là, sous le nombril, où depuis sa naissance commençaient les écailles, la peau, la si douce peau continuait. Rien ne bouleversait tant Nicolas que ce moment, très bref dans le livre mais qu'il pouvait passer des heures entières à imaginer, où les mains de la petite sirène découvraient ses jambes. Couché en chien de fusil[1], les couvertures remontées haut, il jouait avant de s'endormir à être la petite sirène et de ses propres mains parcourait ses cuisses, la peau douce de l'intérieur des cuisses, si douce que l'illusion était possible, qu'il pouvait croire toucher celles de la petite sirène, les mollets, les chevilles, les si fines et gracieuses chevilles de la petite sirène, et de nouveau, comme aimantés, ils remontaient, la petite sirène et lui, à l'intérieur des cuisses où les mains avaient chaud, et c'était si doux, si triste, cette sensation, qu'il aurait voulu qu'elle dure toujours et qu'il se mettait à pleurer.

1. ***En chien de fusil*** : replié sur lui-même, les genoux ramenés vers le ventre.

À présent, il n'arrivait pas à pleurer, il avait trop froid, mais c'était encore plus comme dans l'histoire. Il n'était pas couché dans son lit, mais seul dehors, sous les étoiles brillantes et froides, entouré de neige brillante et froide, et tellement loin de tous, tellement loin de toute aide, comme la petite sirène qui comprenait à l'aube qu'elle ne faisait plus partie du monde des habitants de la mer et ne ferait pas partie de celui des hommes, jamais. Elle était seule, si totalement seule, sans autre secours que sa propre chaleur et la douceur de son ventre autour duquel elle se lovait[1], où elle restait réfugiée, claquant des dents, sanglotant de peur et de tristesse, sachant déjà qu'elle avait tout perdu et n'aurait rien en échange. Cela l'aurait rassurée d'entendre sa voix, mais elle n'avait plus de voix, cela aussi c'était fini, et Nicolas comprit que pour lui aussi, que son destin serait le même. Personne n'entendrait plus sa voix. Il mourrait de froid pendant la nuit. On retrouverait son corps au matin, bleui, durci par une fine pellicule de gel, presque cassant. Ce serait Patrick sans doute qui le découvrirait. Il le sortirait de la voiture en le portant dans ses bras, tenterait de le ranimer en lui faisant du bouche-à-bouche, mais en vain. Ce serait Patrick aussi qui fermerait ses yeux agrandis par la souffrance et l'effroi. Il aurait du mal, les paupières gelées ne voudraient pas descendre, tout le monde aurait peur d'affronter le regard épouvanté du petit garçon mort, mais Patrick trouverait une solution. Du bout de ses doigts bronzés et précis il saurait assouplir, abaisser doucement les paupières, et ses doigts s'attarderaient sur le visage désormais sans regard, apaisé.

Il faudrait prévenir ses parents. Toute l'école assisterait à son enterrement.

Alors qu'il en imaginait le déroulement et en tirait un peu de réconfort, une branche racla la vitre de la voiture et la peur déferla en lui de nouveau. Moins d'une bête que d'un assassin

1. ***Se lovait*** : se recroquevillait.

rôdant la nuit autour du chalet, prêt à dépecer[1] les enfants qui auraient l'imprudence de s'en écarter, de quitter la bonne chaleur d'animal endormi. Il repensa à la voiture dont il avait aperçu les phares sur la grande route, en contrebas, au voyageur qui seul, cette nuit, veillait avec lui, et resta aux aguets d'un bruit, du craquement feutré d'un pas sur la neige. Ses mains se blottissaient entre ses cuisses dont il ne maîtrisait pas le tremblement, l'une d'entre elles enserrant cette toute petite chose qui n'avait pas de nom, et il ne pleurait pas, mais son visage se crispait d'épouvante, il ouvrait la bouche pour crier sans produire un son, écarquillait les yeux, se composait un masque de terreur atroce pour que ceux qui le trouveraient comprennent rien qu'à le voir ce qu'il avait enduré avant de mourir, à quelques mètres d'eux, dans la neige et la nuit, pendant qu'ils dormaient tous.

1. ***Dépecer*** : couper en morceaux.

16

Il tremblait de tout son corps, doucement, sans même s'en rendre compte. Il n'avait pas perdu conscience, mais les pensées n'arrivaient plus à circuler dans les canaux de son cerveau qu'envahissait le gel. Parfois, c'était comme un poisson engourdi, hébété[1], qui des profondeurs noires et calmes montait vers la surface, approchait de la pellicule de glace qui la recouvrait et avant de disparaître à nouveau, happé par le noir, laissait une petite trace, un clignotement, le sillage[2] aussitôt effacé d'un étonnement : c'était donc cela, mourir. Plonger ainsi, lentement, dans la torpeur[3], le gel, jusqu'à l'endroit calme, noir et profond où bientôt il n'y aurait plus de Nicolas, plus de corps pour trembler, plus de consolation à attendre, plus rien. Il ne savait plus si ses yeux étaient ouverts ou fermés. Il sentait le contact du volant contre son front, mais ne voyait rien, ni l'intérieur de la portière, ni le dehors, le bout de route enneigée et les sapins que la vitre encadrait. À un moment, pourtant, un rayon de lumière frappa ses paupières. Cela bougeait, changeait de direction. Nicolas pensa fugitivement au voyageur nocturne, puis à un gigantesque poisson des profondeurs qui évoluait autour de lui et l'enveloppait de son aura phosphorescente. Il aurait voulu descendre, descendre de plus en plus loin avec le poisson dans les grands fonds, pour échapper au voyageur, ne pas voir son visage. Il faillit

1. ***Hébété*** : comme assommé.
2. ***Le sillage*** : la trace.
3. ***La torpeur*** : l'engourdissement général, physique et psychique.

hurler quand le faisceau de la lampe torche l'aveugla, quand la portière s'ouvrit. Une forme sombre se pencha, le surplombant, et son cri s'étrangla dans sa gorge. Une main le toucha, une voix dit : «Nicolas, mais Nicolas, qu'est-ce qui se passe ?» Il reconnut cette voix et alors tout son corps se détendit, ses muscles, ses nerfs, ses os, ses pensées, tout se mit à couler, couler sans fin, comme des larmes, tandis que Patrick le soulevait dans ses bras.

Il avait dû rouvrir les yeux, car il se rappelait la portière ouverte derrière eux pendant que Patrick remontait le chemin en le portant. Trop pressé de le ramener, il avait négligé de la claquer et l'image de cette portière battant l'air comme un aileron cassé au flanc de la voiture s'était imprimée dans la rétine de Nicolas. Plus tard, pour le faire rire, Patrick et Marie-Ange lui dirent qu'il n'avait pas cessé, tandis qu'on le frictionnait[1], de parler de cette portière, de dire qu'il fallait retourner la fermer. On se demandait s'il survivrait et lui, son seul souci, c'était que la portière ne reste pas ouverte sur la route, la nuit.

Il y avait eu ensuite de la lumière, le visage de Patrick et celui de Marie-Ange, leurs voix qui répétaient son nom. Nicolas, Nicolas. Il était avec eux, leurs mains chaudes parcouraient son corps, le frottaient, l'enveloppaient, et pourtant ils l'appelaient comme s'il avait été perdu dans une forêt et s'ils participaient à une battue[2] pour le retrouver. Il gisait[3] dans un sous-bois, blessé, perdant son sang, et entendait au loin leurs voix inquiètes, Nicolas, Nicolas, où es-tu Nicolas ?, et il ne pouvait pas leur répondre. À un moment, des pas faisaient crisser les feuilles, ils passaient tout près de lui mais ils ne le savaient pas et lui ne pouvait pas se faire entendre, déjà ils s'éloignaient, poursuivaient les recherches dans une autre partie de la forêt. Patrick, plus tard, le

1. ***Le frictionnait*** : le frottait pour le réchauffer.
2. ***Battue*** : exploration systématique d'un territoire, ici la forêt, pour retrouver quelqu'un.
3. ***Gisait*** : était allongé.

reprit dans ses bras, monta l'escalier en le portant. On l'allongea, on mit sur lui de lourdes couvertures, on lui soutint la tête pour qu'il boive quelque chose de très chaud qui lui fit faire la grimace, mais la voix de Marie-Ange insista, dit que c'était bon, qu'il fallait, on inclina le verre et le liquide brûlant coula dans sa gorge. Il commençait à sentir son corps de nouveau, parcouru par des frissons si amples et si longs qu'ils en devenaient voluptueux[1]. Il ondulait sous les couvertures, comme un gros poisson donnerait des coups de queue au ralenti. Il gardait les yeux fermés, ne savait pas où on l'avait transporté, seulement qu'il était en lieu sûr, qu'il avait chaud, qu'on veillait sur lui, que Patrick était venu le sauver de la mort et l'avait porté dans ses bras jusqu'à cette chaleur et cette sécurité. Les voix autour de lui étaient devenues des murmures, une étoffe un peu rêche frottait contre sa bouche. Son corps continuait de bouger, décrivant de très lents soubresauts[2] qui prenaient fin dans la plante des pieds, s'y attardaient comme s'ils avaient voulu aller plus loin, l'étirer davantage encore. Il était tout petit dans un coin du lit, réfugié sous la couverture comme dans une grotte, et l'autre coin du lit semblait s'être infiniment éloigné, élevé aussi. Il le surplombait comme une dune gigantesque, montant très haut dans le ciel et venant mourir sous son visage. Sur la pente démesurée de cette dune descendait une boule noire. Ce n'était qu'une petite tache au début, quand elle quittait le sommet, mais elle devenait de plus en plus grosse en dévalant, énorme, Nicolas devinait qu'elle allait occuper toute la place, qu'il n'y aurait plus qu'elle et qu'elle l'écraserait. Elle produisait en s'approchant un bourdonnement de plus en plus fort, Nicolas avait peur, mais se rendit bientôt compte qu'il pouvait à volonté faire reculer la boule noire, d'un coup la renvoyer au sommet, condamnée à une nouvelle

1. ***Voluptueux*** : voir note 1, p. 56.
2. ***Soubresauts*** : tressautements, secousses.

descente qu'il saurait de nouveau interrompre avant d'être écrasé. Juste avant : tout le plaisir était de la laisser venir le plus près possible, de lui échapper le plus tard possible.

17

Il avait chaud, très chaud, recroquevillé sur lui-même. Il était réveillé mais repoussait le moment d'ouvrir les yeux pour prolonger cette chaleur, ce bien-être. L'intérieur de ses paupières était orange. Un bourdonnement léger, apaisant, venait peut-être de ses oreilles, peut-être d'une machine à laver, quelque part dans le chalet. Derrière le hublot, le linge tournait en se tordant lentement dans l'eau très chaude. Les genoux de Nicolas touchaient son menton, la main retenant les couvertures appuyait contre ses lèvres. Il sentait les jointures de ses doigts, leur chaleur sèche. Son autre main devait être quelque part dans le lit, dans la profondeur quiète[1] et chaude où se lovait son corps. Quand il ouvrit enfin les yeux, la lumière était chaude aussi. On avait tiré les rideaux, mais le soleil, derrière, brillait avec tant d'éclat que la pièce baignait dans une pénombre orangée, piquetée de petits points lumineux. Il reconnut la table, l'abat-jour, comprit qu'on l'avait installé dans le bureau où se trouvait le téléphone. Il émit un petit gémissement, pour s'entendre lui-même, puis un autre, plus fort, pour savoir s'il y avait quelqu'un alentour. Des pas s'approchèrent, dans le couloir. La maîtresse s'assit sur le bord de son lit. D'une voix douce, en mettant la main sur son front, elle lui demanda s'il se sentait bien, s'il n'avait mal nulle part. Elle proposa d'ouvrir les rideaux, et les rayons du soleil envahirent gaiement la pièce. Puis elle alla chercher un thermomètre.

1. ***Quiète*** : calme.

Nicolas savait-il prendre sa température lui-même ? Il hocha la tête, saisit le thermomètre qu'elle lui tendait et le fit disparaître sous les couvertures. À tâtons, toujours recroquevillé en chien de fusil, il baissa son pantalon de pyjama et guida le thermomètre entre ses fesses. Le contact était froid, il eut du mal à trouver le trou mais y arriva et hocha de nouveau la tête quand la maîtresse lui demanda si ça allait. Ils attendirent un moment, elle continuait à lui caresser le front, puis une petite sonnerie se fit entendre sous les couvertures. La maîtresse dit que c'était bon et le thermomètre remonta jusqu'à elle. « 39°,4, lut-elle. Il faut te reposer. » Elle lui demanda ensuite s'il voulait manger quelque chose, non, répondit-il, alors boire, il faut boire quand on a de la température. Nicolas but, puis se retira dans la chaleur, dans la douce et grouillante torpeur de la fièvre. Il rejoua avec la boule noire. Plus tard, la sonnerie du téléphone le réveilla. La maîtresse arriva aussi vite que si elle avait attendu dans le couloir. Elle parla quelques minutes en baissant la voix et en regardant Nicolas avec un sourire puis, ayant raccroché, se rassit au bord du lit pour lui faire reprendre sa température, lui donner à boire de nouveau. Doucement, elle lui demanda s'il lui était déjà arrivé de se promener la nuit, sans s'en rendre compte. Il dit qu'il ne savait pas et elle lui pressa la main comme si cette réponse lui suffisait, ce dont Nicolas fut à la fois surpris et soulagé. Plus tard encore, il entendit le moteur de l'autocar sur le terre-plein et, au rez-de-chaussée, le joyeux vacarme de la classe revenant de la leçon de ski. Il y eut des cavalcades dans l'escalier, des apostrophes[1], des rires. La maîtresse demanda qu'on ne fasse pas trop de bruit parce que Nicolas était malade. Il sourit, referma les yeux. Il aimait être malade, avoir de la fièvre, repousser la grosse boule noire au moment où elle roulait sur lui pour l'écraser. Il aimait ces bruits bizarres, bourdonnements, grésillements, dont il ne savait pas s'ils venaient du dehors ou de l'intérieur de

1. ***Apostrophes*** : appels, interpellations.

son corps. Il aimait qu'on s'occupe de lui sans rien exiger, sinon qu'il prenne quelques médicaments. Il passa une journée merveilleuse, tantôt se laissant glisser dans la somnolence habitée de la fièvre, tantôt jouissant d'être éveillé, immobile, écoutant de son lit la rumeur du chalet sans être obligé d'y participer. À l'heure du repas, en bas, ce fut le ferraillement[1] des couverts, les assiettes qu'on empilait, les voix aiguës qui se chevauchaient, les rires, les menaces pas sérieuses des moniteurs et de la maîtresse. Celle-ci montait le voir toutes les heures, et Patrick monta aussi, une fois. Comme elle, il lui tâta le front et lui dit qu'il était vraiment un drôle de numéro. Nicolas aurait voulu le remercier de lui avoir sauvé la vie, mais il craignit qu'entre rois du pétrole cela sonne faux, trop sentimental, et se tut. La nuit venue, la maîtresse dit à Nicolas qu'elle devait rappeler sa maman. Elle lui avait déjà téléphoné le matin, pendant qu'il dormait, et maintenant il fallait qu'elle redonne des nouvelles. Il pourrait lui parler, s'il voulait. Nicolas émit un soupir languissant[2], signifiant qu'il se sentait trop faible pour cela, et entendit seulement ce que disait la maîtresse. Qu'il avait une forte fièvre, que bien sûr c'était dommage pour lui, mais que non, ce n'était pas la peine de le renvoyer à la maison. D'ailleurs, il n'y avait personne pour le raccompagner. Ensuite, elle parla de somnambulisme. Elle dit que de tels cas n'étaient pas rares, mais que c'était curieux qu'on ne l'ait pas remarqué jusqu'à présent. D'après la suite des réponses, Nicolas comprit que sa mère protestait : il n'avait jamais eu d'accès de somnambulisme. L'insistance qu'elle mettait à l'en défendre, comme si ç'avait été un mal honteux dont on aurait pu la tenir pour responsable, contraria Nicolas. Il était très content que la maîtresse mette l'histoire de la nuit précédente sur le compte du somnambulisme. Ainsi, il n'avait pas à s'expliquer. Ce n'était pas sa faute, ne dépendait pas de sa

1. ***Ferraillement*** : bruit de ferraille.
2. ***Languissant*** : sans énergie.

volonté. On le laissait tranquille. «J'aimerais vous passer Nicolas…» proposa la maîtresse. Devant sa grimace implorante, elle se dépêcha d'ajouter : «… mais il dort en ce moment», et Nicolas lui adressa un sourire de gratitude avant de se lover de nouveau dans le lit, ondulant de tout son corps, enfouissant son visage dans l'oreiller et souriant tout seul, cette fois, pour lui-même.

18

Nicolas dormit bien, et le jour qui suivit fut parfaitement heureux. Au matin, Patrick entra dans le bureau et avec son sourire complice de roi du pétrole dit que ça suffisait comme ça de monopoliser la maîtresse : avec toute la neige qui était tombée, il n'était pas question qu'elle manque encore le ski et, comme on n'allait pas le laisser seul au chalet, il viendrait aussi. Nicolas, craignant qu'on ne l'oblige à skier, voulut dire qu'il ne se sentait pas bien, mais déjà Patrick avait entrepris de l'habiller, c'est-à-dire de superposer à son pyjama plusieurs épaisseurs de vêtements chauds qui, dit-il en riant, lui donnaient l'air d'un bibendum[1]. Après quoi : «Dernière couche!» annonça-t-il, et, couchant le bibendum sur le lit, il ramena sur lui la couverture, l'emmaillota[2] et souleva le paquet d'où dépassaient tout juste les yeux de Nicolas. Ainsi chargé, il descendit l'escalier et fit son entrée dans la grande salle où la classe, le petit déjeuner débarrassé, se préparait à partir. «Voilà le paquet de linge sale!» plaisanta Patrick, et Marie-Ange éclata de rire. Les autres firent cercle autour d'eux. Dans les bras de Patrick, Nicolas avait l'impression d'être grimpé sur un arbre pour échapper à une horde de loups. Ils pouvaient toujours gronder, baver, griffer le tronc, lui était en sécurité sur la plus haute branche. Il remarqua que Hodkann ne faisait pas partie du cercle des loups, mais lisait, un peu à l'écart,

---

1. ***Bibendum*** : personnage corpulent devenu le symbole de la marque Michelin, qui l'a dessiné en pneus.

2. ***L'emmaillota*** : l'enveloppa dans la couverture.

sans paraître s'intéresser à la situation. Ils ne s'étaient pas parlé depuis deux jours.

Dans l'autocar, Patrick lui aménagea une sorte de couchette avec deux sièges et un gros oreiller. Marie-Ange dit qu'il était un vrai pacha[1] et que Patrick allait le pourrir, s'il continuait. Les autres, derrière, se moquaient un peu, mais Nicolas feignait de ne pas les entendre.

« Et maintenant, au bistrot ! » dit Patrick quand ils furent arrivés au village. Il le reprit dans ses bras, toujours roulé dans la couverture, et l'emporta ainsi au café du village, situé au bas des pistes. En bavardant avec le patron, un gros homme moustachu, il installa confortablement Nicolas sur une banquette près de la fenêtre. De là, à travers un balcon de bois sculpté représentant des sapins, on avait vue sur la petite pente où se déroulaient les leçons des débutants. Déjà, les enfants chaussaient leurs skis, agitaient leurs bâtons, Marie-Ange et la maîtresse semblaient débordées, et Nicolas était bien content d'échapper à tout cela. Patrick lui donna un paquet de vieilles bandes dessinées, pas très intéressantes mais qui l'occuperaient, et demanda ce que monsieur voulait boire. « Donnez-lui un vin chaud, dit le patron, hilare[2], il sera plus vite guéri ! » Patrick commanda un chocolat, puis ébouriffa les cheveux de Nicolas et sortit. Passant derrière la fenêtre, il rejoignit le groupe. Tout le monde se tournait vers lui avec confiance, comme si lui seul pouvait régler tous les problèmes, fixations défectueuses, gants perdus, chaussures mal fermées, et tout cela en souriant, à la blague.

Nicolas resta au café les trois heures que dura la leçon de ski. Il n'y avait personne, à part lui. Le patron préparait les tables pour le déjeuner sans lui prêter aucune attention. Nicolas se sentait bien, calé contre son oreiller, emmailloté dans sa couverture

1. ***Pacha*** : personnage qui mène une vie de luxe et d'abondance, et qui exerce sur son entourage une autorité despotique.
2. ***Hilare*** : riant franchement.

comme une momie. Jamais il ne s'était senti aussi bien de sa vie. Il espéra que sa fièvre durerait assez pour que ce soit pareil demain et après-demain et tous les autres jours de la classe de neige. Combien encore ? Il avait déjà passé trois nuits au chalet, il devait en rester une dizaine. Dix jours à être malade, dispensé de tout, transporté par Patrick dans les couvertures, ce serait merveilleux. Il se demanda comment faire tenir sa fièvre, qu'il sentait déjà baisser. Ses oreilles ne bourdonnaient plus, il devait se forcer pour avoir des frissons. Quelquefois, il poussait un gémissement léger, comme s'il avait à demi perdu connaissance et de nouveau agissait indépendamment de sa volonté. Peut-être, maintenant qu'on le croyait somnambule, pourrait-il ressortir la nuit, afin d'entretenir son mal et le souci qu'on se faisait pour lui.

C'était bien, cette histoire de somnambulisme. Il avait craint des reproches, et voilà que grâce à cette explication on ne lui reprochait rien, ne lui demandait même rien. On l'aurait plutôt plaint. Il souffrait d'un mal mystérieux, on ne savait ni quand cela risquait de se reproduire ni comment l'empêcher : oui, c'était vraiment bien. Malgré leur méfiance, la maîtresse convaincrait ses parents. Nicolas est somnambule, chuchoterait-on à la maison. On ne le dirait d'ailleurs pas devant lui : quand un enfant est gravement malade, on n'en parle pas devant lui. Dans quelle mesure était-ce grave, d'être somnambule ? En dehors des avantages que, pour sa part, il y trouvait, est-ce que cela présentait de réels inconvénients ? Il avait entendu dire qu'il était très dangereux de réveiller un somnambule pendant sa crise. Mais dangereux comment ? Pour qui ? Qu'est-ce qui pouvait se passer ? Est-ce qu'il risquait de mourir, ou alors de devenir fou, de vouloir étrangler celui qui l'avait réveillé ? S'il faisait une chose grave, terrible, au cours d'une crise, est-ce que ce serait sa faute ? Certainement pas. Un autre avantage du somnambulisme, c'est la difficulté de confondre[1] un simulateur. Pour se dire

---

1. ***Confondre*** : démasquer.

grippé, il faut de la fièvre, qu'on peut contrôler, alors que si Nicolas se mettait à marcher toutes les nuits, les mains tendues devant lui et le regard absent, on le soupçonnerait peut-être de faire semblant afin de se rendre intéressant ou de commettre sous ce couvert[1] des actes défendus, mais dans le doute on ne pourrait pas l'en accuser. À moins, bien sûr, qu'il existe des techniques spéciales. Avec un peu d'inquiétude, Nicolas imaginait son père sortant du coffre de sa voiture un appareil avec des cadrans et des aiguilles, un casque dont il lui ceindrait[2] le front et qui, s'il se levait la nuit, prouverait irréfutablement qu'il avait toute sa conscience, qu'il était responsable de ses actes et cherchait à tromper son monde.

Depuis que Nicolas était malade, il n'avait plus été question de son père. Le premier jour, on attendait son retour, ou au moins de ses nouvelles par téléphone. Cela semblait aller de soi puisqu'il était acquis qu'il ouvrirait son coffre et y trouverait le sac. Mais comme il n'avait pas donné signe de vie, on avait simplement cessé de compter sur lui et de se demander quand il arriverait. Si, comme Nicolas l'avait pensé, ce silence signifiait qu'il avait eu un accident, on l'aurait su. Depuis trois jours, on l'aurait retrouvé sur le bord de la route. Sa mère aurait été prévenue et par conséquent lui aussi. Même si on avait décidé de repousser le moment de le lui annoncer, il aurait bien senti à l'attitude des autres qu'il était arrivé quelque chose de grave. Mais non. C'était étrange : cette énigme et le fait que tout le monde s'en était si vite désintéressé, ne semblait plus s'en apercevoir. Même Nicolas, faute d'hypothèses, s'en détournait aussi. Il espérait seulement que son père ne reviendrait pas, que la classe de neige continuerait ainsi, tous les jours comme ce jour, et que sa fièvre durerait. Il regardait dehors, à travers la buée et les sapins sculptés. Dans la pente douce, Patrick avait planté des bâtons entre lesquels les

1. ***Sous ce couvert*** : avec cet alibi.
2. ***Ceindrait*** : entourerait.

enfants devaient louvoyer[1]. Certains savaient déjà skier et narguaient ceux qui ne savaient pas. Maxime Ribotton descendait sur son derrière. Nicolas avait chaud. Il fermait les yeux. Il était bien.

1. ***Louvoyer*** : slalomer.

19

Les gendarmes portaient des tricots bleu marine avec des pièces de peau aux épaules, mais ni veste ni manteau, et la première pensée de Nicolas, pelotonné dans sa couverture, fut qu'ils devaient avoir terriblement froid. Un courant d'air glacial s'était engouffré dans le café quand ils avaient poussé la porte, on s'attendait à voir un tourbillon de neige sur leurs talons. Le patron était descendu à la cave par une trappe située derrière le bar et il s'écoula presque une minute avant que le bruit dans la salle le fasse remonter, en sorte que Nicolas pensa qu'il lui revenait d'accueillir les nouveaux venus. En d'autres circonstances, ce rôle l'aurait effrayé, mais la fièvre et surtout le fait d'être reconnu comme somnambule lui donnaient l'audace de qui se sent absous[1] d'avance, délivré des conséquences de ses actes. De son coin, assez fort, il dit : «Bonjour!» Les gendarmes, occupés à secouer la neige de leurs bottes, n'avaient pas remarqué sa présence et cherchèrent des yeux qui avait parlé, comme s'ils s'attendaient à découvrir suspendue quelque part la cage d'un perroquet. Nicolas se crut un instant devenu invisible. Pour les aider, il bougea un peu. La couverture glissa sur ses épaules. Alors, tous deux en même temps le repérèrent, acagnardé[2] près de la fenêtre embuée. Ils échangèrent un coup d'œil rapide, presque alarmé, et s'approchèrent vivement de lui. Malgré la

---

1. ***Absous*** : pardonné.
2. ***Acagnardé*** : installé paresseusement dans une attitude rêveuse.

fièvre et le somnambulisme, Nicolas eut peur d'avoir fait une bêtise, de s'être jeté dans la gueule du loup, peut-être d'avoir affaire à de faux gendarmes. Debout au-dessus de lui, ils le dévisagèrent sans rien dire, échangèrent à nouveau un coup d'œil. Le plus grand secoua la tête et l'autre s'adressa enfin à Nicolas pour lui demander ce qu'il faisait là. Nicolas l'expliqua, mais il sentait que, passé le court moment d'alerte dont il venait d'être la cause, sa réponse ne les intéressait plus tellement.

«Bon, alors tu n'es pas tout seul», conclut le plus grand, soulagé. Le patron, à ce moment, surgit de la trappe. Les gendarmes délaissèrent Nicolas pour le rejoindre au bar. Ils étaient soucieux : un enfant du hameau de Panossière[1], à quelques kilomètres de là, avait disparu. On le cherchait en vain depuis deux jours. Nicolas comprit ce qu'avaient espéré les gendarmes en le voyant, et pensa que d'une certaine façon il s'en était fallu de peu : deux jours, cela voulait dire que l'enfant avait disparu au moment où lui-même avait failli le faire.

Plus petit, il avait lu les aventures du Club des Cinq et du Clan des Sept[2], et se rappelait certaines qui commençaient ainsi : un des enfants-détectives, surprenant une conversation entre adultes, flairait un mystère que la bande ensuite éclaircissait. Il s'imaginait prenant les enquêteurs de vitesse, retrouvant le petit disparu et l'amenant à la gendarmerie en disant d'un air modeste que ça n'avait pas été bien difficile : il suffisait de réfléchir, et puis il avait eu de la chance. Élevant la voix pour se faire entendre, et tâchant de ne pas dérailler dans l'aigu, il demanda quel âge avait l'enfant. Les gendarmes et le patron, surpris, se tournèrent vers lui.

«Neuf ans, répondit un des gendarmes, et il s'appelle René. Tu ne l'as pas vu, par hasard ?

– Je ne sais pas, dit Nicolas. Vous avez sa photo ?»

---

1. ***Panossière*** : village suisse.
2. Voir note 1, p. 17.

Le gendarme semblait de plus en plus étonné de voir Nicolas prendre l'enquête en main, mais répondit avec docilité qu'il avait justement des avis de recherche qu'on venait d'imprimer pour les placarder dans le pays. Il sortit de sa sacoche une liasse d'affichettes qu'il montra à Nicolas :

«Ça te dit quelque chose?»

La photo était en noir et blanc, médiocrement polycopiée. On voyait cependant que René avait les cheveux blonds, coupés au bol, et portait des lunettes; son sourire révélait des dents de devant très écartées, à moins que l'une d'entre elles ne manquât. Le texte précisait que la dernière fois où on l'avait vu il portait un anorak rouge, un pantalon de velours beige et des moonboots neuves de marque Yeti. Nicolas examina l'avis de recherche assez longuement, sentant peser sur lui les regards intrigués des gendarmes, partagés sans doute entre l'agacement devant ce gamin qui faisait l'important et l'idée qu'il ne fallait négliger aucune piste. Il fit durer un peu le plaisir, enfin secoua la tête et dit que non, il ne l'avait pas vu. Le gendarme voulut reprendre son affichette, mais Nicolas proposa de la placarder au chalet où séjournait sa classe. Le gendarme haussa les épaules. «Au point où on en est, pourquoi pas?» dit son collègue, adossé au bar, et Nicolas put garder sa prise.

Le patron du café, que toute cette inquiétude ennuyait visiblement, dit que ce devait être une fugue, rien de bien grave. «Espérons», dit un des gendarmes. L'autre, celui qui se tenait devant le bar, soupira : «Moi, ce genre d'affiches, ça me rend malade. Parce que là, vous n'en voyez qu'une, et il y a encore de bonnes chances qu'on le retrouve, le môme. Mais à la gendarmerie, on en a un panneau entier, et il y en a qui datent de plusieurs années. Trois ans. Cinq ans. Dix ans. On a cherché, et puis à la longue, forcément, on a cessé de chercher. On ne sait rien. Les parents ne savent rien. Ils continuent peut-être à espérer, en tout cas ils y pensent tout le temps. Vous imaginez? À quoi on peut penser d'autre quand il est arrivé ça?»

Le gendarme s'était mis à parler d'une voix sourde, en scrutant la photo et en secouant la tête comme s'il allait d'une minute à l'autre se la cogner violemment sur le comptoir. Son collègue et le patron semblaient embarrassés par cet accès d'émotion. «C'est dur, oui...», reconnut le patron, espérant changer de sujet. Mais le gendarme secoua encore la tête et poursuivit : «Qu'est-ce qu'ils peuvent se dire, les parents, hein? Que leur môme est mort? Qu'il vaut mieux qu'il soit mort? Ou alors qu'il vit quelque part, qu'il a grandi? On voit des signalements, comme ça, l'anorak, les moon-boots, taille 1,12 m, poids 31 kilos, et puis on voit la date, ça fait sept ans. Sept ans que le gosse fait 1,12 m et 31 kilos. Qu'est-ce que ça veut dire, ça?» Le gendarme faillit éclater en sanglots, mais se reprit. Il poussa un grand soupir, comme pour se vider, s'excuser auprès des autres, puis, sur le ton dont on dit : «C'est fini, c'est passé, ne vous inquiétez pas...», répéta doucement : «Putain, qu'est-ce que ça veut dire?»

20

La fièvre de Nicolas avait baissé, en fait il n'était plus malade, mais tout continuait à se passer, selon son vœu, comme s'il devait l'être jusqu'à la fin de la classe de neige, comme si une fois choisie cette place il était plus commode pour tout le monde qu'il la garde. On n'essayait même pas de justifier sa quarantaine[1] en surveillant sa température ou en lui donnant des médicaments. Simplement, la maîtresse et les moniteurs semblaient avoir oublié qu'il aurait pu prendre des leçons de ski comme les autres, manger à table avec eux et dormir dans un dortoir. Quand ils entraient dans le petit bureau qui depuis deux jours maintenant lui tenait lieu de chambre, ils le voyaient étendu sur le divan, emmailloté dans sa couverture, plongé dans un livre ou le plus souvent rêvassant, et tout en téléphonant ou cherchant des papiers lui souriaient, lui adressaient quelques mots gentils comme à un animal familier ou un enfant beaucoup plus petit qu'il n'était. On laissait la porte entrouverte. Quelquefois, un élève passait la tête, lui demandait si ça allait bien, s'il avait besoin de quelque chose. Ces visites étaient brèves, sans hostilité mais sans enjeu. Hodkann ne lui en rendit pas.

L'après-midi suivant le passage des gendarmes au café, Lucas vint ainsi dire bonjour à Nicolas, qui le retint et lui demanda un service : il fallait que Hodkann vienne le voir ; il voulait lui parler.

---

1. ***Sa quarantaine*** : son isolement ; la quarantaine est un isolement imposé à une personne atteinte d'une maladie contagieuse ou susceptible de l'être.

Lucas promit de faire la commission et redescendit au rez-de-chaussée, d'où provenaient des bruits mats de corps qui tombaient. Patrick donnait à la classe un cours d'initiation au karaté.

Nicolas attendit jusqu'au soir, en vain. Était-ce Hodkann qui ne voulait pas venir ou Lucas qui n'avait pas transmis le message ? L'heure du dîner arriva, puis celle du coucher. Il y eut le remue-ménage habituel, cela dura, puis ce fut le calme. De la grande salle montaient, sans qu'on puisse distinguer ce qu'elles disaient, les voix des moniteurs et de la maîtresse qui bavardaient en buvant une tisane et fumant une cigarette comme ils en avaient pris l'habitude avant d'aller se coucher à leur tour. Alors Hodkann entra dans le bureau.

Il n'avait fait aucun bruit et surprit Nicolas. Avant qu'il ait eu le temps de rien prévoir, Hodkann était debout devant lui, en pyjama, et le regardait avec dureté. L'expression de son visage disait qu'il n'avait pas l'habitude d'être ainsi convoqué par un blanc-bec et qu'il espérait ne s'être pas dérangé pour rien. Il ne disait mot, c'était à Nicolas de parler le premier. Il préféra garder le silence aussi et sortit de sous son oreiller l'avis de recherche qu'il déplia pour le montrer à Hodkann. La petite lampe de chevet diffusait dans la pièce une lumière douce, orangée, et un bourdonnement presque imperceptible qui devait provenir de l'ampoule. On continuait d'entendre, en bas, la paisible rumeur des voix d'adultes, d'où se détachait quelquefois le rire chaleureux de Patrick. Hodkann examinait l'affichette sans se presser. Une sorte de duel s'était engagé, que perdrait celui qui parlerait le premier, et Nicolas comprit qu'il valait mieux que ce soit lui.

« Il y avait des gendarmes au café, ce matin, dit-il. Ils le cherchent depuis deux jours.

– Je sais, répondit froidement Hodkann. On a vu l'affiche au village. »

Nicolas se sentit désemparé. Il croyait faire part d'un secret à Hodkann, et tout le monde était déjà au courant. Dans les dortoirs, on ne devait parler que de cela. Il aurait aimé que Hodkann lui rende l'affichette : c'était son seul bien, la seule carte qu'il possédait de plus que les autres dans cette affaire, et il avait stupidement commencé par s'en défaire. Maintenant, Hodkann allait lui demander pourquoi il l'avait fait venir, ce qu'il avait à lui dire, et Nicolas lui avait déjà tout dit. La colère de Hodkann, le terrible dédain de Hodkann seraient son lot. Il regardait Nicolas par-dessus l'affichette de l'air froid et attentif qu'il n'avait pas quitté depuis son entrée. Il semblait capable de rester ainsi des heures, sans se lasser du malaise qu'il provoquait chez sa victime, et Nicolas pensa qu'il ne supporterait pas cette tension.

Alors, à sa façon imprévisible, Hodkann rompit[1]. Son visage se détendit, il s'assit sans façon sur le bord du lit, à côté de Nicolas, et dit : « Tu as une piste ? » D'un coup, le bloc d'hostilité avait fondu, Nicolas n'avait plus peur, au contraire il éprouvait avec Hodkann cette complicité confiante, chuchotante, qu'il avait souvent rêvée et qui unissait les membres du Club des Cinq. La nuit, à la lueur d'une lampe torche, pendant que tout le monde dormait, on tentait de résoudre un terrible mystère.

« Les gendarmes pensent que c'est une fugue, commença-t-il. Enfin, ils espèrent… »

Hodkann sourit avec une ironie affectueuse, comme s'il connaissait bien son Nicolas et savait sur quel chemin il allait l'entraîner. « Et toi, compléta-t-il, tu n'y crois pas. » Il jeta un coup d'œil à l'affichette, toujours dépliée sur ses genoux : « Tu trouves qu'il n'a pas une tête de fugueur. »

Nicolas n'avait pas songé à cet argument, il en voyait bien la fragilité, mais n'en ayant pas d'autre il acquiesça. Hodkann avait accepté son offre de s'engager à la recherche de René sur le sentier du mystère, il se voyait déjà découvrant avec lui des passages secrets, explorant des souterrains humides, jonchés d'ossements, et comme ils n'avaient aucune piste pour démarrer, mieux valait

1. ***Rompit*** : mit fin à son attitude hautaine.

ne pas faire les difficiles. Tout à coup, une idée lui vint, qui l'éblouit. Son père lui avait bien dit de ne jamais en parler, de ne pas trahir la confiance que lui avaient faite les chefs de clinique, mais Nicolas s'en moquait : Hodkann et René valaient cela.

«J'ai bien une petite idée, risqua-t-il, mais...

– Dis», ordonna Hodkann, et Nicolas, sans se faire davantage prier, lui raconta l'histoire des trafiquants d'organes qui enlevaient des enfants pour les mutiler. À son avis, c'était cela qui était arrivé à René.

«Et qu'est-ce qui te le fait penser ?» demanda Hodkann sur un ton qui n'exprimait pas le doute, mais au contraire un vif intérêt.

«Il ne faut le dire à personne, expliqua Nicolas, mais la nuit où je suis sorti, ce n'était pas une crise de somnambulisme. Je n'arrivais pas à dormir et à un moment, de la fenêtre du couloir, j'ai vu de la lumière sur le parking. Un homme se promenait avec une lampe torche. Ça m'a paru bizarre, alors je suis descendu. En me cachant, je l'ai suivi jusqu'à une camionnette qui était garée sur la route. C'était une camionnette blanche, exactement comme celles où ils cachent leurs tables d'opérations. L'homme est monté, il a démarré. Les phares étaient éteints, il n'a même pas mis le moteur mais commencé à descendre la route en roue libre, pour ne pas faire de bruit. Ça m'a paru louche, tu comprends. J'ai repensé à cette histoire de trafic d'organes et je me suis dit qu'ils devaient rôder autour du chalet, au cas où quelqu'un sortirait seul...

– Tu l'as échappé belle, si ça se trouve», murmura Hodkann. Nicolas le sentait captivé, jouissait du rôle nouveau qu'il tenait. Cela lui était venu d'un coup, il improvisait, mais déjà toute une histoire prenait corps devant lui, tout ce qui s'était passé les derniers jours trouvait une explication, à commencer par sa propre maladie. Il se rappela un livre où le détective faisait semblant d'être malade aussi, délirant, pour endormir la méfiance des malfaiteurs et les surveiller du coin de l'œil. C'était exactement ce qu'il faisait, lui, depuis deux jours. Dans le livre, l'assistant du détective, plein de ressources mais quand même moins intelligent que lui, poursuivait seul l'enquête, de son mieux, en croyant son maître sur la touche. Pour finir, le maître jetait le masque, avouait la supercherie, et il se révélait qu'en restant dans son lit il avait beaucoup plus progressé vers la solution du mystère que l'assistant en multipliant filatures et interrogatoires. Grisé par son récit, Nicolas en venait à juger plausible cette répartition des rôles entre Hodkann et lui, et le plus étonnant, c'est que Hodkann aussi semblait l'accepter. Ils imaginaient tous les deux les trafiquants d'organes en train de guetter le chalet, cette énorme réserve de foies, de reins, d'yeux, de corps frais, attendant l'occasion qui ne venait pas et se rattrapant sur un enfant du village voisin, le petit René qui avait eu le malheur de passer seul dans les parages. Cela se tenait. Cela se tenait terriblement.

«Mais, s'inquiéta soudain Hodkann, pourquoi est-ce qu'il ne faut rien en dire à personne ? Si c'est vrai, c'est très grave. Il faudrait prévenir la police.»

Nicolas le toisa[1]. Cette nuit, c'était Hodkann qui posait les questions de timide bon sens, et lui, Nicolas, qui le clouait avec des réponses sibyllines[2].

«Ils ne nous croiront pas, commença-t-il; puis, baissant encore la voix : et s'ils nous croient, ce sera pire. Parce que les trafiquants d'organes ont des complices dans la police.

– Comment tu sais ça ? demanda Hodkann.

– C'est mon père, répondit avec autorité Nicolas. À cause de son métier, il connaît beaucoup de docteurs.» Et tandis qu'il parlait, oubliant que tout reposait sur un mensonge de sa part, une nouvelle idée lui venait : peut-être que l'absence de son père avait quelque chose à voir avec l'histoire. S'il avait surpris les trafiquants, s'il avait, pour de bon, lui, essayé de les suivre ? S'il était

1. ***Toisa*** : regarda de haut.
2. ***Sibyllines*** : énigmatiques.

leur prisonnier ou s'ils l'avaient tué ? Si fragile que fût l'hypothèse, il la confia quand même à Hodkann, et pour la consolider inventa de nouveau : cela non plus, il ne fallait surtout pas en parler, mais son père enquêtait sur cette affaire, tout seul, ignoré de la police. Se servant de son métier comme d'une couverture, et de ses relations dans le monde hospitalier, il suivait la piste des trafiquants. Voilà pourquoi il était venu dans la région, sous prétexte de conduire Nicolas au chalet : ses informateurs lui avaient signalé la présence de la camionnette où se déroulaient les opérations clandestines. C'était une traque terriblement dangereuse. Il s'agissait d'une organisation puissante, sans scrupules, à laquelle il s'attaquait seul.

« Attends, demanda Hodkann. Il est détective, ton père ?

– Non, dit Nicolas. Non, mais... »

Il s'interrompit, et c'est lui qui, cette fois, regarda Hodkann avec une dure détermination, comme s'il jaugeait[1] sa capacité à encaisser ce qui lui restait à apprendre. Hodkann attendait. Nicolas comprit qu'il ne mettait en doute rien de ce qu'il lui avait dit et, un peu effrayé par ses propres paroles, poursuivit : « Il a un compte à régler avec eux. L'année dernière, ils ont enlevé mon petit frère. Il a disparu dans un parc d'attractions et on l'a retrouvé plus tard derrière une palissade. Ils lui avaient pris un rein. Tu comprends, maintenant ? »

Hodkann comprenait. Son visage était grave.

« Personne ne le sait, dit encore Nicolas. Tu me jures que tu n'en parleras pas ? »

Hodkann jura. Nicolas jouissait de l'empire que son récit prenait sur lui. Il lui avait envié son père mort, et mort de mort violente, comme la source de son prestige, et lui aussi maintenant avait un père aventurier, un justicier courant mille dangers, engagé dans une histoire dont il avait peu de chances de sortir vivant. D'un autre côté, il se demandait avec inquiétude où

---

1. ***Jaugeait*** : évaluait.

l'entraînait la folle surenchère de cette nuit, cette cascade d'inventions sur lesquelles il ne pouvait plus revenir. Si Hodkann parlait, ce serait une catastrophe épouvantable.

«J'ai eu tort de te dire ça, murmura-t-il. Parce que maintenant tu es en danger aussi. Tu es une cible pour eux.»

Hodkann sourit, avec ce mélange d'ironie et de bravoure qui le rendait irrésistible, et dit : «On est dans le même bateau.» À cet instant, les rôles furent rétablis : il était à nouveau le grand à qui le petit avait bien fait de confier ses dangereux secrets et qui prenait les choses en main, le protégerait. On entendit les fauteuils racler le carrelage de la salle du bas, puis les voix de la maîtresse et des moniteurs qui montaient l'escalier pour regagner leurs chambres. Hodkann mit un doigt devant sa bouche et plongea sous le lit. La maîtresse, un instant après, poussa la porte entrouverte : «Il faut dormir, Nicolas, il est tard.» Nicolas dit oui, oui, d'une voix ensommeillée, tendit le bras pour presser l'interrupteur. «Ça va? demanda encore la maîtresse.

– Ça va, dit-il.

– Alors, bonne nuit.» Elle ressortit dans le couloir, y éteignit la lumière aussi. Ses pas s'éloignèrent, on entendit une porte grincer, couler un robinet.

«C'est bon, souffla Hodkann en remontant sur le lit, près de Nicolas. Il va falloir se faire un plan de campagne[1], maintenant.»

---

1. ***Plan de campagne*** : plan d'action stratégique, par référence à une expédition militaire.

21

Dès que l'autocar s'arrêta sur la place du village, en contrebas de la piste où avaient lieu les leçons de ski, Nicolas comprit qu'il était arrivé quelque chose de grave. Un groupe d'une dizaine de personnes, hommes et femmes, se tenait devant le café, et même de loin on voyait aux visages une expression de douleur et de colère. L'autocar en se garant attira des regards hostiles. Fronçant les sourcils, Patrick dit qu'il descendait voir. La maîtresse ordonna aux enfants d'attendre. Ceux qui, depuis le chalet, chantaient une chanson comique sur les colonies de vacances se turent d'eux-mêmes. Patrick s'approcha du groupe devant le café. Il tournait le dos, sa queue de cheval flottant sur la capuche de son anorak, on ne voyait pas son visage, seulement celui de l'homme à qui il s'adressait, et qui lui répondait avec violence. Deux femmes, à côté de lui, s'y mirent aussi, l'une brandissant le poing en sanglotant. Pendant plusieurs minutes, Patrick ne bougea pas et personne ne dit mot à l'intérieur du car. La soufflerie étant arrêtée avec le moteur, les vitres se couvraient de buée qu'on enlevait du revers de la manche ou de la main pour voir ce qui se passait dehors. D'habitude, en faisant cela, on traçait des dessins ou des lettres, mais Nicolas se surprit à l'éviter, au contraire à tâcher de faire un rond ne représentant rien, comme si tout avait risqué d'être insultant pour les gens qu'on voyait rassemblés dehors. On les sentait capables, au moindre geste qu'ils prendraient pour une provocation, de renverser le car et de le brûler avec ses occupants. Enfin Patrick se retourna. Son visage aussi s'était brouillé : moins violent que ceux des gens du village, mais décomposé. La maîtresse descendit aussitôt pour aller à sa rencontre, entendre ce qu'il avait à dire hors de la présence des enfants. Hodkann alors rompit le silence, d'une voix qui exprimait non une hypothèse, mais une certitude qu'au fond tous partageaient :

«C'est René qui est mort», dit-il.

Il avait dit «René», pas «le garçon qui a disparu», comme si tout le monde le connaissait, comme s'il avait été l'un d'entre eux, et Nicolas sentit l'envahir l'horreur jusqu'à présent suspendue par l'attente. Patrick et la maîtresse remontèrent dans le car. La maîtresse ouvrit la bouche, mais au lieu de parler ferma les yeux, se mordit les lèvres, puis se tourna vers Patrick. Il posa doucement la main sur son bras et confirma :

«Ce n'est pas la peine d'essayer de vous le cacher, il s'est passé quelque chose de très grave. De terrible. On a retrouvé René, le garçon qui avait disparu à Panossière[1], et il est mort. Voilà.» Il poussa un soupir, pour montrer combien il lui avait été difficile de prononcer ces mots.

«On l'a tué», dit Hodkann, du fond du car, et cette fois encore c'était moins une question qu'une affirmation.

«Oui, répondit Patrick d'une voix brève. On l'a tué.

– On ne sait pas qui? demanda Hodkann.

– Non, on ne sait pas qui.»

La maîtresse retira le mouchoir qu'elle tenait de ses doigts crispés devant sa bouche et, au prix d'un gros effort, arriva à parler. Sa voix tremblait.

«Je suppose, dit-elle, qu'il y en a parmi vous qui sont croyants. Alors je pense qu'ils devraient dire une prière. Ce serait bien.»

Il y eut un long silence. Personne n'osait bouger. Les vitres étaient tellement recouvertes de buée qu'on ne voyait plus rien

1. ***Panossière*** : voir note 1, p. 103.

dehors. Nicolas joignit les mains et voulut dans sa tête réciter le Notre Père[1], mais il n'arrivait plus à se rappeler les phrases, même la première. Il lui semblait entendre, très loin, la voix de sa mère en prononcer des bribes qu'il ne pouvait répéter. Autrefois, elle était dame catéchiste[2]. Depuis le déménagement, c'était fini, et elle ne leur faisait plus, à son petit frère et lui, réciter de prière le soir. Il s'imagina, mais c'était absolument impossible, rien que de se représenter les gestes l'épouvantait, porter la main à la poche de son blouson, en sortir l'affichette que lui avait donnée le gendarme, la déplier – ô, le froissement du papier ! – et contempler la photo de René. Il se demanda ce qu'il en ferait dans les heures, les jours à venir, s'il oserait la sortir, la garder, où il la mettrait. S'il avait eu son coffre-fort, il aurait pu l'y ranger, et ensuite l'enterrer, oublier la formule. Si quelqu'un la trouvait dans sa poche, ou le surprenait en train de la regarder, est-ce qu'il ne devinerait pas à quoi Hodkann et lui avaient joué pendant la nuit ?

Leur conversation nocturne, ses propres inventions lui faisaient maintenant l'effet d'un crime, d'une participation inavouable, monstrueuse, au crime qui s'était déroulé pour de bon. Il revoyait le visage poupin[3] de René, ses cheveux au bol, ses incisives trop écartées, ou sa dent de lait tombée. Il avait dû la mettre sous son oreiller, attendre que la petite souris vienne la remplacer par un cadeau. Derrière les lunettes, ses yeux se noyaient d'épouvante, l'épouvante d'un petit garçon sur qui un inconnu se penche pour le tuer, et Nicolas sentait se coller sur son propre visage l'expression de René, sa bouche s'ouvrir sur un cri silencieux qui ne prendrait jamais fin. Il aurait presque aimé qu'à ce moment une main s'abatte sur son épaule, qu'un gendarme fouille son blouson et en sorte l'avis de recherche qui le dénonçait.

---

1. ***Notre Père*** : principale prière chrétienne.
2. ***Elle était dame catéchiste*** : elle apprenait aux enfants la foi et la morale chrétiennes.
3. ***Poupin*** : aux traits d'enfant.

Un gendarme, ou le père de René, ivre de douleur, prêt à tuer à son tour et qui le tuerait sans doute s'il apprenait à quoi Hodkann et lui s'étaient amusés. Est-ce que les parents de René étaient là, dans le groupe rassemblé sur la place et dont les séparait maintenant le mur de buée opaque ? Est-ce qu'ils étaient encore tous là ? Que faisait Hodkann ? Est-ce qu'il priait ? Est-ce qu'ils priaient tous autour de lui, recueillis dans cette chapelle de buée ? Est-ce qu'il y aurait une fin à ce silence, à cette horreur qui les enveloppait tous et avec laquelle lui, à l'insu de tous, avait partie liée ?

22

Il n'y eut pas de leçon de ski. On rentra au chalet et on essaya de faire passer la journée. Sans doute viendrait un moment où on pourrait reprendre la vie normale, penser à autre chose, mais chacun devinait que ce moment était encore éloigné, qu'il n'arriverait pas dans le temps de la classe de neige. Il n'y avait rien à faire, pourtant, que de l'attendre. Jouer étant impossible, la maîtresse décida de faire la classe, une dictée d'abord, puis des exercices d'arithmétique. Comme il restait du temps avant le déjeuner et que chacun devait durant le séjour écrire au moins une lettre à ses parents, elle proposa de s'y mettre. Mais après avoir distribué quelques feuilles de papier blanc, elle se ravisa. «Non, murmura-t-elle en secouant la tête. Ce n'est pas le bon moment.» Debout au milieu de la salle, serrant très fort la rame de papier dans ses mains dont on voyait blanchir les articulations, elle donnait une impression d'épuisement.

Hodkann eut un petit rire méchant et lança : «On pourrait faire une rédaction, alors. Racontez un beau souvenir de classe de neige.

– Arrête, Hodkann! dit-elle, et elle répéta, criant presque : Arrête!» Il était le seul des enfants à oser parler, comme si, pensa Nicolas, le fait de n'avoir plus de père lui en donnait le droit. Plus tard, pendant le déjeuner où même le fracas des couverts semblait enveloppé de coton, il demanda à Patrick si on avait retrouvé René près du chalet. Patrick hésita, puis dit que non, à deux cents kilomètres, dans un autre département.

«Cela signifie au moins une chose, ajouta-t-il, c'est que… – il hésita encore – c'est que l'assassin n'est plus dans la région.

– Cela signifie aussi, poursuivit la maîtresse, que vous n'avez pas de raison d'avoir peur. C'est terrible, c'est épouvantable, mais c'est fini. Vous ne risquez rien ici.»

Sa voix se brisa en terminant la phrase, les tendons de son cou tremblaient. Elle regarda les enfants attablés comme pour les mettre au défi de démentir cette parole rassurante.

«Mais, insista Hodkann, c'est forcément ici qu'on l'a tué. Il n'a pas fait deux cents kilomètres tout seul.

– Écoute, Hodkann, dit la maîtresse sur un ton où se mêlaient la supplication et une sorte de haine, j'aimerais qu'on arrête de parler de ça. C'est arrivé, on n'y peut rien, on ne peut rien y changer. Je regrette terriblement qu'à votre âge vous soyez confrontés à une histoire pareille, mais il faut arrêter d'en parler. Arrêter. C'est d'accord?»

Hodkann se contenta de hocher la tête, et le repas se poursuivit en silence. Ensuite, les uns se mirent à lire ou dessiner, les autres à jouer aux sept familles. À ceux qui voulaient faire une partie de cache-cache, on ordonna de rester dans le chalet, surtout de ne pas aller dehors.

«Je croyais, persifla[1] Hodkann, qu'on ne risquait plus rien.

– Ça suffit, Hodkann! cria la maîtresse. Je t'ai demandé de te taire, alors si tu ne peux pas, tu montes tout seul là-haut, dans ton dortoir, et je ne veux pas te revoir avant le dîner.»

Sans discuter, Hodkann monta. Nicolas aurait aimé le suivre, parler avec lui, mais outre que la maîtresse ne l'aurait pas permis il craignait d'afficher une complicité compromettante[2]. Mieux valait, maintenant, essayer de s'en tirer chacun de son côté. Il resta dans un coin, faisant semblant de lire un illustré. Chaque fois qu'il tournait une page, il croyait entendre le froissement de

1. ***Persifla*** : se moqua.
2. ***Compromettante*** : qui l'eût trahi.

l'affichette dans la poche de son blouson qu'il n'avait pas retiré, prétendant avoir froid. Ainsi emmitouflé, il avait l'air d'attendre qu'on l'appelle pour partir, ne plus jamais revenir ici. Le corps du petit garçon, disloqué dans la neige, flottait devant ses yeux. Mais il n'y avait peut-être pas de neige, là où on l'avait retrouvé. L'assassin l'avait-il tué là-bas ou ici ? Même s'il l'avait amadoué[1] avec des cadeaux ou des promesses, comme faisaient selon les parents de Nicolas ces hommes méchants dont toute son enfance on lui avait dit de se méfier, il était peu probable que René se soit laissé conduire si loin sans révolte. Mort ou vif, il avait dû faire le voyage dans le coffre, et c'était encore pire de penser qu'à ce moment il vivait encore. Enfermé dans le noir, sans savoir où on le conduisait.

Un jour, le père de Nicolas avait raconté une de ces histoires d'hôpital qu'il rapportait de ses tournées, celle d'un petit garçon qui devait subir une opération bénigne, mais l'anesthésiste avait commis une erreur et on avait enlevé l'enfant du billard[2] sourd, aveugle, muet et paralysé, irréversiblement[3]. Il avait dû reprendre conscience dans le noir. N'entendant rien, ne voyant rien, ne sentant rien au bout de ses doigts. Enseveli dans un bloc de ténèbre éternelle. On se pressait autour de lui et il ne le savait pas. Dans un monde tout proche, mais à jamais coupé du sien, ses parents, les médecins, décomposés d'horreur, scrutaient son visage cireux sans savoir si quelqu'un, derrière ces yeux mi-clos, ressentait et pouvait comprendre quelque chose. D'abord, il avait dû penser qu'on lui avait bandé les yeux, peut-être plâtré le corps, qu'il était dans une chambre obscure et silencieuse, mais que forcément quelqu'un allait venir, allumer la lumière, le délivrer. Il devait faire confiance à ses parents pour le tirer de là. Mais le temps passait, sans mesure possible, des minutes ou des

1. ***Amadoué*** : rassuré et rendu moins méfiant.
2. ***Billard*** : table d'opération.
3. ***Irréversiblement*** : sans espoir de guérison.

heures ou des jours dans le noir et le silence. L'enfant hurlait et n'entendait même pas son propre cri. Au sein de cette panique lente, inexprimable, son cerveau travaillait, cherchait l'explication. Enterré vivant ? Mais il n'avait même plus de bras à raidir pour toucher le couvercle du cercueil, au-dessus de lui. Est-ce qu'à un moment il se doutait de la vérité ? Et René, ligoté dans le coffre, s'en doutait-il ? Il sentait les cahots de la route, il roulait sur le flanc, se meurtrissait au coin d'une valise, du bout des doigts touchait une vieille couverture. Se représentait-il le profil perdu du conducteur, derrière son volant ? Le moment où, ayant garé la voiture dans un coin de forêt isolé, il allait descendre, faire claquer la portière, s'approcher du coffre, l'ouvrir ? D'abord un filet de lumière, puis le filet s'élargit, le visage de l'homme se penche et René sait alors, d'une certitude totale, que le pire va commencer et que rien ne l'en sauvera. Il se rappelle sa vie d'enfant heureux, ses parents qui l'aiment, les copains, le cadeau que lui a apporté la souris quand sa dent du milieu est tombée, et il comprend que cette vie aboutit là, à cette réalité atroce et plus réelle que tout ce qui l'a précédée. Tout ce qui s'est passé avant n'était qu'un rêve et voici le réveil, cet habitacle obscur où il est ligoté, le cliquetis de la clé dans la serrure du coffre et le filet de lumière où s'inscrit le visage de l'homme qui va le tuer. Cet instant-là, c'est sa vie, la seule réalité de sa vie, et il ne reste plus qu'à hurler, hurler de toutes ses forces, un hurlement que personne n'entendra jamais.

23

Patrick, après le goûter, décida d'organiser une nouvelle séance de relaxation. «Pour essayer, dit-il, de faire le vide dans vos têtes.» Mais Nicolas n'arriva pas à faire le vide et, même les yeux fermés, sentait qu'autour de lui les autres n'y arrivaient pas non plus. Allongés sur le sol, les membres épars[1], ils craignaient tous de ressembler à l'enfant mort. Comme l'autre fois, Patrick leur parlait d'une voix calme, il disait de se vider, de se sentir lourd, lourd, de s'enfoncer dans le sol, de s'y laisser couler. L'une après l'autre, il nommait les parties du corps qui devaient s'alourdir, mais rien que d'entendre leurs noms, cette fois, on avait peur, on les imaginait suppliciées. Quand Patrick disait bras, mollet, colonne vertébrale, plante des pieds, sensation de chaleur au bout des doigts, c'était avec patience et tendresse, sa voix les enveloppait de douceur, voulait les rassurer, leur dire que tous ces morceaux d'eux étaient amis, conspiraient[2] à leur bien, et pourtant les muscles se contractaient, tout était raide, serré, ramassé comme on l'est lorsqu'on vous attaque de toutes parts et jusqu'à l'intérieur de vous-même. Patrick disait de respirer calmement, profondément, régulièrement, de laisser la vague remplir et vider le ventre, flux et reflux, mais l'air manquait, coupé comme dans la gorge de l'enfant étranglé. Le sang battait aux tempes, les doigts crochaient[3] le sol. Des bruits bizarres, diffi-

1. *Épars* : éparpillés autour d'eux.
2. *Conspiraient* : travaillaient secrètement ensemble.
3. *Crochaient* : accrochaient.

ciles à identifier, tournaient dans les oreilles. Des chocs sourds, un cliquetis qui venait sans doute du radiateur près duquel Nicolas s'était allongé mais faisait aussi penser à une voiture roulant trop vite sur un nid-de-poule[1] ou un gendarme couché. Le père de Nicolas aimait cette expression ; elle le faisait rire, c'était une des rares choses qui le faisaient rire : l'idée de passer avec ses roues sur un gendarme couché. La voiture cahotait à l'intérieur de Nicolas, dans ce paysage obscur, accidenté, plein de traîtrises et de précipices au fond desquels clapotaient les liquides produits par des glandes molles dont il ne savait pas les noms. Elle se frayait un chemin dans son corps, tournait comme sur une route en lacets entre ces choses tièdes et visqueuses que contenait son ventre, franchissait le col du diaphragme, où un poids presque insupportable le clouait au sol, montait dans le défilé caverneux des poumons vers sa gorge, elle allait sortir par sa bouche, il allait la cracher, avec le chargement horrible et brinquebalé[2] de son coffre. Couché tout près de la fenêtre, sous le radiateur brûlant, Nicolas entendait le moteur ronfler de plus en plus fort, de plus en plus près. Il voyait la voiture approcher par en dessous, comme chez le garagiste quand on la montait sur le train élévateur. Tout ce métal roussi, cloqué par la surchauffe, allait lui passer dessus, les traînées d'huile et de sang couler sur lui comme les sucs dont une araignée englue vivante sa proie. Les pneus crissaient sur la neige, derrière la fenêtre. Le moteur s'arrêta, on entendit claquer une portière, puis une autre. Patrick dit de continuer, de ne pas faire attention, mais personne ne pouvait continuer, plusieurs enfants s'étaient déjà levés, se frottaient les yeux comme au sortir d'un cauchemar, regardaient par la fenêtre la camionnette que venaient de quitter les gendarmes. Déjà, ils frappaient à la porte du chalet.

Ça y est, pensa Nicolas : ils viennent pour moi. Il chercha des yeux Hodkann, avec l'idée folle qu'ils pourraient avant d'être

1. ***Nid-de-poule*** : trou dans la chaussée.
2. ***Brinquebalé*** : secoué dans tous les sens.

pris s'enfuir ensemble, mais se rappela qu'il était consigné au dortoir. Maintenant, la maîtresse accueillait les gendarmes, elle les faisait monter dans le petit bureau qui avait été le royaume de Nicolas quand sa vie n'avait pas encore volé en éclats. De là-haut, elle appela Patrick et Marie-Ange pour qu'ils viennent aussi, et Patrick fit promettre aux enfants d'être calmes en leur absence. Personne ne songeait à chahuter. Chacun restait figé, sans rien dire, dans la pose où l'avait surpris l'arrivée de la camionnette. On dressait l'oreille, espérant vainement entendre ce qui se disait dans le bureau, fermé pour la première fois depuis qu'ils étaient arrivés au chalet.

« De quoi tu crois qu'ils parlent ? » demanda enfin quelqu'un, d'une voix mal assurée. Un autre répondit, dédaigneux : « De quoi tu veux qu'ils parlent ? Ils font leur enquête, tiens ! »

Cet échange délia les langues. D'un air important, Maxime Ribotton dit que son père était pour la peine de mort pour les sadiques. Quelqu'un demanda ce que c'était, un sadique, et Maxime Ribotton expliqua qu'on appelait ainsi les gens qui commettaient, ce genre de crimes : violer et tuer des enfants. C'étaient des monstres. Nicolas ne savait pas ce que voulait dire violer, sans doute n'était-il pas le seul, mais il n'osait demander et de toute façon devinait que cela avait un rapport avec la chose sans nom, entre ses jambes, que c'était une forme de torture touchant à cela, la pire de toutes, peut-être consistant à le couper ou l'arracher. Il était impressionné de l'assurance avec laquelle Maxime Ribotton, d'ordinaire apathique[1], traitait de ces questions. « Des monstres ! » répétait-il avec un ricanement féroce, comme si son père et lui avaient eu l'un d'eux sous la main et se disposaient avant de lui couper la tête à le torturer à leur tour. En l'absence de Hodkann, les circonstances révélaient en lui une sorte de vedette, parlant haut, racontant d'autres histoires d'enfants enlevés, violés, assassinés, qu'il lisait dans le journal

1. ***Apathique*** : mou, amorphe.

de son père, un journal spécial où il n'était question à l'entendre que de cela. Les «hommes méchants» dont on parlait chez Nicolas avec une insistance angoissée mais évasive, sans jamais préciser en quoi se manifestait leur méchanceté, semblaient être, plus que Schubert, Schumann et les pantalons tachés, le principal sujet de conversation des Ribotton, et le jour où ce sujet tombait enfin sur le tapis, Maxime le cancre sournois triomphait.

Pendant cette discussion, Nicolas se tenait en retrait, au seuil du hall, et il eut tout à coup la surprise de voir Hodkann, déboulant de l'escalier, le traverser très vite jusqu'à la porte d'entrée. Leurs regards se croisèrent, celui de Hodkann terriblement impérieux, comme si sa vie et plus encore dépendait du silence de Nicolas. Sans bruit, il sortit du chalet. Seul Nicolas avait remarqué son passage. À l'instant où Hodkann refermait derrière lui la porte d'entrée, celle du bureau s'ouvrit et on entendit les voix des gendarmes, de la maîtresse et des moniteurs qui à leur tour descendirent l'escalier. Ribotton et les autres se turent.

«Une enquête de ce genre, soupira un des gendarmes, c'est un travail de fourmi. On cherche, on cherche, on ne sait pas dans quelle direction, et quand on trouve, le plus souvent, c'est parce que le type s'affole et fait une bêtise.» Tous les cinq paraissaient accablés. Du hall, ils regardèrent la salle où se tenaient les enfants, maintenant silencieux, et l'autre gendarme, celui qui au café avait eu en parlant des disparus cet accès de révolte impuissante, secoua encore la tête et murmura : «Un gamin de cet âge... Sainte Vierge, priez pour nous.» La maîtresse acquiesça en fermant les yeux, paupières serrées, c'était devenu un tic chez elle depuis le matin. Puis les gendarmes s'en allèrent. Nicolas et les autres regardèrent par la fenêtre leur camionnette manœuvrer sur le terre-plein enneigé, s'engager entre les sapins sur le chemin conduisant a la route. Personne n'y passait, sauf les occupants du chalet, mais ils mirent tout de même le clignotant avant de tourner.

24

Personne ne se doutait de l'absence de Hodkann, sauf Nicolas. Il ne savait que craindre, mais le craignait terriblement. La nuit précédente déjà, quand ils avaient discuté de ce qu'il appelait leur plan de campagne, Hodkann pensait, ou feignait de penser, qu'il pourrait dénicher des indices en passant au peigne fin le voisinage du chalet – bien qu'un mètre de neige fût tombé depuis la disparition de René – ou en demandant, l'air de rien, aux habitants du village s'ils n'avaient pas remarqué ces derniers temps de camionnettes inconnues. Nicolas, inquiet, ne cessait de lui recommander la prudence. Il aurait mieux aimé que Hodkann n'interroge personne, même l'air de rien, et que sous prétexte d'enquête ils se contentent de poursuivre toutes les nuits cette conversation chuchotée, clandestine, rendue excitante par une menace qui n'aurait rien perdu pour lui à rester imaginaire. Maintenant que la tragédie avait eu lieu, qu'est-ce que Hodkann allait inventer ? Que se passerait-il si dans une heure, si ce soir il n'était pas revenu ? S'il disparaissait à son tour ? Si demain on retrouvait son cadavre démembré dans la neige ? Nicolas serait coupable d'avoir gardé le silence. En parlant à temps, c'est-à-dire tout de suite, il avait peut-être une chance de prévenir le pire.

La nuit tombait, on avait allumé les lumières. Nicolas tournait autour de Patrick, cherchant une occasion de lui parler discrètement, mais chaque fois qu'elle se présentait il hésitait encore et la laissait passer. Il pensa qu'ils allaient les uns et les autres être attirés hors du chalet, chacun à son tour, chacun se lançant seul, absurdement seul, à la recherche du précédent, et à la fin c'est lui, Nicolas, qui se retrouverait seul, vraiment seul, à attendre que celui qui les avait tous tués se décide à entrer, pour en finir. Il regarderait le loquet de la porte d'entrée qui lentement s'abaisserait et voilà, le moment serait venu d'affronter cette horreur qui n'avait pas de nom, qu'il sentait depuis toujours rôder autour de lui, qui serait là.

Quand l'heure vint de mettre la table pour le dîner, la maîtresse se rappela Hodkann consigné et cria en levant la tête dans la cage d'escalier qu'il pouvait venir, maintenant. Nicolas tremblait, mais il arriva ce à quoi il s'attendait le moins : Hodkann descendit tranquillement et se joignit aux autres comme si de l'après-midi il n'avait pas quitté le dortoir. Quand, comment il était rentré, Nicolas ne le sut jamais.

Le dîner se déroula dans une atmosphère lugubre contre laquelle personne n'essaya de lutter, puis on alla se coucher, plus tôt que d'habitude. « Essayez de bien dormir, les gars, dit Patrick. Demain est un autre jour. » Nicolas se dirigea vers ce qui était devenu sa chambre, mais la maîtresse lui dit qu'il n'était plus malade et pouvait retourner au dortoir.

En allant reprendre son pyjama, roulé en boule sous le coussin du divan, il s'attarda un instant dans le bureau où depuis la visite des gendarmes il n'avait plus sa place. La douce lumière de la lampe de chevet sous son abat-jour orange lui donna envie de pleurer. Pour se retenir, il mordilla son poignet, celui autour duquel Patrick avait noué le bracelet brésilien, un peu effiloché maintenant. Il repensa au jour de leur déménagement, un an et demi plus tôt. La décision de quitter la ville où il avait passé son enfance avait été prise très vite, dans une précipitation à laquelle il n'avait rien compris. Sa mère lui répétait avec une insistance véhémente[1] qu'il serait beaucoup plus heureux là où ils allaient, qu'il s'y ferait plein de nouveaux copains, mais sa nervosité, ses

---

1. ***Véhémente*** : passionnée, presque violente.

accès de colère et de sanglots, sa façon d'écarter de la main, comme un ennemi, le rideau de cheveux ternes qui lui retombait aussitôt sur le visage, laissaient peu de chance à Nicolas de croire ces paroles rassurantes. Son petit frère et lui avaient cessé d'aller à l'école, elle les gardait tout le temps à la maison. Les volets, même de jour, restaient fermés. C'était l'été, on étouffait dans ce climat de siège, de catastrophe et de secret. Nicolas et son petit frère demandaient leur père, mais il était parti pour une longue tournée, disait-elle, il les rejoindrait dans l'autre ville, dans le nouvel appartement. Le dernier jour, une fois emballées les caisses que les déménageurs devaient venir chercher après leur départ, il s'était assis au milieu de sa chambre vide et il avait pleuré comme on pleure quand on a sept ans et qu'il se passe quelque chose d'affreux qu'on ne comprend pas. Sa mère avait voulu le prendre dans ses bras pour le consoler, elle répétait sans cesse Nicolas, Nicolas, et il savait qu'elle lui cachait quelque chose, qu'il ne pouvait pas se fier à elle. Elle s'était mise aussi à pleurer, mais comme elle ne lui disait pas la vérité ils ne pouvaient même pas pleurer ensemble.

25

Le retour au dortoir rendait plus difficile aussi le conciliabule secret[1] qu'il lui fallait avoir avec Hodkann. Où était-il allé, et quoi faire ? Il n'avait pas rompu, la maîtresse le gardant à l'œil, le morne silence du dîner, et s'était mis au lit sans même se laver les dents, sans parler à personne, tourné contre le mur dans l'attitude du fauve qu'il vaut mieux ne pas déranger. Nicolas, allongé sur la couchette du dessus, raide comme un gisant, se demandait s'il dormait ou non. Une heure passa ainsi. Enfin Hodkann souffla : «Nicolas» et, sortant sans bruit du lit, lui fit signe de le suivre. Nicolas descendit l'échelle, sur la pointe des pieds le rejoignit dans le couloir. Au moment où il passa devant lui, Lucas se redressa en grognant : «Qu'est-ce que vous faites ?», mais Hodkann, glissant la tête par la porte, se contenta de dire : «La ferme !» d'une voix sourde, et l'autre se le tint pour dit. Par prudence, ils s'éloignèrent du dortoir, allant jusqu'à la fenêtre au fond du couloir. D'un geste souple, Hodkann se hissa sur l'appui, le dos à la croisée, en sorte que sa silhouette se détachait nettement sur les masses noires et blanches des sapins ployant sous la neige, tandis que son visage restait dans l'ombre. Nicolas eut peur de cette ombre.

«Alors ? murmura-t-il.

– C'est bien une R25 grise, la voiture de ton père ?» dit Hodkann d'une voix neutre.

1. ***Le conciliabule secret*** : la conversation particulière.

Nicolas comprit que ce qui glaçait son front était ce que dans les histoires d'épouvante qu'il lisait en cachette on appelait une sueur froide. Il ne répondit pas.

Hodkann reprit : «Oui, c'est une R25 grise, je me rappelle très bien. Tout à l'heure, quand les gendarmes sont venus, je suis descendu du dortoir et j'ai écouté ce qu'ils disaient derrière la porte du bureau. Ils ont parlé de ce qu'on avait fait à René, et ça, j'aime mieux ne pas te raconter. J'en suis encore malade. Et puis ils ont demandé si on n'avait pas vu une R25 grise dans le secteur. Les monos ont dit que non, ils n'ont pas dû y penser, ou pas faire attention quand ton père est venu. Alors j'ai réfléchi et, quand j'ai vu qu'ils allaient partir, je suis descendu vite, avant eux, et je suis allé les attendre sur la route.» Hodkann se tut quelques instants, puis ajouta :

«Je leur ai tout dit.»

Il se tut de nouveau. Nicolas ne bougeait pas. Il regardait ce visage d'ombre.

Alors le ton de Hodkann changea. Sans vouloir abdiquer son autorité, il se justifiait à présent. «Écoute, Nicolas, chuchota-t-il, il le fallait. Je sais, je t'avais promis de ne pas en parler, mais ton père est en danger. C'est certainement pour ça qu'ils le cherchent, pourquoi crois-tu ? En ce moment, il est peut-être prisonnier des trafiquants. Peut-être qu'ils l'ont déjà tué, dit-il avec une soudaine brutalité, comme pour secouer Nicolas. Mais s'ils ne l'ont pas tué, il est encore temps de le retrouver, et ce n'est pas nous qui le ferons en cherchant des traces de pas dans la neige. Ce n'est pas le Club des Cinq, Nicolas, ces types sont des monstres. Nicolas, écoute-moi, insista-t-il, presque suppliant : s'il y a une chance de sauver ton père et qu'on la laisse passer, tu ne crois pas que tu te le reprocheras toute ta vie ? S'il meurt par ta faute ? Imagine ta vie après ça.»

Hodkann s'interrompit, voyant que son plaidoyer[1] n'avait aucun effet sur Nicolas, qui restait pétrifié. De guerre lasse, il haussa les épaules : «De toute façon, c'est fait.» Puis, se laissant glisser de l'appui de la fenêtre, il tendit la main pour prendre celle de Nicolas.

«Nicolas…» murmura-t-il avec une douceur désolée. Nicolas recula d'un pas pour qu'il ne le touche pas. «Nicolas, je comprends…» insista Hodkann. Il caressa ses cheveux, voulut attirer sa tête sur son épaule, et cette fois Nicolas se laissa faire. Debout, pressé contre la poitrine de Hodkann qui continuait à lui caresser les cheveux et répétait doucement son prénom, il sentait la chaleur de son corps immense, blanc et moelleux, moelleux comme un énorme oreiller d'où seule saillait[2] cette chose dure et sans nom qui se pressait contre son ventre. Lui au contraire était tout raide, contracté, comme pris dans la glace, mais c'était mou et vide entre ses jambes. Il n'y avait rien là, du vide, un territoire absent. Les yeux grands ouverts, il regardait derrière l'épaule de Hodkann, derrière la fenêtre, la masse sombre des sapins qui ployaient sous la neige et, derrière encore, le noir.

---

1. ***Plaidoyer*** : discours qui vise à défendre, à justifier, ici la révélation qu'il a faite à la police.
2. ***Saillait*** : ressortait.

26

Vingt ans plus tard, une nuit de décembre, Nicolas remontant des jardins traversa l'esplanade du Trocadéro[1] déserte et s'entendit appeler par son prénom. Il vit un homme très grand, très gros, une véritable montagne humaine, assis sur un banc de pierre au pied d'une statue dorée représentant un héros de la mythologie grecque. Sur le banc, à côté de lui, il y avait une bouteille de vin rouge et un saucisson dans l'emballage froissé duquel scintillait la lame d'un couteau. Le crâne de l'homme était rasé, bosselé, sa barbe longue et noire. Dans ses vêtements informes, qu'on devinait malpropres, il avait l'air d'un clochard et d'un ogre. Nicolas reconnut Hodkann aussi instantanément que celui-ci l'avait reconnu. Hodkann répéta son prénom sur un ton d'affection parodique, d'une voix railleuse et enrouée, lourde de menace. Nicolas resta immobile à dix pas de lui, la main crispée sur la poignée de son cartable, n'osant ni s'approcher ni partir en courant. Pendant toutes ces années, il s'était demandé si Hodkann avait vraiment cru à l'histoire des trafiquants d'organes. Il avait fait des rêves où il le revoyait, et c'étaient toujours des cauchemars. Soudain, Hodkann saisit son couteau et se leva en poussant un rugissement. Debout, il était encore plus grand, encore plus gros, et il boitait. Il se rua vers Nicolas, les bras en avant, comme un ours qui charge. Nicolas comprit qu'il

---

1. L'***Esplanade du Trocadéro***, appelée aussi parvis des Droits de l'homme, située place du Trocadéro à Paris, offre une vue privilégiée sur la tour Eiffel toute proche.

allait le tuer, et se mit à courir aussi. Il l'entendait rugir et haleter[1] derrière lui. Il le distança, mais n'osa se retourner que lorsqu'il atteignit la place du Trocadéro, où passaient des voitures et des gens. Hodkann avait renoncé à le poursuivre. Il se dandinait, seul au milieu de l'esplanade, devant la tour Eiffel illuminée pour les fêtes de Noël. La tête levée vers le ciel, il riait, d'un rire énorme, tonitruant, que rien ne pourrait arrêter, ni quintes[2] ni halètements qui pourtant le secouaient, et il y avait dans ce rire une plainte sans nom et une haine folle, toutes les deux enfermées depuis toutes ces années et s'entre-dévorant au fond de la gorge de Hodkann. Un agent de police, sur la place du Trocadéro, entendit ce rire qui donnait le frisson, jeta un coup d'œil à l'épave qui se dandinait sur l'esplanade, un autre coup d'œil au passant essoufflé qui venait de lui échapper. «Il vous a embêté?» demanda-t-il, espérant que le passant répondrait non et qu'il n'y aurait pas lieu d'intervenir. Nicolas ne dit rien. Il resta un moment à regarder Hodkann, riant à la mort sous les étoiles glacées. Puis il s'éloigna, son cartable à la main, dans la nuit.

1. ***Haleter*** : souffler rapidement à cause d'un effort intense.
2. ***Quintes*** : crises de toux.

27

On retrouva Nicolas, le matin, recroquevillé dans le couloir au pied de la fenêtre ouverte par où entraient en voltigeant des flocons de neige. Il claquait des dents, ne dormait pas, ne parlait pas. De nouveau, comme si les gestes possibles s'étaient raréfiés, Patrick le porta dans ses bras jusqu'au divan du bureau. La maîtresse, cette fois, se montra plus irritée qu'attendrie. D'accord, Nicolas était somnambule et on ne pouvait pas lui en vouloir d'être perturbé un jour pareil, mais elle aussi était perturbée, épuisée. Elle n'avait pas l'intention de participer à la grande balade que Patrick projetait pour occuper la journée, elle espérait en profiter pour se reposer seule au chalet et se serait bien passée de devoir veiller sur un enfant malade et capricieux. Cependant, comme Nicolas de toute évidence n'était pas en état de marcher, on le laissa provisoirement reprendre sa place sur le divan du bureau et elle se retira dans sa chambre. La classe partit avec Patrick et Marie-Ange. Ils restèrent seuls.

Des heures s'écoulèrent. Nicolas avait tiré la couverture sur son visage et, sans bouger, sans presque rien ressentir, attendait. Il aurait aimé retrouver la merveilleuse chaleur de la fièvre, son cocon d'oubli, mais il n'avait pas de fièvre, seulement froid et peur. La maîtresse ne vint pas lui apporter à boire, ni lui parler. Il n'y eut pas de déjeuner. Elle devait dormir. Il ne savait même pas où était sa chambre.

Il dut s'assoupir, lui aussi, car la sonnerie du téléphone le réveilla. Il faisait déjà sombre. Pourtant, les autres n'étaient pas encore rentrés. Nicolas regarda le téléphone sonner, à portée de sa main. Le combiné tressautait légèrement sur sa fourche. Cela dura longtemps. La sonnerie prit fin, puis recommença. La maîtresse entra et décrocha, après avoir dit à Nicolas qu'il aurait pu le faire, quand même. Son visage était ensommeillé, bouffi, ses cheveux emmêlés.

«Oui ? dit-elle... Oui, c'est moi... Oui, il est justement avec moi.»

Elle jeta un regard à Nicolas, sans sourire. Puis fronça les sourcils.

«Pourquoi ? Il s'est passé quelque chose ?... Bon...»

Abaissant le combiné, elle dit à Nicolas : «Tu veux bien me laisser une minute, s'il te plaît ?» Nicolas se leva et sortit lentement, sans cesser de la regarder. «Tu devrais aller en bas, tu seras mieux», ajouta-t-elle quand il fut dans le couloir, et elle ferma la porte. Nicolas avança jusqu'à l'escalier et s'assit sur les premières marches, les genoux serrés entre ses bras. Il n'entendait rien de ce qui se disait dans le bureau, mais peut-être la maîtresse ne faisait-elle qu'écouter son interlocuteur. Un instant, il pensa se relever, approcher sur la pointe des pieds, mais n'osa pas. Quand il appuya son épaule à la rambarde de l'escalier, le bois craqua sèchement. À quelques mètres de lui, un rai de lumière orange filtrait sous la porte du bureau. Il lui sembla percevoir un son étouffé, comme un sanglot qu'on essaierait de retenir. La conversation dura longtemps, sans qu'il puisse en saisir autre chose. Tout se perdait dans un puits de silence. Au fond, très loin, une eau noire miroitait.

Enfin, il entendit le déclic de la fin de communication. La maîtresse ne sortit pas du bureau. Elle devait être debout, dans l'attitude où il l'avait laissée, la main encore posée sur le combiné, et fermer les yeux fort, se retenir de hurler. Ou alors elle s'était allongée sur le divan et mordait l'oreiller portant encore l'empreinte du crâne de Nicolas. Quand, quelques jours plus tôt, il l'avait imaginée apprenant au téléphone la mort accidentelle de son père, elle l'éloignait d'abord, comme elle venait de le faire, mais ensuite sortait du bureau, allait vers lui, le prenait dans ses bras. Elle le baignait de ses larmes, répétait son prénom. C'était une scène terrible, mais douce, infiniment douce, et qui maintenant ne pourrait avoir lieu. Maintenant, elle avait peur de sortir, peur de le voir, peur de lui adresser la parole. Il faudrait bien qu'elle sorte, pourtant, elle n'allait pas rester dans ce bureau toute sa vie. Nicolas, cruellement, se figurait sa détresse, le poids insupportable qui l'accablait depuis qu'elle avait raccroché le téléphone. Elle ne bougeait pas, lui non plus. Elle devait se douter qu'il était là, tout près, qu'il l'attendait. S'il frappait à la porte, elle lui crierait de ne pas entrer, pas maintenant, pas encore, peut-être qu'elle donnerait un tour de clé. Oui, elle se barricaderait plutôt que de lui montrer son visage et de voir le sien. Ce serait facile, s'il voulait, de lui faire peur. Il suffirait de dire un mot, dans le silence du couloir. Ou de se mettre à chantonner. Un chantonnement léger, innocent, obstiné, une comptine. Elle ne pourrait pas le supporter, se mettrait à hurler derrière la porte. Mais il ne chantonna pas, ne dit rien, ne bougea pas. C'était à elle, pas à lui, de prendre en charge la suite des événements, puisqu'il faudrait bien qu'il y ait une suite, que des gestes soient accomplis, des mots prononcés. Au moins des mots anodins, des mots qui ne serviraient qu'à donner le change et à faire comme si la vie continuait, comme si le coup de téléphone n'avait pas eu lieu. Peut-être allait-elle s'en tirer comme ça, faire comme s'il n'avait pas eu lieu. Attendre qu'on rappelle et qu'un autre, plus courageux, décroche. Ce serait Patrick. Le gendarme qui avait téléphoné n'y comprendrait rien. Il dirait que pourtant il avait parlé à la maîtresse, l'avait mise au courant, mais elle secouerait la tête, fermerait les yeux, contre toute évidence elle jurerait que non, qu'une autre avait dû répondre à sa place, se faire passer pour elle.

La nuit vint. On voyait la neige tomber sur les sapins, par la fenêtre de la conversation avec Hodkann. Il y eut du bruit en bas. La classe rentrait. Lumières allumées, cris, rumeurs. Après cette longue promenade ils devaient avoir de bonnes joues rouges, et peut-être pour quelques instants oublié l'horreur de la veille. Pour eux c'était l'horreur de la veille, jour après jour elle irait s'éloignant, s'atténuant, bientôt un souvenir que les parents auraient soin de ne pas réveiller. Les mères, entre elles, en parleraient à mi-voix, avec des mines entendues et navrées. Mais pour Nicolas ce serait toujours, toujours comme maintenant, en haut de l'escalier, à attendre que la maîtresse rassemble le courage de sortir.

Patrick, en montant, le trouva assis sur les marches, dans le couloir qu'éclairait seulement la lumière d'en bas.

«Qu'est-ce que tu fais là, bonhomme? demanda-t-il gentiment. Tu serais mieux dans ton bureau.

– La maîtresse y est, murmura Nicolas.

– Ah bon? Et elle ne veut pas de toi?» Patrick rit et souffla : «Elle doit téléphoner à son petit ami!»

Il frappa, pour la forme, à la porte du bureau, et, comme Nicolas l'avait prévu, la maîtresse demanda : «Qui est-ce?», d'une voix altérée. Puisque c'était lui, elle ouvrit, mais aussitôt referma la porte. Ils étaient deux maintenant à se barricader, pensa Nicolas. Bientôt ce serait tout le monde, sauf lui, et chacun essaierait de se décharger sur son voisin du fardeau d'aller le voir, de lui parler. Lui dire la vérité? Non, ils ne pourraient pas. Personne ne le pourrait, dire cette vérité-là à un petit garçon. Il faudrait bien pourtant que quelqu'un le fasse. Nicolas attendait, presque curieux.

Patrick resta un long moment dans le bureau, mais il eut, lui, le courage de ressortir et de venir s'asseoir sur les marches à côté de Nicolas. Quand il lui saisit le poignet pour examiner l'état d'usure du bracelet brésilien, ses mains tremblaient. «Dis donc, c'est solide!» dit-il et, aussitôt effrayé par le silence, il se mit à raconter une histoire de généraux mexicains et de Pancho Villa[1] à laquelle Nicolas ne comprit rien, qu'il n'essaya pas de comprendre mais qui devait se vouloir drôle car Patrick la ponctuait de petits rires sonnant faux. Il parlait pour parler, faisait ce qu'il pouvait, et Nicolas trouva que c'était bien de sa part. S'il avait pu, il l'aurait interrompu, regardé dans les yeux en disant que c'était gentil, mais pas la peine, ces histoires de Pancho Villa, et qu'il voulait savoir la vérité. Patrick le sentit et tout à coup abandonna l'histoire, qui était loin d'être finie. Sans chercher à masquer sa défaite, il happa l'air comme un noyé et dit très vite : «Écoute, Nicolas, il y a eu un problème chez toi... C'est dommage pour la classe de neige, mais la maîtresse, et moi aussi, on pense que ce serait mieux que tu retournes à la maison... Oui, ce serait mieux..., ajouta-t-il pour meubler le silence.

– Quand? murmura Nicolas, comme si c'était la seule question qui se posait.

– Demain matin, répondit Patrick.

– On va venir me chercher?»

Nicolas se demanda s'il préférait ou non que ce soient les gendarmes.

«Non, dit Patrick, je t'emmènerai, moi. Ça te va si c'est moi? On s'entend pas mal tous les deux.»

Essayant de sourire, il ébouriffa les cheveux de Nicolas qui se mordit les lèvres pour ne pas pleurer en pensant aux rois du pétrole. Patrick devait être soulagé d'avoir dû seulement répondre à des questions sur l'organisation du voyage et non sur son motif. Peut-être trouvait-il étrange que Nicolas ne montre pas plus d'étonnement. Tout de même, l'enfant demanda, d'une voix presque inaudible : «C'est grave, ce qui est arrivé chez moi?» Patrick réfléchit et dit : «Oui, je crois que c'est grave. Ta maman

1. ***Pancho Villa*** (1878-1923) : hors-la-loi devenu général, héros de la révolution mexicaine.

t'expliquera.» Nicolas baissa les yeux et se mit à descendre l'escalier, mais Patrick le retint, lui pressa fort l'épaule et tâcha de sourire en disant : «Courage, Nicolas.»

28

Pendant le dîner, où la maîtresse ne parut pas, Maxime Ribotton qui ne voulait pas perdre son nouveau sujet de conversation se remit à parler des sadiques assassins d'enfants et du traitement que son père et lui étaient partisans de leur infliger. Patrick lui ordonna sèchement de se taire. Le nez dans son assiette, Nicolas mangea le gratin dauphinois que le cuisinier avait préparé pour reconstituer les forces des randonneurs. À la fin, Patrick proposa que pour l'en remercier on crie : «Hip hip hip hourra!», trois fois, et Nicolas cria avec les autres, trois fois : «Hip hip hip hourra!»

Ensuite, il demanda à Patrick s'il pourrait dormir dans le bureau, la dernière nuit. Patrick hésita avant de dire d'accord, et Nicolas comprit que c'était à cause du téléphone. Il monta se coucher avant les autres, sans leur dire au revoir, sans être remarqué, sauf de Hodkann qui depuis le début de la soirée ne le quittait pas des yeux. Mais ceux de Nicolas se dérobaient.

Personne, apparemment, ne savait qu'il partait.

Un quart d'heure plus tard, Patrick vint le rejoindre et lui dit qu'ils prendraient la route tôt le lendemain matin. Il fallait bien dormir. Voulait-il un cachet pour l'y aider? Nicolas dit oui, fit passer le cachet avec un peu d'eau. C'était la première fois qu'il prenait un somnifère. Il savait qu'on pouvait mourir si on en avalait beaucoup à la fois. À l'époque du déménagement et de la longue absence de son père, il avait cherché dans toute la maison le tube dont celui-ci se servait. Mais il devait l'avoir emporté avec lui, ou bien sa mère l'avait rangé dans un tiroir fermé à clé.

Patrick s'assit au bord du lit, comme pour parler, mais il ne trouvait pas de mots. Personne désormais ne trouverait plus de mots pour s'adresser à lui. Patrick était réduit aux mêmes pauvres gestes que tout à l'heure, la main pressant l'épaule, le demi-sourire triste et affectueux. Il n'osa pas répéter «courage», sentant probablement combien c'était hypocrite. Il resta une minute assis sans rien dire, puis se releva. Il avait rassemblé et fourré dans un sac en plastique les affaires neuves de Nicolas, celles qu'il lui avait achetées au supermarché. Avant d'éteindre la lumière et de sortir, il posa le sac au pied du lit, prêt pour le lendemain. Nicolas se rappela son sac à lui, soigneusement préparé huit jours plus tôt pour le départ en classe de neige. Les gendarmes avaient dû le trouver dans le coffre de la voiture, certainement le fouiller. Il se demanda s'ils avaient réussi à ouvrir son coffre-fort et ce qu'ils y avaient découvert.

29

Nicolas ne se rendit pas compte qu'il s'endormait, mais se réveilla avant l'aube. Il ne reconnut pas la pièce autour de lui et crut d'abord être dans sa chambre, à la maison. Il avait peur car, pendant son sommeil, trahissant la promesse qu'on lui faisait chaque soir, on avait fermé la porte et éteint la lumière dans le couloir. Il murmura : «Maman», faillit le répéter plus fort, crier, mais se retint et d'un coup se rappela tout. Il resta un moment sans bouger, espérant que la nuit durerait toujours. Ainsi doivent espérer les condamnés à mort. Ses yeux s'accoutumaient à l'obscurité et il se demanda s'il n'y avait pas quelque chose, caché dans la pièce, qui d'une façon ou d'une autre pourrait l'aider. Stopper le cours des heures, empêcher de l'atteindre, le faire disparaître. Mais il ne vit rien. Se cacher sous le lit serait inutile. Téléphoner, mais qui appeler au secours ? Quoi dire ?

En approchant de la fenêtre, il s'aperçut qu'elle était munie de barreaux. Il avait dormi là trois nuits sans les remarquer. Ou bien venait-on de les poser, pendant son sommeil, pour être certain qu'il ne s'échapperait pas ? Ils semblaient vieux pourtant, profondément enfoncés dans le ciment. C'était lui qui n'avait pas fait attention.

Pas d'autre issue que la porte. Il fouilla dans le sac en plastique, enfila à tâtons ses habits. En passant le blouson, il provoqua le froissement familier et sinistre de l'affichette portant la photo de René. Il ouvrit les tiroirs du bureau, à la recherche d'argent qui faciliterait sa fuite, mais ne trouva rien. Sans bruit, il tira la porte et sortit.

Dans la salle du bas, une lampe était allumée, une seule, éclairant un peu l'escalier en haut duquel, une fois encore, il s'immobilisa. Patrick et Marie-Ange étaient déjà levés. Ils parlaient très bas, mais le silence dans le chalet était tel qu'en se penchant Nicolas pouvait les entendre.

«Un sucre», dit Marie-Ange, et la cuiller tinta dans la tasse.

«N'importe comment, reprit Patrick, les gosses vont le savoir très vite. Et puis si les gens du village apprennent qu'il est ici, dans l'état où ils sont, on ne sait pas de quoi ils sont capables.

– Ce n'est pourtant pas sa faute», dit doucement Marie-Ange. Elle poussa un grand soupir et murmura : «Quelle horreur, Seigneur, quelle horreur…»

Nicolas entendit un sanglot, puis encore Patrick : «Tu sais, c'est atroce, ce qui est arrivé à René, mais je crois que j'ai encore plus pitié de lui. Tu imagines, se trimballer ça ? Qu'est-ce que va être sa vie ?»

Il y eut un silence, puis Marie-Ange, sans cesser de sangloter et de tourner sa cuiller, dit : «C'est bien que ce soit toi qui l'emmènes. Tu crois que tu vas lui parler ?

– Non, répondit Patrick d'une voix sourde. Ça, je ne peux pas.

– Qui va lui dire, alors ?

– Je ne sais pas. Sa mère. Elle devait s'attendre, un jour, à un truc de ce genre. Son père a déjà eu des ennuis, il y a deux ans. Ce n'était pas aussi grave, mais quand même une très sale histoire.»

Silence encore, sanglots, puis : «Je vais aller le réveiller. Il faut qu'on y aille.»

Patrick trouva Nicolas debout, tout habillé, en haut de l'escalier, et chercha à lire sur son visage s'il les avait entendus. Mais on ne pouvait rien lire sur le visage de Nicolas et, de toute façon, qu'est-ce que cela changeait ?

Quand ils redescendirent, Marie-Ange posa son bol sur la table, tamponna ses yeux rouges avec un kleenex roulé en boule et serra silencieusement Nicolas contre elle, très fort. Elle donna aussi un petit baiser à Patrick, au coin des lèvres, puis ils sortirent tous les deux. Il faisait encore nuit. Tout le monde dormait dans le chalet. De la neige était encore tombée, où leurs pieds s'enfonçaient. Des nuages de vapeur sortaient de leurs bouches, d'une blancheur presque opaque sur la masse sombre des sapins. Arrivé à la voiture, Patrick demanda à Nicolas de tenir son petit sac de voyage pendant qu'il dégageait à mains nues les vitres enneigées, s'escrimait sur les essuie-glaces collés au pare-brise par le givre. Quand il eut fini et ouvert les portières, Nicolas voulut monter à l'avant, comme l'autre fois, mais Patrick dit que non : ils allaient circuler sur la grande route, et la gendarmerie faisait des contrôles.

30

«Tu veux qu'on mette de la musique?» demanda Patrick. Nicolas répondit qu'il voulait bien. Tenant le volant d'une seule main, Patrick fouilla de l'autre dans la mallette où étaient rangées les cassettes. Nicolas se demanda s'il allait remettre celle qu'ils avaient écoutée le jour du supermarché, mais il en choisit une autre, plus douce et lente. Accompagnée seulement par une guitare, la voix était presque plaintive et, même sans comprendre les paroles en anglais, on pouvait se figurer qu'il était question d'un voyage en hiver, sur des routes enneigées, bordées de sommeil. Nicolas s'allongea sur la banquette, en se faisant un coussin de la vieille couverture effrangée[1] qui sentait le chien. Il faillit demander à Patrick s'il en avait un, là où il habitait, et aussi où il habitait, dans quel cadre se déroulait sa vie, mais, pour n'avoir pas l'air de rechercher la conversation, ne dit rien. Patrick devait avoir peur qu'il lui pose des questions et il se promit de ne pas le faire. Sa tête étant derrière le siège du passager, il pouvait en levant les yeux voir le profil perdu de Patrick, concentré sur la route. La queue de cheval reposait sur son épaule, ses mains sur le volant étaient brunes et musclées, avec des tendons saillants, exactement les mains que Nicolas aurait aimé avoir quand il serait grand, mais maintenant il savait que c'était impossible. Le chauffage marchait fort, pour dissiper la buée sur les vitres. Nicolas avait replié les jambes, serré ses mains entre ses cuisses et se

---

1. ***Effrangée*** : déchiquetée sur les bords.

rendit compte avec étonnement qu'il pouvait somnoler, se laisser bercer comme s'il avait de la fièvre par la chaleur, la musique plaintive et calme, le bruit apaisant de la soufflerie. À l'aller, il avait compté sur la carte le nombre de kilomètres, 430, et ils n'en avaient pas encore fait 20. Tant qu'il ne quittait pas la voiture, il était en sécurité.

Quand il se réveilla, ils roulaient déjà sur l'autoroute. Il n'y avait plus de neige, mais le ciel était blanc. Patrick n'avait pas remis de cassette, sans doute pour ne pas troubler son sommeil. Il avait arrêté la soufflerie. Il regardait devant lui, le corps très droit, la queue de cheval sur l'épaule, comme si depuis le départ il n'avait pas bougé. Quand Nicolas se redressa il s'en rendit certainement compte, mais garda le silence. Au bout de quelques minutes seulement, il se força à dire sur un ton qui se voulait enjoué : «Alors, on a bien écrasé[1] ?», et Nicolas répondit que oui, puis le silence retomba. Nicolas guettait les panneaux indicateurs pour savoir quelle distance les séparait encore de la ville où il habitait. 210 kilomètres. Ils avaient presque fait la moitié du voyage. Il se reprocha d'avoir, en dormant, laissé passer si vite cette première moitié. Il devinait qu'à partir de maintenant tout allait s'accélérer.

Patrick se déporta sur la droite, ralentit et rétrograda dans le couloir desservant une station Esso. Nicolas pensa aux bons-cadeaux de Shell et se mit tout à coup à pleurer. C'étaient des pleurs, pas des sanglots, ils coulaient sans bruit sur ses joues. Patrick ne se serait aperçu de rien s'il ne s'était à ce moment arrêté devant les pompes à essence et retourné vers lui. Nicolas ne put s'arrêter de pleurer, mais baissa les yeux. Patrick resta un moment, de biais sur son siège, à le regarder sans rien dire. Il murmura «Nicolas…», une fois de plus. C'était tout ce qui restait possible, répéter un prénom, avec amour et désespoir. Les parents de René devaient le faire aussi, la nuit, couchés dans le

---

1. ***On a bien écrasé ?*** : on a dormi profondément ? (familier).

lit où plus jamais ils ne dormiraient paisiblement, et ceux de l'enfant emmuré par l'anesthésie ratée. D'autres, comme le gendarme et Marie-Ange, disaient aussi «Seigneur», «Sainte Vierge», «Seigneur Jésus». Les gens ne pouvaient plus lui parler, alors, croyants ou non, ils s'accrochaient à cette dernière ressource : prier pour lui, demander à Jésus, ressuscité ou non, d'avoir pitié de lui.

«Viens, Nicolas, finit par dire Patrick, on va aller manger quelque chose. Tu n'as pas pris de petit déjeuner, tu dois avoir faim.» Nicolas n'avait pas faim et se doutait que Patrick non plus, mais il le suivit, après qu'il eut fait le plein, au relais de l'autoroute.

Près de l'entrée se trouvait un présentoir à journaux devant lequel Patrick eut un instant de panique. Il fit ce qu'il pouvait pour se mettre devant, détourner l'attention de Nicolas qui se laissa faire docilement, mais eut quand même le temps d'entrevoir la photo et le mot «monstre» dans le titre à demi caché par la pliure du journal. Patrick l'entraîna vite vers le distributeur et s'assura qu'on pouvait sortir par une autre porte. Il prit un café, acheta un petit pain au chocolat et un jus d'orange à Nicolas, puis ils allèrent s'asseoir dans le coin, près des toilettes, où se trouvaient trois tables de plastique gris à la surface gluante, chargées de gobelets en carton vides. Patrick dit poliment bonjour à la seule occupante du lieu, une femme blonde qui buvait un café. Elle répondit bonjour et sourit à Nicolas que ce sourire transperça.

Son manteau de fourrure, brillant comme s'il avait été recouvert de rosée, était ouvert sur une robe bleue d'une matière mouvante, précieuse. De son chignon lâche s'échappaient sur la nuque des cheveux blonds qu'on avait envie de caresser. Elle donnait une impression de richesse et de luxe, contrastant avec la grisaille malpropre de l'endroit, mais surtout de douceur, une douceur enveloppante, magique, presque insoutenable. Elle était belle : précieuse, douce et belle. Calmement, sans impatience, elle regardait le parking au-dehors, le local sinistre autour d'elle, et quand son regard revint sur Nicolas, elle lui sourit de nouveau, d'un sourire qui n'était pas distrait, pas insistant non plus, mais s'adressait à lui, personnellement, l'enveloppait tout entier de cette tendresse céleste[1] qui émanait d'elle. La robe de soie bleue, échancrée assez bas, laissait voir la naissance de ses seins, et une pensée bizarre vint à Nicolas : l'intérieur de son corps, ses viscères, ses boyaux, le sang circulant dans ses veines devaient être aussi propres et lumineux que son sourire. Il se rappela la fée bleue de *Pinocchio*. Auprès d'elle on n'avait plus rien à redouter. Elle pouvait, si elle voulait, faire disparaître l'horreur, faire que n'ait pas été ce qui avait été, et si elle savait, elle voudrait, c'était certain.

Patrick se leva et dit qu'il allait une minute aux toilettes. Nicolas comprit que dans cette minute allait se jouer sa vie. Il fallait qu'il parle à la fée. Qu'il lui dise de le sauver, de l'emmener avec elle là où elle allait. Il n'aurait pas à s'expliquer, il était sûr qu'elle comprendrait, qu'une phrase suffirait. «Sauvez-moi, madame, emmenez-moi.» Elle serait étonnée un instant, mais le regarderait attentivement, avec cette attention, cette douceur qui traversaient le cœur et donnaient envie de pleurer, et elle saurait alors qu'il disait la vérité, qu'elle seule pouvait accomplir le miracle. Elle dirait : «Viens», le prendrait par la main. Ils courraient jusqu'à sa voiture, quitteraient l'autoroute à la première sortie. Ils rouleraient longtemps, lui à côté d'elle. En conduisant, elle lui sourirait, elle murmurerait que c'était fini maintenant. Ils iraient loin, très loin, là où se déroulait sa vie qui lui ressemblait, douce, précieuse et belle, et elle lui permettrait de rester toujours près d'elle, hors de danger, en paix.

Nicolas ouvrit la bouche, mais aucun son n'en sortit. Il fallait qu'il attire son attention, qu'avec ses yeux au moins il fasse

---

1. ***Céleste*** : venue du ciel (sens figuré).

passer le message. Il fallait qu'elle le regarde, croise sa supplication silencieuse, cela suffirait pour qu'elle comprenne. Oui, oui, elle comprendrait. Elle saurait deviner l'agonie qui se déroulait à l'intérieur de ce petit garçon croisé dans un relais d'autoroute, et qu'elle seule pouvait l'y arracher. Mais elle ne le regardait plus, elle regardait dehors, suivant des yeux un homme vêtu de noir qui marchait à grandes enjambées sur le parking, vers eux. La gorge serrée, broyée par le silence qui montait de son ventre, Nicolas vit l'homme approcher, pousser la porte vitrée. Il pencha vers la femme un visage amoureux et posa un baiser dans son cou, près des cheveux follets échappés du chignon. Elle lui souriait, de son sourire céleste. Elle ne voyait plus que lui. Jamais de sa vie Nicolas n'avait haï quelqu'un ainsi, pas même Hodkann.

«C'est réparé, dit l'homme, on peut y aller.»

La fée se leva et sortit avec lui. En refermant la porte, elle fit à Nicolas un petit signe de la main, puis lui tourna le dos. L'homme passa le bras autour de ses épaules pour la réchauffer et Nicolas les vit s'éloigner vers leur voiture, y monter, disparaître. Ses doigts sous la table étaient emmêlés, noués les uns aux autres inextricablement, et il vit que par terre, entre ses pieds, une sorte de filament rouge et bleu traînait parmi les emballages de sucre et les mégots. Le bracelet brésilien était tombé. Il essaya de se rappeler le vœu formé au moment où Patrick le lui avait noué, une semaine plus tôt, mais n'y arriva pas : peut-être qu'à force d'hésiter, à la recherche de celui qui le protégerait le mieux de tous les dangers de la vie, il n'en avait pas fait du tout.

31

Le reste du voyage, Nicolas se demanda quelles avaient été ses dernières paroles. Une brève réponse, sans doute, faite à Patrick dans la voiture. Il avait décidé de ne plus parler, plus jamais. C'était la seule protection qu'il pouvait à présent imaginer. Plus un mot, on ne tirerait plus rien de lui. Il deviendrait un bloc de silence, une surface lisse et pluvieuse contre quoi le malheur rebondirait sans trouver de porte. Les autres lui parleraient, s'ils voulaient, s'ils osaient, et il ne leur répondrait pas. Ne les entendrait pas. Il n'entendrait pas ce que lui dirait sa mère, vérité ou mensonge, ce serait sans doute un mensonge. Elle raconterait que son père avait eu un accident lors de sa tournée, que pour une raison ou pour une autre on ne pouvait pas lui rendre visite à l'hôpital. Ou bien qu'il était mort, et on n'irait pas davantage à son enterrement, ni se recueillir sur sa tombe. On changerait encore de ville, on changerait peut-être de nom, dans l'espoir de lasser le silence et la honte qui seraient désormais leur lot, mais ce ne serait plus son affaire, lui se tairait, se tairait toujours.

Arrivé aux abords de la ville, Patrick relut l'adresse qu'on lui avait écrite sur un bout de papier et demanda à Nicolas s'il savait comment aller chez lui. Nicolas ne répondit pas. Il répéta sa question, cherchant à attraper son regard dans le rétroviseur, mais Nicolas baissa les yeux et il n'insista pas. Il s'arrêta devant un agent de police, qui le renseigna. Puis ils roulèrent à travers la banlieue, sous la pluie. La rue où habitait Nicolas était dans le mauvais sens, il fallut faire le tour du pâté de maisons, mais il y avait une place libre juste devant la porte. Patrick y gara la voiture, s'y reprenant à deux fois pour le créneau. Il fit descendre Nicolas et le prit par la main, comme un petit enfant. Mais il ne parla pas, ne répéta pas son prénom. Son visage vidé n'exprimait plus rien.

Dans l'étroite entrée de l'immeuble, Patrick regarda les noms au-dessus des boîtes aux lettres. Il avait deviné que Nicolas ne l'aiderait pas à trouver. Ils attendirent en silence l'ascenseur. Les portes coulissantes chuintèrent en se refermant sur eux. Patrick tarda plus qu'il n'était habituel à presser le bouton de l'étage. Il avait gardé la main de Nicolas dans la sienne et la serrait très fort. Dans le miroir sombre qui tapissait la cloison, Nicolas vit qu'il pleurait. La boîte où ils étaient enfermés sembla s'enfoncer dans le sol, puis, d'une secousse, s'éleva. On entendait les câbles grincer. Nicolas espéra que la cabine s'arrêterait entre deux étages et qu'ils y resteraient toujours. Ou bien qu'une fois montée assez haut elle se détacherait, plongerait à toute allure dans le puits noir où ils s'engloutiraient.

Le palier était un long couloir sans fenêtres, bordé de portes, et la sienne se trouvait tout au fond. Le bouton de la minuterie luisait faiblement dans la pénombre. Patrick n'alluma pas. Ils avancèrent tous les deux dans le couloir, très lentement. Nicolas se rappela la phrase de Patrick, le matin : «Qu'est-ce que va être sa vie ?» Ils atteignirent la porte, derrière laquelle on n'entendait aucun bruit. Patrick leva la main vers le bouton de la sonnette, attendit encore plus longtemps que dans l'ascenseur, enfin appuya. Doucement, il dégagea son autre main de celle de l'enfant. Il ne pouvait plus rien pour lui maintenant. La moquette, à l'intérieur de l'appartement, étouffait les pas, mais Nicolas savait que la porte allait s'ouvrir, qu'à cet instant sa vie commencerait et que dans cette vie, pour lui, il n'y aurait pas de pardon.

Paris, 9 décembre 1994.
Pors-Even, 2 février 1995.

DOSSIER

- Questionnaire de lecture
- Parcours de lecture
- L'imaginaire de Nicolas : tableaux synthétiques
- Figures d'enfants exclus (groupement de textes n° 1)
- Figures de rêveurs (groupement de textes n° 2)
- Pour aller plus loin : l'adolescence en questions
- *La Classe de neige*, la presse en a parlé
- Interview d'Emmanuel Carrère
- Du roman à l'adaptation cinématographique
- Histoire des arts

Questionnaire de lecture

Chapitres 1 à 13

1. Pourquoi Nicolas n'arrive-t-il pas au chalet en même temps que sa classe ?
2. Quel est le métier du père de Nicolas ? Quelles relations le garçon entretient-il avec son père ? Selon vous, quels sont les défauts de ce dernier ?
3. Que collectionne Nicolas dans son coffre-fort ? Qu'espère-t-il gagner ?
4. En quoi la suite de l'histoire confère-t-elle une importance particulière à l'objet convoité ?
5. Citez trois moments du récit où Nicolas invente des événements ; racontez-les.
6. Comment pourriez-vous caractériser son imagination ? Selon vous, à quoi cela tient-il ?
7. Qui est Hodkann ?
8. Que ressent Nicolas pour lui ? Pourquoi, selon vous ?
9. Quelles actions de Patrick sont bénéfiques à Nicolas ?
10. Dans le chapitre 13, Nicolas rêve qu'il est sur la chenille avec Patrick. En quoi ce rêve montre-t-il à la fois ce que Nicolas redoute et ce qu'il espère ?

Chapitres 14 à 31

1. Pourquoi Nicolas se retrouve-t-il dans la voiture de Patrick ?
2. À ce moment-là, il se compare à un personnage de conte. Lequel ? Pourquoi, selon vous ?
3. Qu'apprend Nicolas au café de la station de ski ? Comment réagit-il ?

4. Quelle incidence cette information a-t-elle sur l'histoire qu'il a inventée ? En quoi marque-t-elle une nouvelle étape dans son rapport à ce qu'il a imaginé ?

5. Que dit-il à Hodkann ? Comment construit-il son histoire ? Hodkann le croit-il ?

6. Quel lien Hodkann fait-il entre ce que lui a raconté Nicolas et la mort du petit René ?

7. Selon vous, à quel moment Nicolas comprend-il qui est l'assassin ?

8. À votre avis, pourquoi cette information n'est-elle jamais formulée ? Comment le lecteur comprend-il la vérité ?

9. Sur le chemin du retour, de quelle personne Nicolas fait-il la rencontre ? À qui la compare-t-il ? Pourquoi ? Qu'espère-t-il ? Qu'arrive-t-il finalement ?

10. Quelle décision Nicolas prend-il dans la voiture ? Comment pouvez-vous l'expliquer ?

Parcours de lecture

Parcours de lecture n° 1 : l'*incipit* du roman

Relisez le chapitre 1 (p. 29-31), puis répondez aux questions suivantes :

Des informations incomplètes

1. Recherchez les indications sur l'espace et le temps de l'action. Sont-elles précises ? Combien de moments différents sont racontés ?

2. Quelle est la focalisation adoptée ? En quoi influe-t-elle sur ces informations ? Quels sont les sentiments et les préoccupations de Nicolas ?

Un début captivant : construction du suspens et inquiétude du lecteur

1. Analysez le rythme et la construction grammaticale de la première phrase. Quel est le procédé d'insistance utilisé ? Que souligne-t-il ? Quelle(s) question(s) vous posez-vous à la lecture de cette seule phrase ? Quel lien pouvez-vous faire avec la fin de la dernière phrase du chapitre ?
2. Recherchez dans le passage tous les mots ou groupes de mots indiquant l'état d'esprit du père de Nicolas, et tous ceux qui précisent les sentiments du garçon à son encontre. Quels rapports entretiennent le père et son fils ? Quelle promesse le père de Nicolas fait-il à son enfant ? Comment la comprenez-vous ?

La mise en garde du lecteur

1. Relevez toutes les propositions indiquant la parole. Que remarquez-vous pour chacun des personnages ? Nicolas prête-t-il attention aux paroles de son père ?
2. En quoi cette attitude fonctionne-t-elle comme une mise en garde adressée au lecteur ? Quel effort va-t-il devoir fournir pour tout comprendre de l'action développée dans le reste du roman ?

Parcours de lecture n° 2 : un père menaçant

Dans le chapitre 6, relisez la scène du parc d'attractions, de « L'année précédente, le père de Nicolas les avait emmenés » jusqu'à la fin (p. 49-52), puis répondez aux questions suivantes :

Peur pour rire, peur sérieuse

1. Qu'est-ce que la chenille ? Quels sentiments provoque-t-elle ? À quel obstacle se heurte Nicolas ?
2. Quels points communs existe-t-il entre le manège et le récit du trafic d'organes (pensez au cadre dans lequel chacun trouve

place, au critère d'« accès » à chacun et au mouvement décrit par chacun) ?

Une figure de père ambiguë

1. Quels sont les deux aspects du comportement du père dans ce passage ? Relevez les mots et groupes de mots qui témoignent de son caractère brutal.
2. Lisez le chapitre 7 (p. 53-54). Quel lien établissez-vous avec ce passage ? Qu'apprend-on sur l'état mental du père ?

Le mensonge du père : un récit fait pour effrayer

1. Quels sont les éléments invraisemblables dans l'histoire racontée par son père ? Au contraire, quels éléments apportent une caution à son récit ? Quel rapport pouvez-vous établir entre le métier du père de Nicolas et le trafic qu'il évoque ?
2. Quel est l'effet de ce récit sur le garçon ? Que devient la chenille dans son cauchemar ? Cela vous semble-t-il logique ?

Vers le commentaire composé

Rédigez un paragraphe de commentaire correspondant aux deux dernières questions, soulignant que le père de Nicolas fait naître la peur de son fils.

Parcours de lecture n° 3 : Nicolas, conteur et lecteur

Relisez la scène du chapitre 20 dans laquelle Nicolas, faisant face à Hodkann, tente d'élucider la raison de la disparition de René, de « Les gendarmes pensent que c'est une fugue » à « ce serait une catastrophe épouvantable » (p. 108-112), puis répondez aux questions suivantes :

Du silence à la parole : Nicolas raconte...

1. Pourquoi Nicolas se met-il à inventer ? À quel moment précis se met-il à raconter ? Pourquoi, selon vous ? Relevez les verbes

de parole concernant Nicolas : quelle évolution remarquez-vous dans l'extrait ?

2. Dans les passages narratifs, relevez les phrases ou expressions qui rapportent les différentes étapes de l'invention de Nicolas. Étudiez la progression des réactions de Hodkann au récit de son camarade. Selon vous, quelles émotions successives envahissent Nicolas ? Improvisant cette histoire, à quel métier paraît-il s'initier dans ce chapitre ? En quoi peut-on parler de mise en abyme ?

... une drôle d'histoire

1. Quelle est la lecture dont Nicolas se souvient dans ce passage ? À quel genre littéraire appartient-elle ? À quel personnage s'identifie-t-il ?

2. Que reprend Nicolas à l'histoire que son père lui avait racontée dans le parc d'attractions (voir parcours de lecture n° 2, p. 155) ? Qu'ajoute-t-il ? Que modifie-t-il ? Comment s'appelle ce genre d'histoires, transmises de bouche à oreille et présentées comme véritables sans jamais être prouvées ?

Son récit est un jeu dangereux

1. Dans le dernier paragraphe, relevez les mots ou expressions qui soulignent l'ambiguïté des sentiments de Nicolas. Que craint-il ?

2. Dans ce passage, en quoi l'invention de Nicolas va-t-elle influer sur la réalité ? Que va découvrir la police ? Comment le père apparaîtra-t-il ? Qui va finalement permettre à la police de découvrir la vérité ?

Parcours de lecture n° 4 : l'ultime révélation

Relisez la scène du chapitre 27 dans laquelle Nicolas attend que la maîtresse, qui s'est enfermée dans le bureau pour sa conversation téléphonique, en sorte, de « Des heures s'écoulèrent » à

« le courage de sortir » (p. 133-136), puis répondez aux questions suivantes :

Une prise de conscience implicite

1. En vous aidant des chapitres 25 et 26, expliquez qui parle à la maîtresse à l'autre bout du téléphone, et ce qui est dit.
2. Selon vous, Nicolas a-t-il compris la situation ? Justifiez votre réponse. Formule-t-il ce qu'il croit ?

Une attente insoutenable

1. Repérez dans le texte les indications temporelles. Quelle est la plus récurrente pendant la conversation téléphonique de la maîtresse ? Et quelles sont celles qui reviennent le plus fréquemment ensuite, après qu'elle a raccroché ? En quoi peut-on dire que le temps s'arrête pour Nicolas ?
2. Quelle est l'attitude de Nicolas au début et à la fin de l'extrait ? Quels sont ses mouvements dans ce passage ? Comment l'expliquez-vous ?

Un isolement définitif

1. Observez les différentes mentions de la porte du bureau : que pouvez-vous en conclure sur la place qui sera désormais celle de Nicolas ?
2. Quelles sont les attitudes des autres dans l'esprit de Nicolas ? S'inclut-il dans leur univers ? Justifiez votre réponse en citant des passages précis du texte.

L'imaginaire de Nicolas : tableaux synthétiques

Nicolas est un enfant à l'imagination débordante. Cette faculté est nourrie par ses lectures, dont il est question à plusieurs reprises dans le roman, et par les personnages auxquels il s'identifie. Elle s'exprime dans les histoires qu'il invente, pour mieux apprivoiser ses peurs ou donner corps à ses désirs.

Complétez les deux tableaux suivants de manière à repérer comment les histoires imaginaires que convoque Nicolas lui permettent de donner sens au réel et permettent au lecteur de mieux comprendre le petit garçon et l'intrigue.

Nicolas lecteur

	Lecture de Nicolas	Histoire racontée par cette lecture	Thème principal de cette histoire	Lien avec Nicolas	Lien avec l'intrigue
Chapitre 4					
Chapitre 14					
Chapitre 15					
Chapitre 30					

Nicolas inventeur

	Histoire inventée par Nicolas	Personnages présents	Rôle de Nicolas	Éléments positifs	Éléments négatifs
Chapitre 8					
Chapitre 9					
Chapitre 10					

Figures d'enfants exclus (groupement de textes n° 1)

Nicolas est un garçon timide, qui craint d'être la risée de ses camarades. Les tourments de l'enfance, et particulièrement la souffrance qui naît d'un sentiment d'exclusion, est un thème souvent exploré par la littérature. Dans sa nouvelle « Le Papa de Simon », Maupassant (1850-1893) illustre la difficulté pour l'enfant d'avoir une famille différente de celle des autres. Dans *Le Rouge et le Noir*, Stendhal (1783-1842) souligne que l'exclusion vient parfois de la famille elle-même... Enfin, dans *Sa Majesté des Mouches*, William Golding (1911-1993) situe la source du rejet dans la différence physique de son personnage. Si ces textes rendent tous trois compte de l'humiliation subie par un enfant, ils le font par des moyens très différents, qui suscitent des sentiments contrastés chez le lecteur.

Guy de Maupassant, « Le Papa de Simon », 1881

Un nouvel élève arrive à l'école : Simon, le fils de la Blanchotte, une femme du village. Voici la rencontre du garçon avec ses camarades de classe, à la sortie de l'école.

Quant à Simon, ils ne le connaissaient pas, car il ne sortait jamais et il ne galopinait point avec eux dans les rues[1] du village ou sur les bords de la rivière. Aussi ne l'aimaient-ils guère ; et c'était avec une certaine joie, mêlée d'un étonnement considérable, qu'ils avaient accueilli et qu'ils s'étaient répété l'un à l'autre cette parole

1. ***Ne galopinait point avec eux dans les rues*** : ne faisait pas avec eux l'espiègle (le galopin) dans les rues.

dite par un gars de quatorze ou quinze ans qui paraissait en savoir long tant il clignait finement des yeux :

« Vous savez... Simon... eh bien, il n'a pas de papa. »

Le fils de la Blanchotte parut à son tour sur le seuil de l'école. Il avait sept ou huit ans. Il était un peu pâlot, très propre, avec l'air timide, presque gauche[1]. Il s'en retournait chez sa mère quand les groupes de ses camarades, chuchotant toujours et le regardant avec les yeux malins et cruels des enfants qui méditent un mauvais coup, l'entourèrent peu à peu et finirent par l'enfermer tout à fait. Il restait là, planté au milieu d'eux, surpris et embarrassé, sans comprendre ce qu'on allait lui faire. Mais le gars qui avait apporté la nouvelle, enorgueilli du succès obtenu déjà, lui demanda :

« Comment t'appelles-tu, toi ? »

Il répondit : « Simon.

– Simon quoi ? » reprit l'autre.

L'enfant répéta tout confus : « Simon. »

Le gars lui cria : « On s'appelle Simon quelque chose... c'est pas un nom ça... Simon. »

Et lui, prêt à pleurer, répondit pour la troisième fois : « Je m'appelle Simon. »

Les galopins se mirent à rire. Le gars triomphant éleva la voix : « Vous voyez bien qu'il n'a pas de papa. »

Un grand silence se fit. Les enfants étaient stupéfaits par cette chose extraordinaire, impossible, monstrueuse, – un garçon qui n'a pas de papa ; – ils le regardaient comme un phénomène, un être hors de la nature, et ils sentaient grandir en eux ce mépris, inexpliqué jusque-là, de leurs mères pour la Blanchotte. Quant à Simon, il s'était appuyé contre un arbre pour ne pas tomber ; et il restait comme atterré par un désastre irréparable. Il cherchait à s'expliquer. Mais il ne pouvait rien trouver pour leur répondre, et démentir cette chose affreuse qu'il n'avait pas de papa. Enfin, livide, il leur cria à tout hasard : « Si, j'en ai un.

– Où est-il ? » demanda le gars.

---

1. ***Gauche*** : maladroit.

Simon se tut ; il ne savait pas. Les enfants riaient, très excités ; et ces fils des champs, plus proches des bêtes, éprouvaient ce besoin cruel qui pousse les poules d'une basse-cour à achever l'une d'entre elles aussitôt qu'elle est blessée. Simon avisa tout à coup un petit voisin, le fils d'une veuve, qu'il avait toujours vu, comme lui-même, tout seul avec sa mère.

« Et toi non plus, dit-il, tu n'as pas de papa.

– Si, répondit l'autre, j'en ai un.

– Où est-il ? riposta Simon.

– Il est mort, déclara l'enfant avec une fierté superbe, il est au cimetière, mon papa. »

Un murmure d'approbation courut parmi les garnements, comme si ce fait d'avoir son père mort au cimetière eût grandi leur camarade pour écraser cet autre qui n'en avait point du tout. Et ces polissons, dont les pères étaient, pour la plupart, méchants, ivrognes, voleurs et durs à leurs femmes, se bousculaient en se serrant de plus en plus, comme si eux, les légitimes, eussent voulu étouffer dans une pression celui qui était hors la loi.

L'un, tout à coup, qui se trouvait contre Simon, lui tira la langue d'un air narquois et lui cria :

« Pas de papa ! pas de papa ! »

Simon le saisit à deux mains aux cheveux et se mit à lui cribler les jambes de coups de pied, pendant qu'il lui mordait la joue cruellement. Il se fit une bousculade énorme. Les deux combattants furent séparés, et Simon se trouva frappé, déchiré, meurtri, roulé par terre, au milieu du cercle des galopins qui applaudissaient. Comme il se relevait, en nettoyant machinalement avec sa main sa petite blouse toute sale de poussière, quelqu'un lui cria :

« Va le dire à ton papa. »

Alors il sentit dans son cœur un grand écroulement. Ils étaient plus forts que lui, ils l'avaient battu, et il ne pouvait point leur répondre, car il sentait bien que c'était vrai qu'il n'avait pas de papa. Plein d'orgueil, il essaya pendant quelques secondes de lutter contre les larmes qui l'étranglaient. Il eut une suffocation, puis, sans cris, il se mit à pleurer par grands sanglots qui le secouaient précipitamment.

Alors une joie féroce éclata chez ses ennemis, et naturellement, ainsi que les sauvages dans leurs gaietés terribles, ils se prirent par la main et se mirent à danser en rond autour de lui, en répétant comme un refrain :

«Pas de papa! pas de papa!»

Mais Simon tout à coup cessa de sangloter. Une rage l'affola. Il y avait des pierres sous ses pieds; il les ramassa et, de toutes ses forces, les lança contre ses bourreaux. Deux ou trois furent atteints et se sauvèrent en criant; et il avait l'air tellement formidable qu'une panique eut lieu parmi les autres. Lâches, comme l'est toujours la foule devant un homme exaspéré, ils se débandèrent et s'enfuirent.

Resté seul, le petit enfant sans père se mit à courir vers les champs, car un souvenir lui était venu qui avait amené dans son esprit une grande résolution. Il voulait se noyer dans la rivière.

Guy de Maupassant, «Le Papa de Simon», *Le Papa de Simon et autres nouvelles*, Flammarion, coll. «Étonnants Classiques», 1995, p. 21-24.

Stendhal, *Le Rouge et le Noir*, 1830

Julien Sorel est le fils du scieur de bois du village. Son père le cherche...

En approchant de son usine, le père Sorel appela Julien de sa voix de stentor[1]; personne ne répondit. Il ne vit que ses fils aînés, espèce de géants qui, armés de lourdes haches, équarrissaient[2] les troncs de sapin, qu'ils allaient porter à la scie. Tout occupés à suivre exactement la marque noire tracée sur la pièce de bois, chaque coup de leur hache en séparait des copeaux énormes. Ils n'entendirent pas la voix de leur père. Celui-ci se dirigea vers le hangar; en y entrant, il chercha vainement Julien à la place qu'il aurait dû occuper, à côté de la scie. Il l'aperçût à cinq ou six pieds[3] de haut, à cheval sur l'une

1. ***Voix de stentor*** : voix forte et puissante.
2. ***Équarrissaient*** : taillaient.
3. Le ***pied*** est une ancienne mesure de longueur qui valait environ 0,32 mètre.

des pièces de la toiture. Au lieu de surveiller attentivement l'action de tout le mécanisme, Julien lisait. Rien n'était plus antipathique au vieux Sorel ; il eût peut-être pardonné à Julien sa taille mince, peu propre aux travaux de force, et si différente de celle de ses aînés ; mais cette manie de lecture lui était odieuse : il ne savait pas lire lui-même.

Ce fut en vain qu'il appela Julien deux ou trois fois. L'attention que le jeune homme donnait à son livre, bien plus que le bruit de la scie, l'empêcha d'entendre la terrible voix de son père. Enfin, malgré son âge, celui-ci sauta lestement sur l'arbre soumis à l'action de la scie, et de là sur la poutre transversale qui soutenait le toit. Un coup violent fit voler dans le ruisseau le livre que tenait Julien ; un second coup aussi violent, donné sur la tête, en forme de calotte[1], lui fit perdre l'équilibre. Il allait tomber à douze ou quinze pieds plus bas, au milieu des leviers de la machine en action, qui l'eussent brisé, mais son père le retint de la main gauche comme il tombait.

« Eh bien, paresseux ! tu liras donc toujours tes maudits livres, pendant que tu es de garde à la scie ? Lis-les le soir, quand tu vas perdre ton temps chez le curé, à la bonne heure. »

Julien, quoique étourdi par la force du coup, et tout sanglant, se rapprocha de son poste officiel, à côté de la scie. Il avait les larmes aux yeux, moins à cause de la douleur physique, que pour la perte de son livre qu'il adorait.

« Descends, animal, que je te parle. » Le bruit de la machine empêcha encore Julien d'entendre cet ordre. Son père qui était descendu, ne voulant pas se donner la peine de remonter sur le mécanisme, alla chercher une longue perche pour abattre les noix, et l'en frappa sur l'épaule. À peine Julien fut-il à terre, que le vieux Sorel, le chassant rudement devant lui, le poussa vers la maison. Dieu sait ce qu'il va me faire ! se disait le jeune homme. En passant, il regarda tristement le ruisseau où était tombé son livre ; c'était celui de tous qu'il affectionnait le plus, *Le Mémorial de Sainte-Hélène*[2].

---

1. ***Calotte*** : tape (sur la tête).
2. ***Le Mémorial de Sainte-Hélène*** : récit d'Emmanuel Las Cases dans lequel celui-ci a recueilli les Mémoires de Napoléon Bonaparte.

Il avait les joues pourpres et les yeux baissés. C'était un petit jeune homme de dix-huit à dix-neuf ans, faible en apparence, avec des traits irréguliers, mais délicats, et un nez aquilin[1]. De grands yeux noirs, qui, dans les moments tranquilles, annonçaient de la réflexion et du feu, étaient animés en cet instant de l'expression de la haine la plus féroce. Des cheveux châtain foncé, plantés fort bas, lui donnaient un petit front, et dans les moments de colère, un air méchant. Parmi les innombrables variétés de la physionomie humaine, il n'en est peut-être point qui se soit distinguée par une spécialité plus saisissante. Une taille svelte[2] et bien prise annonçait plus de légèreté que de vigueur. Dès sa première jeunesse, son air extrêmement pensif et sa grande pâleur avaient donné l'idée à son père qu'il ne vivrait pas, ou qu'il vivrait pour être une charge à sa famille. Objet des mépris de tous à la maison, il haïssait ses frères et son père ; dans les jeux du dimanche, sur la place publique, il était toujours battu.

Stendhal, *Le Rouge et le Noir*, GF-Flammarion, 1964,
première partie, chapitre IV, p. 37-39.

William Golding, *Sa Majesté des Mouches*, 1954

À la suite du crash de leur avion, des enfants se retrouvent éparpillés sur une île. Asthmatique et obèse, Piggy a lié connaissance avec Ralph, grand et sportif. Ils rencontrent les autres enfants. Ralph, qui a trouvé une conque, coquillage permettant de produire un son puissant quand on souffle dedans, est désigné comme chef et s'apprête à partir explorer l'île.

« Il faudrait connaître tous les noms. Je m'appelle Ralph.

– On les connaît presque tous. On vient de les dire, affirma Piggy.

---

1. ***Aquilin*** : nez fin et recourbé en bec d'aigle.
2. ***Svelte*** : fine et élancée.

– Des gosses ! laissa tomber Merridew. [...] Moi c'est Merridew. »

Ralph se tourna brusquement vers lui. Ce garçon-là savait ce qu'il voulait.

« Alors, continua Piggy, ce garçon... j'ai oublié...

– Tu parles trop, l'interrompit Jack Merridew. La ferme, le gros ! »

Des rires fusèrent.

« Il ne s'appelle pas le Gros, cria Ralph. Son vrai nom, c'est Piggy[1] !

– Piggy !

– Piggy !

– Oh ! Piggy ! »

Ce fut un éclat de rire général auquel se joignirent même les plus petits. Pendant un bref instant il se forma un circuit fermé de sympathie dont Piggy était exclu. Celui-ci rougit, baissa la tête et s'absorba dans le nettoyage de ses lunettes. [...]

Ralph sourit et leva la conque pour que les garçons se taisent.

« Écoutez tous. [...] Si on n'est pas sur une île, ce sera facile de nous tirer de là. Alors, il faut d'abord s'assurer de ça. Que personne ne s'éloigne, il faut rester ensemble. Nous partirons en exploration à trois – pas plus parce qu'on se perdrait les uns les autres – et nous verrons si c'est une île. Moi j'y vais et puis Jack et puis...

Il fit du regard le tour des visages ardents qui l'entouraient. Il ne manquait pas de choix.

« Et Simon. » [...]

Piggy s'avança.

« Moi aussi je viens. »

Ralph se tourna vers lui.

« Toi, tu ne servirais à rien dans un truc de ce genre.

– Quand même...

– On n'a pas besoin de toi, décida Jack, péremptoire[2]. On est assez de trois. »

---

1. *Piggy* : ce nom apparaît comme un diminutif de *pig*, qui signifie « cochon » en anglais.

2. *Péremptoire* : autoritaire.

Les lunettes de Piggy lancèrent un éclair.

«J'étais avec lui quand il a trouvé la conque. J'étais le premier avec lui.»

Ni Jack ni les autres ne firent attention à lui. Tous se dispersaient déjà. Ralph, Jack et Simon bondirent au bas du plateau et, dans le sable, longèrent la piscine. Piggy les suivait en bourdonnant. [...] Enfin, Ralph s'arrêta et parla à Piggy.

«Écoute!»

Jack et Simon firent semblant de ne rien remarquer et poursuivirent leur chemin.

«Tu ne peux pas venir.»

Les lunettes de Piggy s'embrumèrent... cette fois d'humiliation.

«Tu leur as dit. Pourtant, je t'avais bien demandé...»

Son visage s'empourpra, ses lèvres commencèrent à trembler.

«Pourtant je t'avais bien dit que je ne voulais pas...

– Mais je ne comprends pas de quoi tu parles...

– Qu'on m'appelle Piggy. Je t'ai dit que tout m'était égal pourvu qu'on ne m'appelle pas Piggy. Je t'ai demandé de ne pas le dire, et toi la première chose que tu fais...»

Le silence se creusa entre eux. Ralph regarda Piggy avec plus de compréhension et le vit cruellement blessé. Il hésita entre des excuses ou une autre insulte.

«Il vaut mieux encore Piggy que "le Gros", dit-il enfin carrément, en vrai chef. En tout cas, je regrette que tu en sois vexé. Mais retourne maintenant, Piggy, et relève les noms des autres. C'est ton travail. À tout à l'heure.»

Il rattrapa les autres en courant.

William Golding, *Sa Majesté des Mouches*,
trad. Lola Tranec, © Gallimard, coll. «Folio junior»,
2007, p. 30 et 34-37.

Étude comparative

Dans un tableau, organisez les réponses aux questions suivantes :

1. Qui est l'enfant exclu ? Est-il décrit ? Par qui est-il exclu ? Pourquoi ? Comment réagit-il ?
2. Quel est l'événement qui montre l'exclusion ?
3. Quel sentiment éprouve le lecteur à l'égard de l'enfant exclu ? Justifiez votre réponse en vous appuyant précisément sur les textes.
4. Dans chacun des textes, le narrateur prend-il parti pour le personnage ? Justifiez votre réponse en vous appuyant précisément sur les extraits.

Question de synthèse

Comment la narration de ces trois textes permet-elle de rendre compte de l'humiliation subie par l'enfant ?

Écriture

À votre tour, racontez un moment de honte, d'injustice ou d'exclusion d'un enfant par un groupe. Vous utiliserez la troisième personne du singulier et mettrez en scène un moment dramatique de cette exclusion, incluant une description physique et un dialogue. Votre texte, d'une page, devra permettre de comprendre pourquoi l'enfant est exclu.

Figures de rêveurs (groupement de textes n° 2)

Un héros de roman qui est avant tout un grand rêveur... Nicolas est issu d'une longue tradition littéraire qui, depuis *Don Quichotte* de Cervantès (1547-1616), fait du rêve une source d'interrogation et d'imagination. Mais les romanciers recourent à ce motif de différentes manières, avec des objectifs divers. Si Cervantès veut amuser le lecteur, le récit de Flaubert (1821-1880), dans *L'Éducation sentimentale*, se charge d'ironie. Quant à Dostoïevski (1821-1881), il fait du rêve l'occasion d'une prise de conscience pour son personnage...

Miguel de Cervantès, *Don Quichotte de la Manche*, 1615

Dans *Don Quichotte de la Manche*, l'Espagnol Miguel de Cervantès invente un personnage qui se prend pour un héros de romans de chevalerie écrits au Moyen Âge. Voici le début de son aventure.

Son imagination se remplit de tout ce qu'il avait lu dans les livres, enchantements, querelles, défis, batailles, blessures, galanteries, amours, tempêtes, et extravagances[1] impossibles ; et il se fourra si bien dans la tête que tout ce magasin d'inventions rêvées était la vérité pure, qu'il n'y eut pour lui nulle autre histoire plus certaine dans le monde. [...]

Finalement, ayant perdu l'esprit sans ressource, il vint à donner dans[2] la plus étrange pensée dont jamais fou se fût avisé dans le monde. Il lui parut convenable et nécessaire, aussi bien pour l'éclat de sa gloire que pour le service de son pays, de se faire chevalier errant, de s'en aller par le monde, avec son cheval et ses armes, chercher les aventures, et de pratiquer tout ce qu'il avait lu que pratiquaient les chevaliers errants, redressant toutes sortes de torts, et s'exposant à tant de rencontres, à tant de périls, qu'il acquît, en les surmontant, une éternelle renommée. [...] Ainsi, emporté par de si douces pensées et par l'ineffable[3] attrait qu'il y trouvait, il se hâta de mettre son désir en pratique. [...]

Cela fait, il alla visiter sa monture[4] ; et, quoique l'animal eût plus de tares que de membres, [...] à la fin il vint à l'appeler Rossinante,

1. ***Extravagances*** : folies.
2. ***Donner dans*** : verser dans, s'adonner à.
3. ***Ineffable*** : inexprimable.
4. ***Il alla visiter sa monture*** : il rendit visite à son cheval.

nom, à son idée, majestueux et sonore, qui signifiait ce qu'il avait été et ce qu'il était devenu, la première de toutes les rosses[1] du monde.

Ayant donné à son cheval un nom si à sa fantaisie, il voulut s'en donner un à lui-même, et cette pensée lui prit huit autres jours, au bout desquels il décida de s'appeler Don Quichotte. [...] Se rappelant alors que le valeureux Amadis[2] ne s'était pas contenté de s'appeler Amadis tout court, mais qu'il avait ajouté à son nom celui de sa patrie, pour la rendre fameuse, et s'était appelé Amadis de Gaule, il voulut aussi, en bon chevalier, ajouter au sien le nom de la sienne, et s'appeler Don Quichotte de la Manche; s'imaginant qu'il désignait clairement par là sa race et sa patrie, et qu'il honorait celle-ci en prenant d'elle son surnom.

Miguel de Cervantès, *Don Quichotte de la Manche*, trad. Louis Viardot, GF-Flammarion, 1969, première partie, chapitre I, p. 52-54.

Gustave Flaubert, *L'Éducation sentimentale*, 1869

Dans *L'Éducation sentimentale*, Flaubert raconte l'amour que nourrit Frédéric Moreau pour Mme Arnoux, une femme mariée.

La contemplation de cette femme l'énervait, comme l'usage d'un parfum trop fort. Cela descendit dans les profondeurs de son tempérament, et devenait presque une manière générale de sentir, un mode nouveau d'exister. [...]

Quand il allait au Jardin des Plantes, la vue d'un palmier l'entraînait vers des pays lointains. Ils voyageaient ensemble, au dos des dromadaires, sous le tendelet[3] des éléphants, dans la cabine d'un yacht parmi des archipels bleus, ou côte à côte sur deux mulets à clo-

1. ***Rosses*** : mauvais chevaux.
2. ***Amadis*** : héros éponyme du roman de chevalerie *Amadis de Gaule*, de Garci Rodríguez de Montalvo (1508).
3. ***Tendelet*** : petite cabine de pilotage que l'on installe sur la selle des pachydermes.

chettes, qui trébuchent dans les herbes contre des colonnes brisées. Quelquefois, il s'arrêtait au Louvre devant de vieux tableaux ; et son amour l'embrassant jusque dans les siècles disparus, il la substituait aux personnages des peintures. Coiffée d'un hennin[1], elle priait à deux genoux derrière un vitrage de plomb. Seigneuresse des Castilles ou des Flandres, elle se tenait assise, avec une fraise empesée[2] et un corps de baleines à gros bouillons[3]. Puis elle descendait quelque grand escalier de porphyre[4], au milieu des sénateurs, sous un dais[5] de plumes d'autruche, dans une robe de brocart[6]. D'autres fois, il la rêvait en pantalon de soie jaune, sur les coussins d'un harem ; – et tout ce qui était beau, le scintillement des étoiles, certains airs de musique, l'allure d'une phrase, un contour, l'amenaient à sa pensée d'une façon brusque et insensible.

Quant à essayer d'en faire sa maîtresse, il était sûr que toute tentative serait vaine.

Gustave Flaubert, *L'Éducation sentimentale*, GF-Flammarion, 2001, première partie, chapitre V, p. 131-132.

Dostoïevski, *Le Rêve d'un homme ridicule*, 1876

Dans *Le Rêve d'un homme ridicule,* l'écrivain russe Fiodor Dostoïevski prend pour narrateur un homme sur le point de se suicider.

Je vous ai dit que je m'étais endormi à force de raisonnements sur ce qui me préoccupait.

---

1. ***Hennin*** : longue coiffe conique, très élevée et surmontée d'un voile flottant, que portaient les femmes aux XIVe et XVe siècles.
2. ***Une fraise empesée*** : un col rond et rigide, plissé sur plusieurs rangs, porté aux XVIe et XVIIe siècles.
3. ***Un corps de baleines à gros bouillons*** : une robe à corsets avec de larges plis bouffants.
4. ***Porphyre*** : roche volcanique réputée pour sa solidité et son éclat.
5. ***Dais*** : baldaquin.
6. ***Brocart*** : soie piquée d'or ou d'argent.

Tout à coup je me vis en songe, saisissant le revolver et me l'appliquant, non sur la tempe, mais sur le cœur. J'avais pourtant bien résolu de me brûler la cervelle en posant la gueule du pistolet sur ma tempe droite. Je demeurai un instant immobile, le bout du canon de l'arme appuyé sur ma poitrine ; la bougie, la table et le mur se mirent à danser. Je tirai.

Dans les songes il vous arrive de tomber d'une hauteur, de vous voir égorgé ou tout au moins maltraité sans éprouver la moindre douleur physique, à moins qu'en faisant un mouvement vous ne vous blessiez réellement dans votre lit, ce qui est rare. Il n'en fut pas autrement dans ce rêve. Je ne souffris pas ; toutefois il me sembla que tout tremblait en moi. Les ténèbres se firent. Je me trouvai couché, la face tournée vers le plafond de ma chambre. Je ne pouvais faire un seul mouvement, mais autour de moi on s'agitait. Le capitaine parlait de sa voix de basse-taille[1], la patronne du logement poussait des cris aigus[2]… et voilà que, sans autre transition, on me mit dans un cercueil que l'on referma. Je sentis que le cercueil était porté ; je fis quelques réflexions vagues à ce sujet, et tout à coup, pour la première fois, me frappa l'idée que j'étais mort, que je ne pouvais en douter, que je ne pouvais ni voir, ni bouger, ni parler, mais que je continuais à sentir et à raisonner. Je m'habituai très promptement à cette idée, comme il arrive toujours dans les songes où l'on accepte tout sans s'étonner.

Sans aucune cérémonie, on me mit en terre. Déjà tout le monde était parti. J'étais là, dans ma tombe, abandonné, oublié. Auparavant, quand je pensais à mon enterrement, bien loin dans le futur, je m'imaginais toujours éprouver une sensation de froid et d'humidité, une fois enfermé dans mon caveau. Ce fut bien ce que je ressentis alors ; mes pieds surtout étaient glacés.

Je n'attendais plus rien, admettant facilement qu'un mort n'a plus rien à attendre. Il se passa alors des heures, des jours, ou des mois…

---

1. ***Voix de basse-taille*** : voix d'homme plus grave que la voix de baryton.
2. Le capitaine et la patronne du logement sont les voisins que le narrateur entend à travers les murs de sa chambre.

… Mais, subitement, tomba sur mon œil gauche fermé une goutte d'eau qui avait traversé le couvercle du cercueil puis une seconde, puis une troisième…

En même temps s'éveillait en moi une douleur physique : «C'est ma blessure, pensais-je, c'est le coup de revolver; la balle est là!…» Et la goutte d'eau tombait toujours, peut-être de minute en minute, et toujours sur mon œil. Je me mis, comment dirais-je? à prier, à implorer, à défier, non par des paroles, mais par un élan intérieur de tout mon être, Celui qui permettait, qui avait ordonné tout ce qui venait de se passer. […]

Et ma tombe s'ouvrit.

Fiodor Dostoïevski, *Le Rêve d'un homme ridicule*,
trad. J.-W. Bienstock et John-Antoine Nau,
E. Fasquelle, 1904, chapitre III.

Questions

1. Pour chacun des trois textes, cherchez sur quel(s) détail(s) de la réalité du personnage son rêve prend appui.
2. Dans chacun des textes, le rêve est-il moteur dans l'action? Justifiez vos réponses.
3. Le rêve est-il pour les personnages de ces textes l'occasion de s'inventer une autre vie? Justifiez votre réponse.

Écriture

1. Fiction dans la fiction, le rêve est-il un bon moyen de faire avancer l'intrigue? Vous proposerez une réponse nuancée développant au moins quatre arguments différents.
2. À votre tour, vous racontez un rêve qui a eu une importance dans votre vie. Vous veillerez à relier ce rêve à la réalité, et à bien montrer son enjeu.

Pour aller plus loin : l'adolescence en questions

Le passage de l'enfance à l'âge adulte, que traverse Nicolas dans *La Classe de neige*, est un moment crucial pour la construction de l'identité et s'accompagne de crises que la psychanalyse nous aide à mettre au jour afin d'apprivoiser ce qui s'y joue.
Freud, le père de la psychanalyse, a identifié le rôle des désirs enfantins dans les choix de l'individu adulte. Françoise Dolto s'intéresse plus précisément à la métamorphose que représente le passage à l'âge adulte, tandis que Winnicott fait le lien entre les souffrances de l'enfance et les difficultés de l'adolescence. Ces trois textes offrent des pistes pour comprendre les difficultés de Nicolas, mais aussi celles que tout adolescent peut rencontrer.

Freud, *Cinq Leçons sur la psychanalyse, Quatrième leçon*, 1908

L'Autrichien Sigmund Freud (1856-1939) est à l'origine de la psychanalyse, qui vise à soigner par la parole libre les troubles psychiques des individus. Sa plus grande découverte est celle de l'inconscient : une partie de l'esprit qui garde ancrés les désirs de l'enfant que chacun a été, devenus impossibles à assouvir au fur et à mesure de l'apprentissage, et qui les fait peser dans les choix de l'individu adulte. Parmi eux, le plus célèbre est le complexe d'Œdipe, que Freud explique ici.

La relation des enfants à leurs parents, comme le révèlent l'observation directe de l'enfant et l'exploration analytique ultérieure de l'adulte, n'est nullement exempte[1] d'éléments d'excitation sexuelle

1. ***Exempte*** : affranchie, libérée.

collatérale. L'enfant prend comme objet de ses souhaits érotiques les deux parents et plus particulièrement l'un des deux. Habituellement, il suit en l'occurrence lui-même une incitation des parents, dont la tendresse a les caractères les plus distincts d'une activité sexuelle, même si elle est inhibée quant à ses buts. En général, le père préfère la fille, la mère, le fils; l'enfant réagit à cela en souhaitant, fils, prendre la place du père, fille, celle de la mère. Les sentiments qui sont éveillés dans ces relations entre parents et enfants et dans les relations réciproques entre frères et sœurs qui prennent appui sur les premières, ne sont pas seulement de nature positive, tendre, mais aussi de nature négative, hostile. Le complexe ainsi constitué est destiné à un refoulement[1] rapide, mais il exerce encore à partir de l'inconscient un effet de grande ampleur et tenace. [...] Le mythe du roi Œdipe, qui tue son père et prend sa mère pour femme, est une révélation encore peu modifiée du souhait infantile auquel s'oppose ultérieurement la dissuasion de la barrière de l'*inceste*[2].

Sigmund Freud, *Sur la psychanalyse. Cinq leçons données à la Clark University*,
trad. Fernand Cambon, Flammarion, coll. «Champs», 2010.

1. Cherchez dans une encyclopédie l'histoire du roi Œdipe, et résumez-la. Pour Freud, pourquoi correspond-elle au désir de l'enfant?
2. Qu'arrive-t-il à ce désir dans le développement de l'enfant?

Françoise Dolto, *Paroles pour adolescents ou le Complexe du homard*, 1989

Françoise Dolto (1908-1988) est une psychiatre et psychanalyste française qui s'est beaucoup intéressée à la psychanalyse de

1. ***Refoulement*** : travail que fait la conscience pour «oublier» les désirs non conformes à la loi. Ces désirs passent alors dans l'inconscient, où ils restent actifs.
2. ***L'inceste*** : désigne des relations sexuelles entre deux membres de la même famille. Il est proscrit dans toutes les sociétés humaines.

l'enfant. Dans ce livre paru à titre posthume, elle cherche à donner des mots justes pour parler des transformations de l'adolescence.

L'adolescence c'est comme une seconde naissance qui se ferait progressivement. Il faut quitter peu à peu la protection familiale. Quitter l'enfance, faire disparaître l'enfant en nous, c'est une mutation. Ça donne par moments l'impression de mourir. Ça va vite, quelquefois trop vite. La nature travaille à son propre rythme. Il faut suivre et on n'est pas toujours prêt. On sait ce qui meurt mais on ne voit pas encore vers quoi on va. Ça ne «colle plus» mais on ne sait pas bien pourquoi ni comment. Plus rien n'est comme avant, mais c'est indéfinissable. [...] Il y a de l'insécurité dans l'air, il y a le désir de s'en sortir et le manque de confiance en soi. On a besoin à la fois de contrôle et de liberté, ce n'est pas facile de trouver le bon équilibre entre les deux. [...]

On voudrait parler adulte mais on n'en a pas encore les moyens. On aimerait prendre la parole et être écouté vraiment. Quand on nous laisse la prendre, c'est trop souvent pour nous juger sans nous entendre. On s'avance en parlant et on se retrouve piégé.

On sent que c'est vital de quitter ses parents un jour. Alors il faut déjà quitter un certain type de relations avec eux. On veut aller vers une vie différente, mais quelle vie? On perd ses défenses, ses moyens de communication habituels sans avoir pu en inventer de nouveaux. Les homards, quand ils changent de carapace, perdent d'abord l'ancienne et restent sans défense le temps d'en fabriquer une nouvelle. Pendant ce temps-là ils sont très en danger. Pour les adolescents c'est un peu la même chose.

Françoise Dolto, Catherine Dolto, Colette Parcheminier,
Paroles pour adolescents ou le Complexe du homard,
© Gallimard jeunesse, 1999.

1. Quel est l'enjeu de l'adolescence selon Françoise Dolto? Pourquoi dit-elle à la fois que c'est «une seconde naissance» et que cette étape procure «l'impression de mourir»?

2. Pourquoi construit-elle une analogie entre les adolescents et les homards ? Quelle est la « nouvelle carapace » que doivent construire les adolescents ?

D.W. Winnicott, *Déprivation et Délinquance*, 1984

Le psychanalyste américain D.W. Winnicott (1896-1971) a beaucoup étudié les difficultés de l'enfance et de l'adolescence. Ici, il appelle « tendance antisociale » l'ensemble des comportements adolescents qui vont contre la vie en société : dépression, repli sur soi, rébellion, suicide, drogues...

À la racine de la tendance antisociale, il y a toujours une déprivation. Soit tout simplement qu'à un moment critique la mère ait été repliée ou déprimée, soit que la famille se soit disloquée ; même une déprivation mineure peut avoir (si elle se présente à un moment difficile) une conséquence durable en soumettant les défenses disponibles à une trop grande pression. Derrière la tendance antisociale, il y a toujours un noyau sain et ensuite une interruption, après laquelle les choses n'ont jamais plus été les mêmes. L'enfant antisocial cherche d'une façon ou d'une autre, violemment ou avec douceur, à faire reconnaître la dette que le monde a envers lui, ou à essayer de faire que le monde lui réédifie le cadre qui a été brisé. Donc, à la racine de la tendance antisociale, il y a cette déprivation. Il n'est pas possible de dire qu'il y ait toujours à la racine de l'adolescence une déprivation, toutefois il y a quelque chose d'analogue quoique moins fort et diffus, juste à la limite des défenses disponibles.

D.W. Winnicott, trad. Madeleine Michelin et Lynn Rosaz,
Déprivation et Délinquance,

1. Cherchez la définition de « déprivation ». À quel moment intervient-elle selon Winnicott : avant, pendant ou après l'adolescence ?

2. Selon Winnicott, que fait l'adolescent à tendance antisociale par rapport à cette déprivation ? Comment comprenez-vous la phrase : « faire reconnaître la dette que le monde a envers lui » ?

La Classe de neige, la presse en a parlé

Article de *Paris-Match*, 6 juillet 1995

Quand le fait d'hiver vous glace les sangs, d'Emmanuel Carrère

Sauvé *in extremis* du grand sommeil, le déclaré petit somnambule se love dans la fièvre comme dans un refuge avant d'affronter un drame qu'il a depuis son arrivée douloureusement pressenti et qui, aujourd'hui, frappe à la porte du chalet. Un gosse du pays a été retrouvé assassiné par un sadique. À ce point-là du récit, que dire de plus sinon que l'épilogue cauchemardesque vous serre la gorge et vous brouille la vue. L'auteur lui-même avoue avoir « chialé » en l'écrivant. « J'étais seul pendant un mois dans une petite maison en Bretagne, devant mon ordinateur. Au fur et à mesure que j'avançais dans l'histoire, j'étais de plus en plus terrifié », dit-il. Tout l'art d'Emmanuel Carrère consiste à entretenir le tic-tac de sa machine infernale avec la précision d'un artificier. Et cela est d'autant plus efficace que sa langue est limpide, bien élevée. Mais où diable a-t-il été chercher tout ça ? Dans son imaginaire, bien sûr, dans la vie, dans ses lectures, dans « La Steppe[1] » de Tchekhov, par exemple, qu'il lit dans le texte (maman, grande spécialiste de la Russie, oblige !) : cette nouvelle nous raconte l'histoire d'un jeune garçon

1. *« La Steppe »* : nouvelle d'Anton Tchekhov (1860-1904) parue la première fois en 1888.

qui quitte sa campagne natale pour le collège... «Que sera maintenant sa vie?» écrit le Russe. On se pose la même question avec angoisse à propos du petit Nicolas, après «la classe de neige».

Bernard Giquel, © *Paris-Match*, 6 juillet 1995.

Article du *Figaro*, 25 mai 1995

Voyage dans l'imaginaire enfantin

C'est l'histoire, violente et brève, d'un petit garçon comme il y en a tant : craintif et sage, écrasé par l'autorité des grandes personnes et qui cache sous ses boucles blondes et son sourire d'ange, mille peurs, mille désirs refoulés, dont il ne connaît pas le nom, dont il ignore à la fois les effets sournois et les causes profondes. Ce petit garçon, qui s'appelle Nicolas, est silencieux, timide et tendre, victime idéale pour qui voudrait abuser de sa faiblesse, de sa crédulité.

Emmanuel Carrère a choisi pour héros d'un roman aussi bref qu'un orage cet enfant sans histoires, banal en apparence, innocent bambin en proie à toutes les terreurs de sa jeune existence. Il nous le présente dans cette parenthèse qui est, paradoxalement, un moment clé de la vie scolaire – la classe de neige –, aventure obligatoire à école primaire, plus ou moins jouissive ou plus ou moins traumatisante selon les individus. Pour les uns, les plus audacieux, occasion d'émancipation, première ébauche d'une liberté future, elle est pour les plus fragiles une épreuve terrible. Comment affronter en effet sans frayeur, et sans choc psychique, ces semaines hors du cercle rassurant de la famille où, arrachés au cocon, à la bienveillance maternelle, livrés au contrôle de moniteurs qu'ils ne connaissent pas encore et à la promiscuité de camarades que le contexte transforme, pour quelques-uns, en diables sinon en vrais bourreaux, ils doivent tenter de se débrouiller seuls, et se conduire en grands – ce qui n'est pas à la portée de chacun. Nicolas apparaît dans toute la fragilité de son âge. Sensible, doux et paisible, il a des manières de fille, et beaucoup de difficultés à communiquer. Le moindre geste, la moindre parole l'intimident ou le blessent.

Par levées de voiles sur le secret de l'enfant, esquisses d'un douloureux passé, on devine que Nicolas est malheureux chez lui, entre une mère renfermée et triste et un père du genre tyran domestique qui a l'art de s'imposer par la terreur. Pour le faire tenir tranquille, il raconte à son fils aîné des histoires atroces d'enfants kidnappés, mutilés, accidentés, où les grands méchants loups ont des couteaux de bouchers... Nicolas en développe des rêves sombres, prémonitoires d'un destin futur...

Délivré pour un temps de l'atmosphère lourde du foyer, où le père – représentant de commerce – vient échouer les fins de semaine qu'il passe bizarrement, sans que l'enfant en comprenne la raison, à s'abrutir de somnifères, le petit bonhomme ne parvient à s'acclimater à la gaieté, à l'insouciance de la classe de neige que pour affronter un drame qui le ramène au sien : la mort d'un gosse du village, dénommé René, victime suppliciée d'un sadique. Tandis que la police recherche le criminel, Nicolas devine obscurément qu'il va se trouver impliqué un jour dans le plus vilain, le plus méchant des contes de fées, celui qui met en scène l'ogre au long couteau et aux babines sanglantes.

Le talent d'Emmanuel Carrère, qui avait obtenu le prix Passion en 1984 pour un premier roman nommé *Bravoure,* est ici dans le raccourci et dans la fièvre. Dans *La Classe de neige,* il ne cultive guère le style. Il raconte avec une économie de moyens qui confine à l'austérité, sinon à la parcimonie, un drame dont on sent bien, à l'émotion qui sous-tend cette prose nue, simplissime, qu'il l'a passionnément vécu. Sinon pour de bon, mais dans son imagination, en se mettant dans la peau de l'enfant, et en refusant de porter sur lui un regard d'adulte : *La Classe de neige* est un voyage dans l'imaginaire enfantin, dans ses ombres, dans ses souffrances intolérables. Le drame de Nicolas trouve par sa concision, par sa violence contenue, qui jamais n'éclate mais poursuit ses ravages en profondeur, l'écho des vérités en sourdine. Le roman d'Emmanuel Carrère évoque ces orages qui grondent au loin, l'été, sur des paysages inconnus et passent au-dessus des têtes sans jamais éclater en pluie, n'apportant ni fraîcheur, ni douceur, ni apaisement au climat étouffant et torride, mais pèsent de tout leur poids, invisible, secret, comme une chape, sur le cœur des gens.

Article des *Inrockuptibles*, 24 mai 1995

Piste de signes

Récit. Avouons-le, le nouvel opus[1] d'Emmanuel Carrère (auteur de *La Moustache* chez P.O.L., ainsi que d'une belle biographie de Philip K. Dick au Seuil) laisse un rien perplexe. À ménager la chèvre et le chou, acrobatiquement assis entre deux chaises, Carrère a peut-être visé un peu «court». Sachons-lui gré, en tout cas, de l'honnêteté de son titre : il s'agit bien du séjour de pré-adolescents sur des pentes enneigées, à fin de détente para-éducative. Le héros qui, comme celui de Sempé[2], se prénomme Nicolas, est un gamin angoissé, incontinent[3], un peu mythomane[4] et très sérieusement travaillé par son œdipe[5]. Il arrive en classe de neige accompagné en voiture par son père. Mauvais point : Nicolas se fait tout de suite remarquer, d'autant que, papa reparti, l'on s'aperçoit que les bagages sont restés dans le coffre du véhicule : on frise la catastrophe… Le récit se met alors doucement en place avec la relation de Nicolas et du grand costaud de la bande, Hodkann, la terreur des dortoirs, puis décolle soudain avec la disparition de René, enfant de la région,

---

1. ***Opus*** : œuvre (s'emploie au sens propre pour une œuvre musicale; suivi d'un numéro, il permet de situer cette œuvre dans la production d'un compositeur).
2. Allusion au ***Petit Nicolas***, œuvre de littérature écrite pour la jeunesse par René Goscinny de 1955 à 1965 et illustrée par Jean-Jacques Sempé. Elle prend la forme de courts récits où se mêlent humour et regard tendre sur les facéties de l'enfance.
3. ***Incontinent*** : qui ne contrôle pas l'émission de son urine (Nicolas urine encore parfois quand il dort).
4. ***Mythomane*** : présentant comme réelles, sans avoir l'intention de mentir, des choses qui ne le sont pas.
5. Voir présentation, p. 16.

introuvable depuis plusieurs jours. Le mystère s'épaissit… On progresse alors par petites touches de frayeurs successives, dans une atmosphère revendiquée de Club des Cinq ou de Signes de piste. Si prompts à imaginer le pire, les protagonistes se démènent tant bien que mal, les moon-boots dans la neige, sur les pentes immaculées[1] et sur la page blanche de leur propre futur, page légèrement maculée par les soupçons qui ne tardent pas à peser sur le père du héros. Le suspens tient et déçoit à la fois, à l'image du livre tout entier, qui, s'il parvient à capter l'attention, et même à émouvoir, reste tout de même victime de sa fin « ouverte ». Reste, en point fort, une réelle acuité[2] dans la description impressionniste des terreurs et mythomanies enfantines : on avait presque fini par oublier (refouler ?) le choc qu'a dû représenter la découverte, pour nos carcasses futures, de l'imparable contingence[3] du mal.

Bruno Gendre, © *Les Inrockuptibles*, 24 mai 1995.

1. Recherchez à quel type de journal correspondent chacun de ces trois extraits. Que remarquez-vous dans les titres des articles ?
2. Repérez dans chacun des articles ces trois étapes : éléments d'intrigue, éléments sur l'auteur, avis formulé par le critique. Quel article vous semble le plus apte à donner envie de lire le roman ? Justifiez votre réponse.
3. À votre tour, rédigez une critique de *La Classe de neige* pour le journal de votre établissement.

---

1. ***Immaculées*** : d'un blanc pur.
2. ***Acuité*** : perspicacité, finesse.
3. ***Contingence*** : possibilité.

Interview d'Emmanuel Carrère

FANNY TAILLANDIER : Comment avez-vous eu l'idée d'écrire *La Classe de neige* ? En quoi vous paraissait-il intéressant de prendre un enfant pour héros ?

EMMANUEL CARRÈRE : La vérité, qui n'est pas très gaie, est que j'avais lu un article dans les années 1990 sur un criminel qui était un épouvantable assassin d'enfant, et le journaliste dans son portrait mentionnait le fait qu'il était père. On est toujours effrayé de lire un article de la sorte ; il n'y a pas de gradation dans l'horreur, mais qu'il soit père me semblait encore plus effroyable. Que ressentait l'enfant ? Le journaliste n'en disait rien. J'ai essayé d'imaginer à hauteur d'enfant ; en étant dans sa tête et ses sensations – il est très perturbé. On dit toujours que les enfants savent tout, même inconsciemment. Et Nicolas passe son temps à ne pas vouloir savoir.

F. T. : Vous avez appelé votre personnage Nicolas en référence au *Petit Nicolas*[1] de Sempé. C'est paradoxal... Et vous, quel genre de Nicolas étiez-vous ?

E.C. : Oui, c'est peut-être une version noire du *Petit Nicolas*. Enfant, j'étais à mi-chemin entre les deux. Je n'avais pas de raison d'avoir peur, mais j'étais quand même du genre inquiet. Je lisais beaucoup, avec une prédilection pour les histoires qui me faisaient peur. J'avais un côté Agnan[2], chouchou de la maîtresse...

F. T. : Aviez-vous une idée claire de l'intrigue dès le début ? Avez-vous travaillé avec des plans, chapitre par chapitre, ou au fil des pages ? Avez-vous rencontré des difficultés ?

E.C. : La seule idée que j'avais à l'origine correspondait aux quinze ou vingt dernières pages, le voyage de retour. C'était ce que je

---

1. ***Le Petit Nicolas*** : voir note 2, p. 181.

2. ***Agnan*** : personnage du *Petit Nicolas* de Goscinny et Sempé, camarade du héros, très sérieux et toujours prêt à s'instruire.

me proposais de raconter, ce voyage avec quelqu'un de bon mais qui ne peut parler. La proportion s'est totalement inversée dès l'instant où j'ai commencé à écrire : le reste du récit qui devait être l'introduction au voyage de retour est devenu le roman. C'est allé très vite, et de façon improvisée, sans plan. J'ai eu l'impression de me contenter de tirer un fil. Il y a deux types de livres dans mon œuvre, les puzzles à assembler, ou les pelotes où l'on tire un fil et tout se dévide – même si parfois cela casse, car il y a aussi beaucoup de fausses pistes. Ensuite j'ai eu à faire de petites retouches, mais rien de plus que du style. C'était très surprenant pour moi-même !

F. T. : *La Classe de neige* vous a valu le prestigieux prix Femina. Qu'est-ce que cela représentait pour vous à l'époque ? Aimez-vous les moments de promotion de vos livres ?

E.C. : Ça m'a fait plaisir. Les grands prix littéraires sont souvent attribués aux romans publiés pendant la rentrée de septembre, et le mien était paru en mars. Le prix est venu de façon inattendue. Pour ce qui est de la promotion, si ça me déplaisait, je ne le ferais pas. J'estime devoir le faire. C'est plus ou moins agréable selon les livres, mais souvent cela occasionne un dialogue très intéressant avec les lecteurs. Néanmoins, la partie importante, c'est l'écriture.

F. T. : L'adaptation à l'écran du roman avec le réalisateur Claude Miller en 1998[1] a été votre initiation au cinéma. Par la suite, vous avez vous-même réalisé l'adaptation de *La Moustache*, un autre de vos récits. Que trouvez-vous de plus dans le cinéma, que vous ne trouvez pas dans l'écriture ?

E.C. : J'avais déjà travaillé comme scénariste. *A priori* je n'étais pas très chaud, mais je connaissais Miller et nos relations étaient bonnes. Il m'a dit : « Tu connais bien ce livre, tu es la bonne personne pour travailler sur ce texte. » Alors on est partis quelques jours à la campagne, on a lu en décidant ce qu'on gardait, ensuite j'ai rédigé le scénario et je l'ai envoyé à Claude.

---

1. Voir p. 185.

Dans le cas de *La Classe de neige*, qui repose sur une alternance réalisme/fantasme, j'étais perplexe sur l'idée d'une adaptation, mais Claude y tenait. C'était un très bon directeur d'enfants. Le tournage s'est fait dans la plus grande décontraction.
Le cinéma… J'y ai pris un grand plaisir, l'adaptation de *La Moustache* a été une aventure très heureuse, j'étais entouré de gens de grand talent. Je trouve le film pas mal, mais l'histoire était plus forte par écrit qu'en image.
Je crois que je suis avant tout écrivain. Je suis content d'avoir pu faire deux incursions dans le cinéma mais il y a quelque chose qui est de l'ordre du métier. J'ai le métier d'écrivain et je n'ai pas le même savoir-faire en cinéma, je reste appliqué.

1. Repérez les différentes étapes de l'écriture pour l'auteur.
2. Quelles sont les retombées de son livre ? Comment le vit-il ?
3. Comment considère-t-il le cinéma ?

Du roman à l'adaptation cinématographique

En 1998, Claude Miller et Emmanuel Carrère signent le scénario de *La Classe de neige*, tiré du roman. Le film est réalisé par Claude Miller. Le passage du roman à son adaptation cinématographique nécessite des transformations : l'absence de narrateur et l'impossibilité de formuler les pensées des personnages obligent les cinéastes à faire passer les informations nécessaires à la bonne compréhension de l'histoire par d'autres voies. De l'écriture du scénario à la mise en scène et au tournage, tous les moyens sont mis à profit pour raconter l'histoire. La séquence de scénario reproduite ci-dessous témoigne des aménagements opérés par rapport au texte initial.

Extrait du scénario

48. Bureau – Intérieur jour

Nicolas couché sur le divan arrangé en lit, Mlle Grimm est au téléphone avec la mère de Nicolas.

MLLE GRIMM *(au téléphone)*

Écoutez, là il dort… oui… *(Sourire de reconnaissance de Nicolas.)* Oui. Je vous donnerai des nouvelles. Bien sûr. Bonsoir Madame… bonsoir… *(Elle raccroche mi-excédée mi-amusée puis, à Nicolas :)* C'est pas grave d'être somnambule, pas la peine d'en faire un plat. Tiens, bois ton verre d'eau. Il faut boire quand on fait de la température.

Nicolas s'exécute puis, tout à trac :

NICOLAS

Je peux vous poser une question… ? Un somnambule… s'il a fait quelque chose de mal pendant sa crise, c'est de sa faute ou pas ?

MLLE GRIMM

Quoi, par exemple ?

NICOLAS

Quelque chose de mal… S'il le fait en dormant, le somnambule, il le sait pas… donc c'est pas de sa faute ?

MLLE GRIMM

Tu me poses une colle, là… *(Silence puis :)* Qu'est-ce qui t'est arrivé cette nuit… ?

Nicolas secoue la tête. Rien. Il regrette sa question.

MLLE GRIMM *(avec douceur)*

Mais pourquoi tu t'en fais comme ça tout le temps ? Il va revenir, ton père... S'il avait eu un accident, on le saurait déjà... *(Un temps puis, complice :)* Remarque, t'as peut-être plus du tout envie qu'il revienne ?

Leur parvient alors le joyeux vacarme des enfants qui descendent du car, de retour du ski...

PATRICK

Eh ! Mets-la en veilleuse Hodkann ! Nicolas est malade !

HODKANN *(gueulant joyeusement)*

J'en ai rien à battre ! Y nous prend la tête, Chochotte, avec ses malaises !

Dans son lit, le « malade » s'assombrit...

Après avoir lu cet extrait, répondez aux questions suivantes :

1. À quel chapitre du roman correspond ce passage ?
2. Quelles sont les différences entre le roman et le scénario ?
3. À votre avis, pourquoi les scénaristes font-ils formuler à Hodkann et à Nicolas des éléments qui ne sont pas dans le roman ? Qu'est-ce que permettent de comprendre ces ajouts ? Comment ces informations sont-elles données dans le roman ?

Photos tirées du film

Observez les images tirées du film reproduites p. 8 du cahier photos, puis répondez aux questions suivantes :

1. À quel moment de l'histoire correspond chacune d'elles ?

2. Sur le cliché représentant Patrick et Nicolas, comment la mise en scène montre-t-elle l'isolement du petit garçon et la gentillesse de Patrick ?

3. Comment le malaise de Nicolas interrogé par Hodkann est-il traduit sur la seconde photo ?

Histoire des arts

Observez les documents du cahier photos, puis répondez aux questions suivantes :

Représenter l'enfance au XXe siècle (p. 1-2 du cahier photos)

1. Présentez chaque œuvre en précisant la technique utilisée.

2. Décrivez chaque image en observant la place de l'enfant, son attitude, les jeux de couleurs et de contraste.

3. Pour chaque œuvre, qu'a voulu transmettre l'artiste de l'enfant qu'il a représenté ?

4. Quelle image de l'enfance peut-on associer à chaque œuvre ?

5. Pour aller plus loin : selon vous, laquelle de ces œuvres donne l'image la plus juste de l'enfance ? Répondez à cette question en rédigeant un paragraphe argumentatif.

Le rêve en peinture à travers les siècles (p. 3-6 du cahier photos)

1. Après avoir présenté chaque œuvre, résumez en une phrase le thème principal du rêve représenté.

2. Dans ces œuvres, de quelles façons les peintres traduisent-ils l'inquiétude soulevée par les cauchemars ? Que pouvez-vous dire du rôle joué par les animaux ? À quel genre littéraire ces représentations vous font-elles penser ?

3. Dans chacun de ces tableaux, par quels moyens picturaux est figuré le changement entre l'univers du dormeur et celui de son rêve ? Pour répondre à cette question, vous vous appuierez sur les couleurs, les plans, les contrastes.

Notes et citations

Imprimé à Barcelone par:

CPI
BLACK PRINT

Mise en page par Meta-systems
59100 Roubaix

Dépôt légal : avril 2015